シャーロック・ホームズ最後の挨拶

コナン・ドイル
駒月雅子＝訳

角川文庫
20952

HIS LAST BOW

1917 by Sir Arthur Conan Doyle

目次

シャーロック・ホームズ最後の挨拶

ウィステリア荘

1　ジョン・スコット・エクルズ氏の面妖《めんよう》な体験

私の手帳に残っている記録によれば、あれは一八九二年の三月も終わりに近い、風が吹きすさぶ気の滅入《めい》りそうな日だった。私と二人で昼食の席についていたホームズのもとに、一通の電報が届いたのが事の始まりである。読み終えた彼は、その場で短く走り書きして返事を出した。本人は黙っていても、彼の心にその件が引っかかっているのは明らかで、昼食後も暖炉の前に立ってパイプをふかしながら、ときおり電報のほうをちらっと見ては考えこんでいた。しばらくすると、突然私のほうを振り返って、目をいたずらっぽく輝かせた。

「僕が思うに、ワトスン、きみは抜きんでた文才の持ち主だ」ホームズは言った。「そこでひとつ訊《き》きたい。〝グロテスク〟の意味を、きみならどう定義する？」

「奇怪とか異様とか、そんなところかな」

ホームズは私の答えに首を振った。

「それくらいの表現では足りないよ。もっと恐ろしい、身の毛のよだつものを奥底に秘めた言葉なんだ。これまできみが発表した、読者にずいぶんと辛抱を強いてきた物語をひとつひとつ思い出してみたまえ。グロテスクな事柄が犯罪にまで深刻化した例は枚挙にいとまがないだろう？　たとえば、赤毛の男たちの一件。いかにもグロテスクな発端から大胆不敵な強盗事件へと発展した。それから、五個のオレンジの種にまつわるはなはだしくグロテスクな一件も、殺人がらみの残忍な陰謀につながった。このグロテスクという語には不吉な予感しかしないね」

「さっきの電報に出てくるのかい？」

私が訊くと、ホームズはその文面を読みあげた。

途方もなくグロテスクな体験について、相談いたしたく存じます。

チャリング・クロス局留め、スコット・エクルズ

「相手は男だろうか。それとも女？」私は尋ねた。

「男に決まっている。女だったら返信料金つきの電報など送ってよこさず、最初からじかに訪ねてくるはずだ」

「彼に会うつもりかい？」

「なあ、きみならわかるだろう、ワトスン？　カラザーズ大佐を監獄送りにして以来、僕がどれほど飽き飽きしていたか。いまの僕の頭は空回りするエンジンと同じなんだ。本来の機能を発揮できないせいで、ばらばらに壊れかけている。世の中は退屈このうえなく、新聞も凡庸で不毛な記事ばかり。犯罪界では度胸やロマンというものが枯渇してしまったらしい。そういう状況なんだから、新しい問題が舞いこめば、たとえ取るに足らないものであっても、僕が進んで乗りだそうとするのは当然じゃないか。おや、僕の空耳でなければ、依頼人のご到着だ」

　まるで計ったような規則正しい足音に続き、灰色の頬ひげを生やした恰幅《かっぷく》のいい長身の男が部屋へ通されてきた。見るからに堅物そうで、しかつめらしい表情ともったいぶった態度に彼の半生記が綴《つづ》られているかのようだ。脚につけたゲートルといい、金縁の眼鏡といい、保守党支持者であり英国国教会の熱心な信者である男のそれだった。極端なまでに伝統を重んじる正統派の善良な市民といった風情だ。とはいえ、なんらかの驚くべき体験によって気が動転しているのだろう、強《こわ》い髪が逆立ち、頰は紅潮し、せわしない身振りに興奮がにじんでいた。彼はいきなり用件を切りだした。

「前代未聞の不愉快きわまる事態ですよ、ホームズさん。あんな目に遭ったのは生まれて初めてだ。無作法というか、失敬というか、とにかく不届き千万。納得のいく説明を断固として求めたい」憤怒に駆られた依頼人は肩で息をしながら怒鳴り散らした。

「どうぞおかけください、スコット・エクルズさん」ホームズがなだめ口調で椅子を勧めた。「まずは、こちらへいらした理由を話していただけませんか?」

「ああ、そうですね。警察に届けるほどのことではないかもしれませんが、あなたも事情をお聞きになれば、この件に目をつぶっていられなかったわたしの心境を理解してくださるでしょう。もともと私立探偵なる輩《やから》は虫が好かんのですが、あなたの高名はかねがね耳にして――」

「よくわかりました。では次の質問です。なぜすぐにここへいらっしゃらなかったのですか?」

「おっしゃる意味がわかりかねますが」

ホームズは時計に視線を走らせた。

「現在の時刻は午後二時十五分」ホームズは言った。「あなたの電報は一時頃に打電されました。しかも、その恰好《かっこう》を見れば、あなたが朝起きた瞬間から動揺に襲われていたことは一目瞭然《いちもくりょうぜん》です」

依頼人はぼさぼさの髪を手で撫《な》でつけ、ひげの伸びた顎《あご》をさすった。

「さすがはホームズさんだ。おっしゃるとおり、身支度もそこそこに飛びだしてきました。あの家を離れられるだけでも嬉《うれ》しくてたまらずに。そのあとこちらへうかがう前に、あちこち回って調べてきたんです。もっとも、家屋周旋屋を訪ねたところ、ガルシア氏に家賃の滞納はいっさいなく、ウィステリア荘は平穏そのものであるとのことでした」

「やれやれ、ちょっとお待ちなさい」ホームズが笑った。「あなたは我が友人のワトスン博士と同じですね。話の順序をばらばらにする悪い癖をお持ちだ。頭のなかをよく整理してから、時系列に沿って話してください。髪も梳《と》かさず、服にブラシもかけず、正装用の深靴など履いたうえにチョッキのボタンをかけちがえ、とるものもとりあえず僕に助言を求めにくるほどの出来事とはいったいなんなのか、順を追って詳しく」

エクルズ氏は自身の調子はずれな服装を悲しげに見下ろした。

「ホームズさん、おっしゃるとおり、みっともない恰好で面目ない。このようなことはいままで一度もなかったんですがね。なにはともあれ、今回の尋常ならざる事態について、包み隠さず隅から隅までお話しいたしましょう。そうすれば、わたしのこうした粗相もきっとご容赦いただけるはずです」

ところが、エクルズ氏の肝心な話は蕾《つぼみ》のうちから摘み取られてしまうことになった。突然外が騒がしくなり、間もなくなく部屋のドアが開いて、ハドスン夫人が二人の客を案内してきたのである。両者とも頑丈そうないかつい体格と、見るからに役人らしい風貌《ふうぼう》の持ち主だった。一人は私たちもよく知っているスコットランド・ヤードのグレグスン警部だ。精力的で勇ましく、まずまずそれなりに有能といえよう。彼はホームズと握手を交わしたあと、連れの警官をサリー州警察のベインズ警部だと紹介した。

「ホームズさん、ただいま合同捜査中でしてね。獲物の臭跡を追ううちに、ここへたどり着いたわけです」そう説明してから、グレグスンはブルドッグのような目でエクルズ氏をとらえた。「あなたはジョン・スコット・エクルズさんですね？　住所はリーのポッパム荘」

「はあ、そうですが」

「今朝からずっとあなたを追いかけていました」

「彼の電報で、ここだとわかったんだろうね」ホームズが言った。

「図星ですよ、ホームズさん。チャリング・クロス郵便局で見つけた手がかりをたどってきたわけです」

「それにしても、なぜわたしを追いかけるんです？　いったいなんのために？」

「供述を取らせてもらうためですよ、スコット・エクルズさん。昨夜、イーシャー近くのウィステリア荘に住むアロイシャス・ガルシア氏が亡くなった件で、詳しい事情を調べていましてね」

依頼人は茫然《ぼうぜん》とした目で背筋をまっすぐ伸ばした。青ざめた顔に驚愕《きょうがく》の表情がくっきりと浮かんでいる。

「亡くなった？　あの男が亡くなったんですか？」

「はい、亡くなりました」

「どんなふうに？　事故ですか？」

「殺人です。それは動かしがたい事実と言わざるを得ません」

「ええっ！　なんて恐ろしい！　もしや――わたしが犯人だと疑われてはいないでしょ

うね？」

「被害者のポケットにあなたの手紙が入っていました。それによると、あなたは昨夜、彼の家に泊まる予定だったようですが」

「実際に泊まりましたよ」

「ほう、そうですか。泊まったんですね」

グレグスン警部が警察手帳を出した。

「ちょっと待った」ホームズが止めに入る。「グレグスン、きみとしてはエクルズさんから明白な説明を聞ければいいんだろう？」

「そのために、供述がご自身に不利な証拠として用いられる可能性があることを、わたしからスコット・エクルズさんに前もって警告しておく必要があるのです」

「きみたちが入ってきたとき、エクルズさんはちょうど僕らに事情をなにもかも説明するところだったんだ。というわけだから、ワトスン、エクルズさんにブランデーのソーダ割りをお出ししてもべつにさしつかえないと思うよ。さあ、ではエクルズさん、聴衆が少しばかり増えましたが、気になさらず、邪魔が入る前に心づもりしていたとおりにお話しください」

ブランデーをがぶりと飲んだおかげで、依頼人の顔に血色が戻った。そうしてエクルズ氏は、グレグスン警部が手にした警察手帳をうろんげに見やったあと、実に奇妙な体験談を語り始めたのだった。

「わたしは独身ですが、社交好きな性格なので、大勢の友人とつきあいがあります。とりわけケンジントンのアルバマール・マンションに住むメルヴィル家とは懇意な間柄です。メルヴィルはもう隠居の身ですが、以前は醸造業を営んでいました。数週間前、メルヴィル家へ食事によばれ、その席でガルシアという青年と知り合いました。スペインの出身らしく、同国の大使館と関係があるようでした。流暢《りゅうちょう》な英語を話しますし、人当たりも申し分なく、めったにお目にかからないほど見栄えのする人物です。

気がつけば、その青年とすっかり打ち解けていましてね。彼のほうは初対面のときからわたしに好感を持ってくれたらしく、翌日にはもうリーにあるわたしの家を訪ねてくるほどでした。そのうちに、今度はわたしが彼の自宅にお邪魔することになりました。イーシャーとオックスショットのあいだのウィステリア荘というところに住んでいるので、二、三日滞在しないかとの誘いでした。わたしはそれを受けて、昨晩出かけていったのです。

彼がどういう暮らしぶりかは行く前に本人から聞いていました。家には同じ国から来た忠実な従僕を置いていて、身の回りの世話をなにからなにまでやってもらっているそうです。その男も英語が達者で、家の切り盛りにはまったく困らないのだとか。ほかには旅先で見つけたすこぶる腕のいい混血の料理人も雇っているので、夕食には大いに期待してほしいとのことでした。それから、こんなことも言われました。ご覧になったらきっと、サリー州の真ん中にずいぶん風変わりな家があるんだなと思われるでしょう、と。現にそのとおりだったわけですが、風変わりどころか、わたしの想像をはるかに超えた実に奇妙きてれつな家でしたよ。

わたしは馬車でそこへ向かいました――イーシャーから南へ二マイルほどだったでしょうか。かなりの大邸宅で、道からだいぶ離れた奥まった場所に建ち、玄関へ通ずる曲がりくねった私道の両側には常緑樹の高い木立が続いていました。それにしても、あの家のありさまときたら。荒れるにまかせた廃墟《はいきょ》のような古い建物でしたよ。草ぼうぼうの私道を通って、風雨にさらされた汚らしいドアの前で馬車を停めたときは、知り合って日の浅い相手の家を訪ねてくるなんて、自分は浅はかだったと後悔しました。ところが、ドアが開くとガルシア青年本人が現われ、心のこもった態度で丁重に出迎えてくれたんです。それから彼は案内を従僕に命じました。わたしは色の浅黒い陰気な従僕に荷物を預け、彼のあとについてあてがわれた寝室へ行ったわけですが、家全体に気の滅入《めい》るような重たい空気が漂っていたのを覚えています。夕食の席についたのは招待主とわたしの二人だけでした。青年が楽しいひとときにしようと精一杯努めているのは伝わってきましたが、なにか別のことに気を取られているのか、心ここにあらずの様子で、中途半端なことやちんぷんかんぷんなことばかり言う始末。絶えずテーブルを指でコッツ叩《たた》いたり、爪を嚙《か》んだりと、妙にそわそわしていたのも目につきました。料理はというと、これがまたひどい代物で、給仕もまるでなってない。そのうえ、かたわらに辛気くさい従僕がむっつりと突っ立っていては、場が活気づくわけがありません。はっきり言いますが、リーに帰るためのなにかうまい口実はないものかと、食事のあいだずっと思案していましたよ」

エクルズ氏の話は続く。

「いまふと思い出したんですが、警部さんお二人の捜査にからんできそうな出来事があります。そのときはまるで気に留めなかったんですがね。夕食が終わろうとする頃でした。従僕が一通の手紙を主人に手渡したのです。それを読んだあとの青年は完全にうわの空で、態度がいっそう不自然になりました。形ばかりの会話を取り繕うことすら忘れ、ただ座ってしきりと煙草を吸いながら、考え事に没頭していました。手紙については一言も触れませんでした。

十一時頃、わたしはやれやれほっとしたと思いながらベッドに入りました。しばらくすると、ガルシアがドアを開けて、わたしの寝室をのぞきこみました――明かりを消していたので、室内はもう真っ暗でした。なんの用かと思えば、呼び鈴を鳴らさなかったかとのお尋ね。わたしは鳴らしていないと答えました。それを聞いて青年は、遅い時刻に申し訳なかったと詫《わ》び、もうじき午前一時だと言いました。彼が行ってしまうと、わたしはすぐに寝入って、朝までぐっすり眠りました。

奇怪千万なのはここからです。目が覚めたとき、あたりはすっかり明るくなっていました。時計を見ると、九時少し前でした。必ず八時に起こしてほしいとあれほど頼んでおいたのに、いったいどういうことかと仰天しました。慌てて飛び起き、呼び鈴を鳴らしましたが、例の従僕はいっこうに現われません。何度鳴らしても同じことでした。きっと呼び鈴が故障しているのだろうと思い、急いで着替えて、湯をもらうため腹立たしい気分で階段を駆け下りました。そうしたらなんと、階下には誰もいないではありませんか。もう驚いたのなんのって。玄関ホールで大声で呼んでも返事はまったくなし。部屋から部屋へ走りまわって捜しましたが、誰も見当たらないんです。招待主の寝室は前の晩に本人から聞いていたので、そこへも行ってドアをノックしました。しかしやはり応答はありません。しかたなくノブを回して部屋へ入ってみました。すると室内は空っぽで、ベッドに寝た形跡はなく、使用人たちと同様、ガルシア青年の姿は影も形もありません。外国人の主人、外国人の従僕、外国人の料理人、その全員が夜のあいだに消えてしまったのです！　わたしのウィステリア荘訪問はこうして幕を閉じました」

ホームズは両手をこすり合わせ、嬉《うれ》しそうに含み笑いした。自分の奇談コレクションにまたひとつ貴重な逸品が加わったぞ、と言いたげに。

「これはまた、たぐいまれなる特異な経験をなさいましたね」とホームズ。「で、そのあとどうなさいましたか、エクルズさん？」

「怒り心頭に発したことは言うまでもありません。くだらない悪ふざけにまんまと引っかかってしまったと思ったからです。鞄《かばん》に荷物を詰めると、玄関のドアを力まかせに閉め、イーシャーに向けて家をあとにしました。そしてイーシャーで一番大きな家屋周旋屋、アラン・ブラザーズ商会を訪ねたところ、そこがウィステリア荘の貸主だとわかったのです。そのとき、わたしははっと思いあたりました。いくらなんでも、人をかつぐ目的でわざわざ家まで借りるはずがありませんから、これは家賃を踏み倒すための夜逃げにちがいないと。三月末といえば、ちょうど四半期勘定日ですしね。ところが、その仮説はもろくも崩れ去りました。アラン・ブラザーズ商会にこう告げられたのです。ご心配には及びません、家賃はすでに前払いされていますので、と。

そこで今度はロンドンへ行き、スペイン大使館で訊《き》いてみました。そんな男は知らないとの返事でした。それではと、ガルシアと出会うきっかけになったメルヴィルを訪ねたのですが、実は彼もあの青年のことをろくに知らなかったことがわかりました。わたしよりもっと、とつけ加えておきましょう。困り果てていたところへ、ホームズさんから電報の返信をいただいたので、困難な事件を数多く解決してこられた方ならきっと助けになってくださるだろうと、こうして藁《わら》にもすがる思いでうかがったわけです。しかし警部さん、あなたのお話によると大変いたましい出来事が起きたようですから、この件は警察にゆだねるべきなのでしょう。誓って申しますが、わたしがお伝えしたことはすべて本当のことです。また、知っていることはこれで全部でして、あの青年の身になにが起こったのかと訊かれても、お答えしようがありません。ほかになにか協力できることがあればいいのですが」

「ええ、すべて本当のことでしょうとも、スコット・エクルズさん。信じますよ」グレグスン警部が穏やかな調子で言う。「あなたのお話はわれわれ警察が把握している事実とほぼ合致していますからな。たとえば、夕食の席に届いた手紙の件。それがどうなったか、覚えておいでですか？」

「覚えています。ガルシア本人が丸めて暖炉の火に投げこみました」

「では、あなたからお話しいただきましょう、ベインズさん」グレグスンはサリー州警察の警部に発言を促した。

田舎に住むベインズは太り肉《じし》の赤ら顔の男だが、それらの特徴から受ける印象とは正反対に、頬と眉《まゆ》のあいだにうずまっている二つの目は炯々《けいけい》として鋭い。彼はにっこり笑うと、ポケットから折りたたんだ紙切れを取りだした。表面が変色しているのが見て取れる。

「ホームズさん、ガルシアの投げた手紙が着地したのは薪《まき》のせ台の向こうだったんですよ。拾いあげてみたところ、こうして燃えずに残っていました」

ホームズは満足そうにほほえんだ。

「小さな紙くずまで見つけだすんですから、家のなかは隅々まで念入りに捜索なさったにちがいない」

「はい、おっしゃるとおりです、ホームズさん。それが自分のやり方であります。文面を読みあげましょうか、グレグスンさん？」

ロンドンの警部は黙ってうなずいた。

「透かし模様はなく、どこにでもあるクリーム色の紙が用いられています。大きさは四つ折り判です。チョキチョキと二回、刃の短いはさみで切り離した跡が残っています。それを三つ折りにして封筒に入れ、紫色の蠟《ろう》を垂らした上に楕円《だえん》形の平たい印璽を急いで押しあてたものとみられます。表書きは、ウィステリア荘のガルシア様、となっています。内容は次のとおりです。

われらが色、緑と白。緑は開、白は閉。中央階段、第一の廊下、右七番目、緑のベーズ布。

成功を神に祈って　Dより。

文面は女性の筆跡で、細くとがったペンを使ったのがわかりますが、表書きのほうはペンを変えたか、そうでなければ別の人間が書いたのでしょう。ご覧のとおり、濃くて太い字になっていますので」
「ほう、それはおもしろい」ホームズは手紙をひととおり眺めて言った。「ベインズさん、あなたの注意力はたいしたものです。細かいところまで目が行き届いていらっしゃる。つまらないことですが、僕からも二、三つけ加えておきましょう。楕円形の平たい印璽とおっしゃったものは、ただのカフスボタンです――形状からして、ほかにあてはまる物はないでしょう？　それから、はさみは刃の湾曲した爪切り用。切った跡を見ると、二回ともそろってゆるい曲線を描いていますからね」

田舎の警部はくっくっと小さく笑った。

「自分としては精一杯知恵をしぼったつもりでしたが、まだまだ修行が足りませんね」ベインズは言った。「そんなわけで、自分が見たところ、手紙からわかることといえば次の二つくらいでしょうか。なにか重要なことがおこなわれようとしていた、例によって事件の裏には女がいる」

警官とホームズの会話を椅子に座ってやきもきした様子で聞いていたエクルズ氏が、ここで口をはさんだ。

「手紙が見つかってほっとしましたよ。わたしの話は本当だったという証拠ですからな。しかし、いまはそれよりも、ガルシア氏になにが起こったのか、あの家の者たちはどうなったのか、気にかかってしかたない。まだなにもうかがってませんのでね」

「ガルシア氏については、はっきりしています」答えたのはグレグスンだ。「今朝、ウィステリア荘から一マイルほど離れたオックスショット・コモンで、遺体で発見されました。頭を叩《たた》きつぶされていましたよ。凶器は砂袋のような鈍器のたぐいでしょう。彼が倒れていたのは人けのない共有緑地の一角で、しかも現場から半径四分の一マイル以内には人家が一軒もありません。最初の一撃は背後からと判明しましたが、犯人は被害者が絶命したあとも執拗《しつよう》に繰り返し殴り続けています。かなり逆上していたらしい。あたりには足跡など犯人を指し示す手がかりはなにも残っていませんでした」

「物盗《ものと》りのしわざでしょうか？」

「金品を奪おうとした形跡は皆無です」

「なんともやりきれませんな。残忍きわまりない、身の毛のよだつ犯行だ」スコット・エクルズ氏は不快げに言った。「しかも、わたしまでひどくまずい立場になっているらしい。夜間の遠出先で非業の死を遂げた男は確かにわたしが招かれた家の主人ですが、事件とわたしのあいだにはなんの関係もありません。どうして巻きこまれなくてはいけないんです？」

「しごく単純な話ですよ」とベインズ警部。「被害者のポケットにあった唯一の手がかりが、その晩彼に会いに行く約束をしたあなたの手紙だったからです。封筒に書いてある宛名《あてな》と住所から遺体の身元がわかりました。しかし、今朝九時過ぎにわれわれがその住所へ駆けつけると、家はもぬけの殻で、あなたも使用人もいませんでした。そこで、当方がウィステリア荘を捜索しているあいだロンドンであなたの足取りを追ってほしいとグレグスン警部に電報で伝え、捜索が済み次第、自分もロンドンに来てグレグスン警部に合流したのです」

「さて、それでは」グレグスンが腰を上げて言った。「本件について正式な文書を作成しなければなりません。スコット・エクルズさん、署までご同行願って、供述調書をとらせていただきたいのですが」

「ええ、かまいません。すぐにでもまいりましょう。しかしその前にひとつだけ。ホームズさん、この件の調査はあなたに託しましたよ。費用はどれだけかかってもいい、真相解明のためにどうか全力を尽くしてください」

私の友人は地方警察の警部に向かって尋ねた。

「ベインズさん、僕が捜査に加わってもかまいませんね?」

「光栄です。ぜひお願いします」

「あなたはここまですこぶる機敏に行動し、手際よく対処してこられたと思います。そこでうかがいたいのですが、被害者の死亡時刻を特定するうえで、なにか手がかりはありませんか?」

「被害者は遅くとも午前一時頃には現場にいました。ちょうどそれくらいの時刻に雨が降りまして、亡くなったのは明らかに雨の降りだす前ですから」

「ありえません。絶対におかしいですよ、ベインズ警部」私たちの依頼人が驚いて言う。

「あれは間違いなく彼本人の声だった。まさにその時刻、わたしは寝室にやって来た彼の声をこの耳で聞いているのです」

「それは奇妙ですね。しかし、ありえないとは言い切れません」ホームズはにっこりとほほえんだ。

「なにか根拠がおありなんですか?」グレグスン警部が尋ねる。

「確かにこの事件には興味をそそる目新しい特徴がいくつかありますが、一見したところ、それほど込み入っているわけではないようです。とはいえ、事実関係をさらに確認するまでは、僕の意見を申し述べるのは差し控えましょう。それはそうと、ベインズ警部、例の家を捜索した結果、暖炉に捨てられた手紙以外になにかめぼしいものは見つかりませんでしたか？」

ベインズ警部はホームズを意味ありげな目つきで見た。

「実は、文句なしにめぼしいものが二、三ありました。先に署で用事を済ませてからお話ししたいので、のちほど一緒に現場へご足労願えませんでしょうか。そのときにぜひともご意見をお聞かせください」

「いいですとも、仰せのとおりに」とホームズは答え、呼び鈴を鳴らした。「ハドスンさん、紳士方がお帰りです。それから、給仕の少年にこの電報を打ってくるよう言ってください。返信料の五シリングを忘れずに添えて」

客人たちが去ったあと、私たちはしばらく黙って座っていた。煙草を立て続けにふかすホームズは、眉根《まゆね》を寄せて鋭い目をかっと見開き、頭を前に突きだすという、真剣になっているときのお決まりのポーズだった。

「ねえ、ワトスン」彼は唐突に私を振り向いた。「きみはどう思う？」

「スコット・エクルズの体験談は、つかみどころがなくて、さっぱりわからない」

「殺人については？」

「そうだな、行方をくらましているところをみると、被害者の使用人たちが怪しいと思うね。なんらかの形で殺人に関与したから、警察を恐れて逃亡したんだろう」

「そういう見方もあるにはある。しかしだよ、少し考えれば、それでは無理があるときみも気づくはずだ。二人の使用人が共謀して主人を手にかけるなら、わざわざ客が泊まりに来ている晩を選ぶのは不自然じゃないか？　同じ週のうちに、誰にも邪魔されない、主人と三人きりの晩がほかにもあったというのに」

「じゃあ、なぜ逃げたんだい？」

「その質問はごもっとも。なぜ彼らは逃げたのか？　重大な問題だね。もうひとつの重大な問題は、われらが依頼人スコット・エクルズの奇異な体験だ。いいかい、ワトスン、人間の叡智《えいち》をもってしても、こうした手ごわい難題をいっきに解決する方法などすぐには見つけられないだろう？　だけどね、たとえば暖炉から拾いだされた例の手紙、あれに書かれていた不可解な文を解読できたとすれば、なんらかの仮説を打ち立てられると思うんだ。そうやって新しい事実が積みあがっていくうちに、それらが組み合わさって全体像が明確になり、単なる仮説だったものも徐々に正解に近づいていくはずじゃないか？」

「じゃあ、どういう仮説を立てる？」

　ホームズはいつもの椅子で背もたれに身体を預け、まぶたを半ば閉じた。

「ワトスン、きみも同感だろうが、連中がスコット・エクルズをウィステリア荘に招いた目的はただの悪ふざけではない。ああいう事態になったことからわかるように、なんらかの陰謀をたくらんでいたふしがある。その陰謀につながりがあるからこそ、エクルズをウィステリア荘へおびき出したんだ」

「つながりというのは？」

「よし、鎖の環《わ》をひとつずつつないでいこう。そもそもスペイン人のガルシア青年とスコット・エクルズが突然、それも急速に親しくなったこと自体、不自然だと思わないか？　交際に積極的だったのはガルシアのほうだ。知り合ってから二日足らずでロンドンの反対側に住むエクルズを訪ねていっているし、そのあとも頻繁に連絡を取り、とうとうイーシャーの自宅へエクルズをおびき寄せることとあいなった。では、エクルズになにをさせたかったんだろう？　エクルズがどう役に立つんだい？　これといってとりえのない人物に見受けられるがね。特別に頭がいいわけではなく——通常ならば、機転の利くラテン系の人間とはうまが合いそうにないタイプだ。それなのにガルシアはなぜ、自分の目的にかなう人物としてエクルズを選んだのだろう。エクルズに際立った特徴がなにかあるか？　あるとも。誰から見てもきちんとした、律儀で几帳面《きちようめん》なイギリス人らしさだ。ほかのイギリス人を納得させる証人としては理想的なんだ。きみも目の当たりにしたように、エクルズのありそうにないとっぴな体験談を二人の警部はつゆほども疑わない様子だったろう？」

「しかし、エクルズはなにを証言させられるんだい？」

「結果的にはなにも。仕掛けた側にとって想定外の展開になったからね。だが当初の計画では、エクルズは重要な役回りを演じるはずだったんだ。僕はそう見ている」

「わかったぞ、アリバイ作りの手伝いか」

「ご名答、ワトスン。エクルズはアリバイ工作に利用されることになっていた。便宜上、次のように仮定しよう。ウィステリア荘の面々は示し合わせてなんらかの企てを実行するつもりだった。それがどんなものかはひとまずおいて、午前一時には完遂している予定で。おそらく時計の針をいじるかなにかして、当人には気づかせず、エクルズを実際の時刻よりも早くベッドに入らせたんだろう。ガルシアがわざわざエクルズの寝室へ行って、いま一時だと告げたとき、本当はまだ午前零時くらいだったんじゃないかな。ガルシアが企てを成し遂げて、一時までに帰っていれば、疑問をさしはさむ余地のない鉄壁のアリバイが仕上がったんだ。たとえ裁判にかけられても、エクルズという非の打ちどころのないイギリス人が、被告人はその時刻に家にいたと法廷で証言してくれる。エクルズは最悪の事態にそなえた保険だったわけだ」

「ああ、なるほど。確かにそうだな。だが、ウィステリア荘のほかの者たちまで行方をくらましているのはなぜだろう」

「僕もまだ全貌《ぜんぼう》はつかめていないが、歯が立たないような難問はひとつもないはずだ。とはいえ、材料が出そろっていないうちから先走って意見を述べるのは差し控えておくよ。でないと、仮説にあてはまるよう材料を少しずつねじ曲げてしまうかもしれないからね」

「例の手紙についてはどう考える？」

「文面を思い出してごらん。〝われらが色、緑と白〟。競馬を思い起こさせるね。〝緑は開、白は閉〟。これは明らかに合図だ。〝中央階段、第一の廊下、右七番目、緑のベーズ布〟。目的地を示しているらしい。嫉妬《しっと》深《ぶか》い夫の目を盗んでの逢瀬《おうせ》か？　とにかく危険な冒険だったことは確かだよ。でなければ、〝成功を神に祈って〟という表現は出てこないだろう。書き手は〝D〟。彼女が冒険の案内人だ」

「ガルシアはスペイン人だから、〝D〟はドローレスの頭文字かもしれないな。スペイン人の女性に多い名前だ」

「いい調子じゃないか、ワトスン。実に頼もしい。が、あいにく不正解だ。スペイン人がスペイン人に宛てて書くなら、スペイン語を使うだろう？　手紙の書き手はイギリス人にちがいない。〝忍耐によって、あなたがたは命をかち取りなさい〟（新約聖書『ルカによる福音書』二十一章十九節より）という教えもあることだし、優秀な警部たちが戻ってくるまで待とうじゃないか。それまでのあいだ、ほんの数時間とはいえ、無聊《ぶりょう》をかこつという最悪の労苦から解放されるんだ、この幸運に感謝しないとね」

サリー州の警部がまだ戻らないうちに、ホームズの打った電報への返事が来た。我が友人はそれを一読したあと手帳にはさもうとしたが、期待を浮かべた私の表情に気づき、笑いながらこちらへ放ってよこした。

「やんごとなき方々の世界へ足を踏み入れることになりそうだ」とホームズは言った。

電報にはいくつかの名前と住所が並んでいた。

・ハリングビー卿《きょう》（ディングル荘）
・サー・ジョージ・フォリオット（オックスショット・タワーズ）
・ハインズ・ハインズ治安判事（パーディー・プレイス）
・ジェイムズ・ベイカー・ウィリアムズ（フォートン・オールド・ホール）
・ヘンダースン（ハイ・ゲイブル荘）
・ジョシュア・ストーン師（ネザー・ウォルスリング）

「これのおかげで、僕らの作戦行動の範囲は狭まるはずだ。ベインズも理論的な頭の持ち主だから、すでに似たような計画を立てているだろう」とホームズ。

「なんのことかわからないんだが」

「いいかい、きみ、夕食の席でガルシアが受け取った手紙から、密会だか逢引《あいびき》だか知らないが、彼は誰かと落ち合う約束だったという結論に達した。さて、その場所だが、文面の解釈が正しいならば、中央階段を上って、最初の廊下の右七番目のドアへ行かなければならない。かなり大きな家だとわかるね。また、その場所はオックスショットからせいぜい一、二マイル程度であることも明らかだ。ガルシアはその方向へ徒歩で行き、僕が事実をもとに算定したとおりならば、アリバイ工作が通用する午前一時までにウィステリア荘へ戻るつもりだったんだから。オックスショット周辺の大邸宅はたいして多くないはずだから、スコット・エクルズの話に出た家屋周旋屋に、該当しそうな家の所有者を電報で問い合わせてみた。それがこのリストというわけさ。僕らのもつれたかせ糸をほどく鍵《かぎ》は、きっとこの電報のなかに隠れている」

私たちがベインズ警部とともにサリー州の美しいイーシャーの村に到着したのは、午後六時になろうという頃だった。ホームズと私は泊まる用意をしてきたので、まずは〈雄牛亭《おうしてい》〉に寄って、快適そうな部屋をとった。そのあと警部と一緒にいよいよウィステリア荘へと乗りこんでいった。強風と霧雨が顔を叩《たた》く、冷え冷えとした暗い三月の晩は、道のまわりに広がるわびしい共同緑地や私たちの行く手に待ち受ける悲劇にふさわしい舞台だった。

2　サン・ペドロの虎

寒さと憂鬱《ゆううつ》に取り巻かれながら二マイルほど歩くと、木でできた高い門の前に到着し、開いた門扉の向こうに邸宅へと続くうっそうとした栗の並木道が見えた。湾曲した陰気な道を進んだ先にようやく現われた背の低い建物は、青みがかった灰色の空を背景に、真っ黒なシルエットを浮かびあがらせていた。暗く静まり返っているが、玄関の左脇の窓にいまにも消えそうな弱い光がちらちらと揺れている。

「見張りの巡査です。窓を叩いて呼んできます」ベインズ警部は芝生を横切っていき、窓ガラスを素手で軽く叩いた。とたんに暖炉のそばの椅子から一人の男がぱっと立ちがるのが、曇ったガラス越しにぼんやり見えた。同時に室内で鋭い悲鳴が上がった。間もなくして玄関のドアが開き、巡査が青ざめた顔で息をあえがせながら出てきた。手が震えているせいで燭台《しょくだい》の炎がゆらめいている。

「どうしたというのだ、ウォルターズ？」ベインズがきつい口調で訊《き》く。

巡査はハンカチで額の汗をぬぐうと、長いため息を吐いた。

「警部殿が戻ってこられて、ほっとしました。長い夜だったんで、神経がおかしくなりかけていたようです」

「神経だと？　それだけの図体《ずうたい》をしたおまえがびくびくしてどうする、ウォルターズ」

「はあ、しかし、このとおり辺鄙《へんぴ》な場所に建つ、ひっそりとした家ですんで。おまけに台所にはああいうぞっとするものが。窓を叩く音がした瞬間、またあれが来たのかと肝を冷やしました」

「またあれが来た？　なんのことだ？」

「悪魔ですよ、警部殿。そうとしか考えられません。悪魔が窓に現われたんです」

「それがどういうものか、そしていつ現われたのか説明しろ」

「つい二時間ほど前のことでした。外が暗くなり始めた頃です。椅子に座って本を読んでいたんですが、ふと気配を感じて顔を上げると、下側の窓ガラスの向こうからこっちをじっとのぞきこむ顔が見えたんです。あの気味の悪さといったら！　夢でうなされそうです」

「まったく情けないな、ウォルターズ。警察官が口にする言葉か？」

「それは重々承知しております、警部殿。ですが、心臓が縮みあがってしまって、どうにもならないんです。肌の色は黒でもなく白でもなく、自分が知っているどの色にもあてはまりません。粘土に牛乳を数滴混ぜたような変わった色加減でした。しかも大きさが——警部殿の顔の倍はあったでしょう。顔つきがまた恐ろしいんです。大きな目をぎょろつかせ、飢えた野獣のように真っ白な歯をむきだして。あのけだものににらまれているあいだ、自分は指一本動かすこともできず、呼吸まで止まっていました。あいつが窓から離れて消えた瞬間、自分は急いで外へ駆けだし、植え込みのあいだを捜したんですが、神の助けか、もう行ってしまったようでした。どこにも見当たりませんでしたので」

「おまえが真面目な人間だと知らなかったら、勤務評定に迷わず罰点を与えていたところだぞ、ウォルターズ。いいか、たとえ相手が本当に悪魔だったとしても、勤務中の警察官が曲者《くせもの》をつかまえそこねて神に感謝するとは何事だ。まったく、けしからん。だいたいにして、それはどれも幻だったのではないのか？　神経とやらがまいったせいで、おかしなものが見えたんだろう」

「幻だったかどうかなら、簡単に確かめられますよ」ホームズはそう言うと、携帯していた小型のカンテラに火をつけた。「ふむ、なるほど」地面の芝生をさっと調べたあとに言った。「靴のサイズは十二。そこから普通に推定すれば、かなりの大男ということになる」

「そいつはどこへ行ったんですか？」

「植え込みを通り抜けて、門の外の道へ出たようだ」

「ううむ」ベインズ警部が気難しげな顔で考えこんだ。「どこの誰がいったいなんの目的で現われたのかは知らないが、いまはもういない。しかも、われわれにはもっと急を要する問題がいくつもある。そういうわけで、ホームズさん、あなたさえよろしければ、さっそく家のなかをご案内しましょう」

寝室や居間がいくつもあったが、そのすべてを入念に調べても、収穫はひとつも得られなかった。ここに住んでいた者たちは家を借りる際に私物をほとんど持ちこんでおらず、家具からごく小さな道具まで、すべてそなえつけだった。また、大量に残されていた衣類には、ロンドンのハイ・ホルボーンにあるマークス商会のタグがついていた。当商会へはすでに電報で問い合わせてあったが、その客については気前がいいということ以外はなにも知らないとのことだった。ほかには雑多な小物類やパイプ、スペイン語版の二冊を含む小説が数冊、古めかしいピンファイア式リヴォルヴァー、ギターなど、わずかながら個人の持ち物が見つかった。

「これといってめぼしいものはありません」蠟燭《ろうそく》を手に部屋から部屋へ移動しながら、

ベインズ警部が言った。「ですが、ホームズさん、この台所だけは必見ですよ」

家の裏側に位置する、天井の高い陰気な部屋だった。隅に乱雑に積んである藁《わら》は料理人の寝床だろう。テーブルには前日の夕食の残骸《ざんがい》が放置されており、食べかけの料理や使った皿が積み重なったままだ。

「これを見てください」ベインズがホームズの注意を促す。「どう思われます?」

警部の掲げた蠟燭の火が、食器棚の奥にある得体の知れない物体を浮かびあがらせた。なんだかわからないが、しわだらけで干からび、すっかりしなびている。黒い革のように硬く、形は小さな人間に似ている。初めは黒人の赤ん坊がミイラ化したものではないかと思ったが、よく見ると、ねじれ曲がった古い猿の死骸にも似ている。動物なのか人間なのか、どうにも判断がつきかねた。真ん中あたりに白い貝殻をつないだ紐が二重に巻かれている。

「これは珍しい! 非常に興味深いね」ホームズはその気色悪い物体をまじまじと眺めながら嬉《うれ》しそうに言う。「ほかにもっとありませんか?」

ベインズ警部は無言で流し台に近づき、蠟燭を前へ突きだした。そこに照らしだされたのは、羽がついたまま八つ裂きにされた大きな白い鳥の死骸だった。シンク一面に散らばっている。切断された頭部の肉垂れを指してホームズが言った。

「白い雄鶏《おんどり》だ。ますますおもしろくなってきた! これはきわめつきの摩訶不思議《まかふしぎ》な事件ですよ」

だが、ベインズはさらに気色悪い証拠品を最後に用意していたのだった。彼が流し台の下から引きだした亜鉛のバケツには、大量の血液が入っていた。警部はそのあとテーブルから、焼け焦げた小さな骨のかけらがいくつも盛られた皿を取りあげた。

「このとおり、殺されて焼かれた生き物がいます。骨はわれわれが火のなかから残らずかき出しておきました。今朝、医師を呼んだところ、人間の骨ではないとのことでしたがね」

ホームズはほほえんで、両手をこすり合わせた。

「おめでとうございます、警部。こんなにも特異な意義深い事件を手がけているんですからね。こう言ってはなんだが、あなたほどの実力の持ち主は現在の地位にはおさまりきれないでしょう」

ベインズ警部の小さな目が喜びで輝いた。

「そうなんですよ、ホームズさん。こうして田舎でくすぶっているわれわれにとって、今回の事件は大いなる飛躍のチャンスです。必ずものにしたいと思います。この骨ですが、どう思われますか？」

「子羊、でなければ子山羊《こやぎ》でしょう」

「白い雄鶏については？」

「好奇心をそそられますよ、ベインズ警部。奇妙きてれつとしか言いようがない。これはめったに望めない希少品です」

「そうですね。この家にいたのは奇妙きてれつなことをしでかす、奇妙きてれつな者たちだったに相違ありません。そのうちの一人は死んだ。ほかの二人が追いかけていって、殺害したんでしょうか？　だとしても、二人がつかまるのは時間の問題です。すべての港に監視体制をしいていますので。もっとも、わたしは別の見方をしていますがね。実を言うと、まったく異なる見解を持っているのです」

「すでに仮説ができあがっているようですね」

「それに基づいて自力で捜査を進めていきますよ、ホームズさん。でないと手柄を立てられませんからね。あなたはもう名声を確立されているが、わたしはまだこれから。あなたの助けを借りずに事件を解決できれば、のちに振り返ったとき誇らしい気持ちになれるでしょう」

　ホームズは朗らかに笑った。

「なるほど、よくわかりました、警部。ではあなたはあなたの道を、僕は僕の道を行くことにしましょう。こちらでつかんだ情報はご要望があればいつでも差しあげますので、遠慮なくおっしゃってください。さて、僕としてはこの家で見たいものはすべて見終えたようなので、そろそろ別の場所へ移動したほうが時間を有意義に使える。このへんで失礼しますよ。ごきげんよう、幸運を祈ります！」

　ホームズが獲物を追いかけて新しい臭跡をたどっているのだということは、私でなければ見過ごしてしまうであろうかすかな態度の変化から察知できる。彼の顔はほかの者たちから見れば無表情に感じられても、実はひそかな熱意と緊張に目が輝いているし、普段にもましてきびきびした動作からは、〝獲物が飛びだしたぞ〟という興奮の声が聞こえてくるのだ。だが、そういうときでも現実にはなにも言わないのがホームズの習性であり、私のほうもなにも尋ねない。狩りに同行し、彼が獲物をしとめるために及ばずながら手助けできれば、それで満足だ。集中している彼の気を散らして、優れた頭脳の働きを邪魔してしまうのは私の本意ではない。機が熟せば、必ずや私の出番が回ってくると信じている。

だから私は待った――ところが、むなしく時が過ぎるばかりで、日増しに失望がつのっていった。何日過ぎても、ホームズが前へ踏みだす気配はない。ある朝、彼はロンドンへ出かけていき、戻ってきたあとに本人がさりげなく口にした言葉から、大英博物館へ行ったのだとわかった。だが遠出はその一度きりで、あとは一人で長い散歩に出かけるか、顔なじみになった大勢の噂好きな村人たちと雑談に興じるかして過ごしていた。

「ねえ、ワトスン、田舎で過ごす一週間はきみにとってかけがえのない時間になるよ」とホームズは言った。「生垣が芽吹いて新緑に覆われ、榛《はしばみ》の木が再び花穂を垂れる光景は、願ってもない目の保養だ。シャベルとブリキ箱、それから簡単な植物図鑑でも持って野外で過ごせば、充実した毎日になるだろう」ホームズは自らそのとおりの装備で夕方まで歩きまわっていたが、採集してくる植物はほんのわずかだった。

ホームズと二人で外をぶらぶらしていると、たまにベインズ警部と行き合った。警部ははちきれそうな赤ら顔に微笑を浮かべ、小さな目をきらきらさせて私の友人に挨拶《あいさつ》した。事件のことにはほんの軽く触れる程度だが、そのわずかな言葉からでさえ、捜査の進み具合がまんざらでもないことがうかがえた。それでも、事件発生から五日後に朝刊を開いた私は、不意をつかれてぎょっとした。紙面には次のような文字がでかでかと載っていたのである。

オックスショット殺人事件
解決か
容疑者を逮捕

私がその見出しを読みあげると、ホームズは針でつつかれたかのように椅子から飛びあがった。
「これは驚いた！」彼は大声で言った。「容疑者を逮捕したのはまさかベインズじゃないだろうね？」
「それが、そのまさからしい」私はそう答え、記事の内容を音読した。

昨夜遅く、イーシャーおよび近隣地区では、オックスショット殺人事件に関して容疑者逮捕の報を受け、大いなる安堵《あんど》と興奮が駆けめぐった。この事件は、ウィステリア荘のガルシア氏がオックスショット・コモンで殺害された姿で発見され、遺体にすさまじい暴行の跡をとどめていたもの。被害者の従僕と料理人がその夜のうちに逃亡したため、事件に関与しているのは間違いないとみられていた。立証はされていないものの、故人の紳士は家に貴重品を置いていた可能性があり、それを盗みだすのが犯行の動機だったと考えられる。

捜査を担当するベインズ警部は逃亡者たちの足取りをつかむべく奮闘した結果、彼らがさほど遠くへは行っておらず、あらかじめ用意しておいた隠れ家に潜伏しているとの確信を得た。もっとも、見つかるのは最初から時間の問題だった。料理人のほうが非常に珍しい容貌《ようぼう》の持ち主だからである。彼の姿を窓越しに見たことのある数名の小売商によれば、恐ろしいほどの巨体で、黒人と白人の混血と思われ、そうしたタイプに特有の黄色がかった褐色の肌をしていたとのこと。この男は犯行後にも目撃されている。ガルシア氏の遺体が発見された日の晩、大胆不敵にもウィステリア荘へ舞い戻り、張り番をしていたウォルターズ巡査に追跡された。わざわざ戻ってきたのには深いわけがあるのだろうから、きっとまた現われるにちがいない。そう踏んだベインズ警部は、ウィステリア荘を無人にしておいて、部下を外の茂みで待ち伏せさせた。この作戦が功を奏して大男の容疑者はまんまと罠《わな》にかかり、昨夜格闘の末に逮捕とあいなった。その際、ダウニング巡査に嚙《か》みついて激しく抵抗したと伝えられている。治安判事のもとへ出頭した折には、警察から再勾留《さいこうりゅう》が申請されるのは必至。容疑者一名の逮捕で、事件解決に大きなはずみがつくことが期待できそうだ。

「すぐにベインズに会わなければ」帽子をつかんでホームズが声を張りあげる。「いまなら彼が家を出る時間にかろうじて間に合うだろう」私たちは村の通りを急いで、警部の下宿へ向かった。予想どおり、警部はちょうど出かけるところだった。

「記事をお読みになりましたか、ホームズさん?」ベインズ警部は新聞を差しだして言った。

「ええ、読みましたよ、ベインズ警部。友人として一言忠告しておきたいのですが、どうか悪くとらないでいただきたい」

「忠告ですと?」

「この事件を調べてきて、僕はあなたの追っている線が正しいとはどうしても思えないのです。確証のないうちから深追いしすぎないよう気をつけてください」

「それはご親切に、ホームズさん」

「あなたのためを思って言っているのです」

ベインズの小さな目の片方がウインクしかけたように一瞬ぴくりとした。

「互いにそれぞれの道を行こうと約束したじゃありませんか、ホームズさん。わたしは自分の道を進んでいるだけです」

「そうですか、わかりました」とホームズ。「差し出がましいことを」

「いえいえ、よかれと思って言ってくださったんでしょうから。とはいえ、誰しも自分なりの手法を持っていますからね、ホームズさん。あなたにはあなたの、わたしにはわたしのやり方があるわけです」

「では、その話はこれきりということで」

「わたしのほうで新たにわかったことがありますから、喜んでお知らせしましょう。逮捕した男はまさに猛獣で、荷馬車の馬も顔負けの怪力を持ち、悪魔のごとく凶暴です。身柄確保の際は、ダウニング巡査がもう少しで親指を嚙みちぎられそうになりましたよ。英語は一言も話せず、供述を取ろうとしてもやつの口からはうなり声しか出てきません」

「彼が主人を殺したという証拠は挙がっているんですね？」

「そうは言ってませんよ、ホームズさん。そうは言ってない。流儀は人それぞれ、あなたはあなた、わたしはわたし。各自の手法を試みるということで、意見が一致したはずです」

　ベインズの下宿をあとにしながら、ホームズは肩をすくめた。「あの男の考えていることはさっぱり理解できないね。自分で自分の首を絞めるようなものだよ。だが、まあ、彼の言うとおりにするしかないな。それぞれのやり方で進めて、どういう結果になるか見てみよう。それにしても、つかみどころのない不思議な男だな、あのベインズは」

「そこの椅子にかけてくれないか、ワトスン」〈雄牛亭〉に借りている部屋へ帰り着くと、ホームズは言った。「状況を頭に入れておいてもらいたくてね。今夜はきみの助けが必要になるだろうから、前もって僕が把握できている範囲で事件の流れを整理したいんだ。たとえ目につく特徴から単純な犯罪に思えたとしても、いざ逮捕となれば思いもよらぬ困難にぶつかるものだ。事件解決までには、ふさいでいかなければならない隙間がいくつもある。

最終的には、ガルシアが死んだ晩に食卓へ届けられた彼宛ての手紙に立ち戻ることになるだろう。使用人たちが犯罪に関与しているというベインズの見解は捨てたほうがいいね。スコット・エクルズがウィステリア荘に居合わせるよう手はずを整えたのはガルシア本人だったわけだから、根拠は充分さ。また、その目的はアリバイ工作以外には考えられない。ということは、あの晩なんらかの企て、もっと言えば、犯罪がらみの企てを用意していたのもガルシアで、彼はその実行中に命を奪われたと思われる。なぜ〝犯罪がらみ〟かというと、アリバイ工作を必要とするのは罪を犯そうとする者だけだからだ。さて、ガルシアの命を奪った人物として最も有力なのは？　それはもちろん、ガルシアが襲撃をもくろんでいた相手だろう。さあ、ここまでは明確になった。

じゃあ今度は、ガルシアの使用人たちが姿を消した理由について考えよう。二人ともガルシアの犯罪計画に加担していた。首尾よく運んでガルシアが帰ってくれば、頼りになるイギリス人の証言でどんな疑いも蹴散《けち》らすことができ、万々歳となるはずだった。だが、計画には危険が伴う。ガルシアが予定時刻までに帰れなかったとすれば、失敗して命を落としたせいだという可能性が大きい。そこで、もしもそうなったら二人の共謀者は警察の目を逃れるため事前に用意した隠れ家へ逃げこみ、攻勢に転じるチャンスを待つことになっていた。どうだい、これならどの事実にもしっくりくるだろう？」

不可解な謎というもつれ合ったかせ糸が、目の前できれいに解きほぐされていく。いつものことながら、自分はなぜもっと早く気づかなかったんだろうと私は新鮮な驚きに打たれた。

「にもかかわらず、なぜ一人は舞い戻ってきたんだい？」

「あくまで想像だが、その男は逃げだす際に慌てて忘れ物をしたんじゃないかな。当人にとっては貴重な、どんなことがあっても手放せないものを。だとすれば、彼があきらめきれず執着するのも理の当然だろう？」

「そうだね。で、次は？」

「次はいよいよ、夕食の席でガルシアが受け取った手紙にさかのぼる。どうやら共謀者は使用人の二人だけでなく、敵側にも一人いるらしい。敵の居場所はどこだ？　前にも指摘したが、かなりの大邸宅にちがいないから、特定するのはさして難しくないだろう。この村に来て最初の数日間、僕はせっせと散歩にいそしんで、植物採集のかたわら大きな家を片っ端から見てまわり、住人についても調査した。その結果、怪しい家が一軒だけ見つかったんだ。古式ゆかしいジャコビアン様式の邸宅として有名なハイ・ゲイブル荘だよ。オックスショットから一マイルほど向こうへ行った、殺人現場からは半マイルと離れていない地点にある。界隈《かいわい》のほかの家に住んでいるのは、波乱だのロマンだのとは縁のない退屈でお堅い人たちばかりだが、ハイ・ゲイブル荘のヘンダースン氏だけはちがう。奇異な出来事が身に降りかかるのももっともだと思わせるような一風変わった人物だ。そこで、彼を筆頭とするハイ・ゲイブル荘の住人に的をしぼることにした。

　するとワトスン、これがまたみごとなまでの変わり者ぞろいで、とりわけヘンダースン氏は群を抜いていたよ。適当な口実を作って本人に会ってみたんだが、どんよりと落ちくぼんだ黒い目には、そっちのねらいはお見通しだぞと書いてあるようだった。筋骨隆々たる腕っぷしの強そうな五十代の男で、髪は鉄灰色、濃い眉《まゆ》は黒々として、鹿のごとく敏捷《びんしょう》な足取りだった。羊皮紙のような顔の裏から燃えたぎる強烈な感情がのぞいて、独裁者めいた雰囲気を漂わせていたよ。外国人なのか、それとも熱帯地方で長年暮らしていたのか、肌は黄色がかって干からびた感じだが、鞭《むち》のように丈夫そうだった。一方、彼の友人で、秘書も務めるルーカス氏のほうは、チョコレート色の肌から一見して外国人だとわかった。狡猾《こうかつ》そうで、物腰は猫のようにしなやか。毒気を感じるほど淡々と静かに話す。というわけで、ワトスン、外国人の組が二つ登場したことになる。ウィステリア荘グループとハイ・ゲイブル荘グループだ。開いていた隙間は徐々に狭まってきたようだね。

　強い信頼感で結ばれている友人同士の彼らが、ハイ・ゲイブル荘の中核を占めているわけだが、もう一人、僕らの目の前の目的にとって最も重要とおぼしき人物も忘れてはならない。ヘンダースンには子供が二人いる——十三歳と十一歳の女の子がね。そして住み込みで二人の家庭教師をしているのがミス・バーネット、四十がらみのイギリス人女性だ。それと、忠実な従僕が一名。この少人数の集団は家族同然でね、一緒にあちこち旅をしてきたそうだ。ヘンダースンが大の旅行好きなため、つねに各地を転々としている。ハイ・ゲイブル荘に戻ってきたのもつい二、三週間前で、それまで一年ほど留守にしていた。ちなみに、ヘンダースンは途方もない大金持ちだ。ちょっとした気まぐれや思いつきも簡単にかなえることができる。あの家ではほかに執事や下男、メイドといった使用人が大勢働いているうえ、毎日ぶらぶらしているだけの居候までいる。イギリスのカントリー・ハウスに似つかわしい面々というわけさ。

村で仕入れた噂と僕自身の観察から得られたのは、だいたいそれくらいだったよ。内情をさらに詳しく探りたい場合、切り札になるのは解雇されて不満をためこんだ元使用人だ。運のいいことに、その切り札が見つかった。まあ、なにを探しているかわかっていて探したから、運が向いたわけだがね。ベインズの言葉を借りれば、流儀は人それぞれ。僕なりの流儀を貫いたおかげで、ハイ・ゲイブル荘で以前庭師をしていたジョン・ウォーナーにたどり着いた。傲慢《ごうまん》な雇い主がかっとなって首にした男だよ。ウォーナーには現在もハイ・ゲイブル荘で働いている使用人たちのなかに仲間がいて、使用人たちは互いに主人に対する恐怖と嫌悪で団結している。そんな具合に芋づる式だったから、屋敷の秘密を解き明かす鍵《かぎ》を手に入れることができた。

それにしても奇妙な連中だよ、ワトスン！　僕もすっかり理解できたわけじゃないが、とんでもなく奇妙であることは間違いない。家は二つの翼棟に分かれていて、片方に使用人たち、もう片方にさっき説明した家族が住んでいる。二つの翼棟を行き来するのは、家族に食事を出す役目も担う従僕だけ。物を運び入れるのに使うドアはひとつきりで、そのドアが二つの翼棟の唯一の接点だ。家庭教師と子供たちは庭を除けばめったに外へ出ない。ヘンダースンも決して一人きりでは外出せず、色の浅黒い秘書が必ず影のようにぴったりと付き添う。使用人たちのあいだでは、主人はなにかをひどく恐れているようだと噂されていた。ウォーナーに言わせればこうだ。〝金と引き換えに悪魔に魂を売っちまったのさ。だから、いまに悪魔が魂を取り立てに来るんじゃないかとおびえてるんだろう〟。ともかく、あの家族がどこの出身のどういう者たちなのかは誰も知らない。かなり気性が荒いのは確かだ。ヘンダースンは犬用の鞭で人を打つという騒ぎを二度も起こしている。金に物を言わせて、裁判沙汰《さいばんざた》にはならずに済んだけどね。

さあ、それではワトスン、ここまでの新しい材料をもとに状況を確認していくよ。問題の手紙はハイ・ゲイブル荘なる謎めいた家から送られてきたもので、なんらかの計画をガルシアに実行させるための招待状だった。書いたのは誰か？　相手の砦《とりで》のなかにいる人物で、女性。言うまでもなく、あてはまるのは家庭教師のミス・バーネットだけだろう？　僕らが組み立ててきた推理もまっすぐ同じ方向を指しているから、とりあえずそれを仮説に据えて、事の成り行きをとらえていけばいい。ここでちょっとつけ加えておくと、僕は最初、事件には色恋がからんでいるのではないかと考えたが、ミス・バーネットの年齢や性格から判断してそれはありえない。

よって、手紙を書いたのが彼女だとすると、ガルシアの友人で共謀者という立場だろう。ガルシアの死を耳にして、彼女はどうする？　犯罪がらみの企《くわだ》ての最中に死んだのならば、口をつぐんでいるしかない。それでも内心では悔しさを噛《か》みしめ、彼を殺した者への憎しみをつのらせるだろう。こっちが協力を求めれば、復讐《ふくしゅう》のためになんとか役立ちたいと思うはずだ。それを利用しない手はない。彼女とじかに会ってみてはどうだろう？　僕はそう考えた。ところが、不吉な事態が判明した。殺人のあった晩から彼女の姿が消えてしまったんだ。果たして生きているのか？　手紙で呼びだした友人と同じ晩に同じ運命をたどったのか？　そうではなくて、どこかで囚《とら》われの身になっているだけか？　僕らがどうしても突き止めなければならない点だ。

というわけで、難しい状況だということはよくわかったろう、ワトスン？　捜査令状を請求できるだけの証拠がひとつもないときている。治安判事に訴えても、そんな荒唐《こうとう》無稽《むけい》な話にはつきあえないと一蹴《いっしゅう》されるだろう。女性が一人消えたくらいでは、動いてもらえないんだ。ああいう風変わりな一家だ、誰かが一週間いなくなることくらいあってもおかしくないからね。だが現実にはこの瞬間も、彼女は命の危険にさらされているかもしれない。あの家の動向をつかむためウォーナーに門を監視させておいた。いまはそれが僕にできる精一杯だが、いつまでも手をこまねいてはいられない。法律がなにもしてくれないのなら、僕らが命がけの行動に出るしかないだろう」

「なにをしようというんだい？」

「彼女の部屋を突き止めたんだ。離れの屋根を伝って忍びこめる。今夜、きみと二人で謎の核心に迫るべく実行するつもりだ」

本音を言わせてもらえば、あまり気が進まなかった。殺人の匂いがする古屋敷、奇妙で恐ろしげな家族、近づけばどんな目に遭うかわからない未知の危険、さらには法を犯すことになるという後ろめたさ。こうしたものがよってたかって私の決意を鈍らせた。だがホームズの冴《さ》え渡った推理は本物だ。彼が持ちかけてきた冒険に二の足を踏んでいるわけにはいかない。この作戦なら、いや、この作戦でしか、事件の解明はなしえないとわかっている。私は黙ってホームズの手を握った。賽《さい》は投げられた。

結果的に、私たちの調査はさほど危険なものにはならなかった。陽が沈み始め、三月の夕闇があたりを包みこもうとする午後五時頃、無骨な感じの男が興奮して私たちの部屋へ飛びこんできたのだ。

「やつら、行っちまいましたよ、ホームズさん。最終列車で。あのご婦人だけ一味から逃げだしたんで、馬車に乗せてここへ連れてきました。下にいます」

「よくやった、ウォーナー！」ホームズがすっくと立ちあがって叫ぶ。「ワトスン、隙間がいっきに閉じていくよ」

馬車のなかには消耗しきって、いまにも倒れそうになっている女性がいた。頬のこけた鷲鼻《わしばな》の顔には、今回の悲劇による心労の跡が刻まれていたが、深くうなだれていた顔を上げ、焦点の定まらないぼんやりした目を私たちに向けた。大きく広がった灰色の虹彩《こうさい》の真ん中に黒い点のようになった瞳孔《どうこう》が見える。アヘンにちがいない。

「ホームズさんの勧めに従って、門を見張ってたんです」解雇された元庭師の密偵は言った。「そうしたら馬車が出てきたんで、あとを追うと、着いたのは駅でした。彼女は眠ってるみたいな歩き方でしたが、やつらが汽車に乗せようとしたとたん、急に正気づいて抵抗しました。無理やりなかへ押しこまれそうになるのを必死に振り払って逃げてきたんで、そこからはおれの出番。辻《つじ》馬車に乗せて、このとおりホームズさんのところへお連れしたってわけです。それにしても、汽車の窓からこっちをのぞいてた顔は一生忘れられそうにありません。あんなやつにつかまったら、一巻の終わりだ。それはもう恐ろしい形相で——黒い目をした黄色い悪魔ですよ」

私たちはくだんの女性を部屋へ運びあげ、ソファに寝かせてやった。特別に濃いコーヒーを二杯飲むと、間もなく薬物の影響が薄れ、かすんでいた頭がきれいに晴れたようだった。ホームズからの連絡で駆けつけたベインズは、新しい展開について簡単な説明を受けたあとで言った。

「ありがたい。それはまさにわたしが求めていた証拠ですよ」ベインズは熱意をこめてホームズの手を握った。「わたしも最初からあなたと同じ獲物をねらっていました」

「ほう！　ヘンダースンをですか？」

「もちろんですよ、ホームズさん。あなたがハイ・ゲイブル荘の植え込みで這《は》いまわっているのを、わたしは農場の木の上で偵察中に見かけましたからね。どちらが先かの問題で、求める証拠は同じだったわけです」

「それなのに、なぜ料理人を逮捕したんです？」

ベインズは小さく笑った。

「ヘンダースンと名乗る男は、自分に疑いが向いていると気づいていました。しっぽをつかまれないよう、危険が通り過ぎるまでは鳴りを潜めているはずです。そこで、もう安全だと思いこませるため、別の者を逮捕することにしました。そうすれば彼は逃亡を企てるにちがいないので、われわれがミス・バーネットに接触できるチャンスもめぐってくると踏んだのです」

ホームズはベインズ警部の肩に手を置いた。

「あなたはきっとこの道で成功なさるでしょう。直感と洞察力に優れていらっしゃる」

ベインズは嬉《うれ》しそうに頰を赤らめた。

「一週間前から駅に私服の部下を張りこませていました。ハイ・ゲイブル荘の住人がどこへ行こうとも追跡できますので。しかし、なんといっても大きいのはミス・バーネットだ。彼女を逃がしたとあっては、ヘンダースンもお手上げでしょう。あなたの協力者に彼女を救いだしてもらえて、大いに助かりましたよ。ミス・バーネットの証言なしには、やつを逮捕できませんので。そういうわけですから、彼女の事情聴取は早いに越したことはありません」

「だいぶ良くなってきましたよ」ホームズが家庭教師を見やって言った。「ところで、ベインズさん、ヘンダースンというのはどういう人物なんですか？」

「ヘンダースンはですね」ベインズが説明を始める。「本名をドン・ムリーリョといって、以前は〝サン・ペドロの虎〟なる異名をとっていた男です」

〝サン・ペドロの虎〟！　私の脳裏にその人物に関するあれやこれやが閃光《せんこう》のごとくよみがえった。文明化を標榜《ひょうぼう》する国家の統治者でありながら、淫乱《いんらん》で血に飢えた邪悪きわまる暴君として恐れられた男だ。底なしの精力と強靭《きょうじん》な肉体を持っていたがゆえに、十年から十二年にもわたって悪の限りを尽くし、その忌まわしき堕落行為によっておびえきった民衆を虐げ続けた。中央アメリカすべての地域で、彼の名前は恐怖の代名詞だった。やがてついに、民衆が反旗をひるがえす時が来た。しかし、誰よりも残虐であるのと同時に誰よりも抜け目ないこの男は、反乱の兆しをいち早く察知し、所有する財宝を忠臣たちの乗りこんだ船でひそかに運びださせた。翌日、反乱者たちが猛攻をしかけたときには、宮殿はすでにもぬけの殻だった。独裁者、その二人の子供、秘書、そして莫《ばく》大《だい》な富も、すべて消え去っていたのだ。以来、男の消息はぱったりと途絶え、ヨーロッパの新聞ではしばしばその行方が取り沙汰《ざた》されてきた。

「そう、あの男は〝サン・ペドロの虎〟ことドン・ムリーリョなのです」ベインズが重々しく繰り返す。「ホームズさん、お調べになればすぐわかるでしょうが、サン・ペドロの国旗は緑と白、つまり例の手紙に出てきた色と一致します。また、当人はヘンダースンと名乗っていましたが、身元を洗うため過去の足跡をたどったところ、パリ、ローマ、マドリッドとさかのぼり、とうとう一八八六年に船でバルセロナに上陸したことがわかりました。反乱者の集団も仇討《かたきう》ちのため彼をずっと捜してきて、ようやく居所をつかみかけていたようです」

「一年前に突き止めました」ソファに起きあがり、ホームズとベインズの会話をじっと聞いていたミス・バーネットが言った「それまでに一度、命をねらわれたことがありましたが、悪魔を味方にした男はぴんぴんしていました。今回も倒されたのは誇り高き勇敢なガルシアで、あの化け物は命拾いしたのです。でもきっと次、また次と続いていき、いつの日か必ずや正義が勝つでしょう。それは明日《あした》も太陽が昇るのと同じくらい確かなことです」拳《こぶし》を握った細い手にぎゅっと力がこもり、やつれた顔は激しい憎しみで青ざめていた。

「しかし、あなたはなぜ事件に関与することになったのですか、ミス・バーネット？」

ホームズが尋ねた。「イギリス人のご婦人が、しかもこのようなむごたらしい殺人に」

「正義をもたらすにはこうするよりほかにないと考えたからですわ。イギリスの法律がいったいなにをしてくれるでしょう？　サン・ペドロで大勢の血が流され、船いっぱいの財宝があの男によって盗みだされたときも、知らんぷりだったではありませんか。皆さんにとっては別の遠い惑星で起こった犯罪にしか感じられなかったのでしょう。でも、わたくしたちは知っています。悲しみと苦難から真実を学びました。ファン・ムリーリョはこの世で最も恐ろしい悪魔です。犠牲となった人々が泣きながら復讐を求めているうちは、わたくしたちも心が安らぐことはありません」

「確かに彼は極悪非道な男です。その暴虐ぶりは僕も耳にしています」ホームズは言った。「しかし、あなたがどういうつながりをお持ちなのかわからない」

「なにもかもお話ししますわ。あの悪党は自分にとって脅威になりうる相手を、なにやかやと理由をこじつけて処刑してきました。わたくしの夫はロンドン駐在のサン・ペドロ公使でした――ええ、わたくしの本名はシニョーラ・ヴィクトル・ドゥランドです。ロンドンで出会って結婚しました。彼ほど高潔な人はほかにいないでしょう。ところが不運なことに、ムリーリョは夫の傑出ぶりを聞きつけ、口実をもうけて召還し、冷酷にも銃殺したのです。帰国の際、夫はそうなる運命を予感していたのでしょう、わたくしを連れて戻ることは拒みました。死後、夫の財産はすべて没収され、わたくしの手もとにはわずかなお金と打ちひしがれた心しか残りませんでした。

暴君はのちに失脚しました。そして、先ほどのお話にあったように国外へ逃亡しました。でも、あの男に肉親や最愛の人を拷問のあげく殺され、人生をめちゃめちゃにされた者が大勢います。その人たちにすれば、黙ってこれで終わりにするつもりなど毛頭ありません。互いに結束し、目的を遂げるまでは決して揺るがない強固な組織を作りあげたのです。敵はヘンダースンと名を変えていましたが、暴君のなれの果てであることを組織は見破りました。そこで、家の内部からあの男の行動を仲間に報告する役目をわたくしが受け持つことになったのです。子供の家庭教師という立場を手に入れたおかげで、その任務を果たすことができました。あの男にすれば、自らが一時間の猶予しか与えず処刑した男の妻と毎回食事の席で向かい合っているとは、これっぽっちも気づかなかったでしょう。わたくしは憎き男に笑顔で接し、子供たちに教え、そのかたわら好機をうかがっていました。組織はパリで一度実行に踏み切ったものの、失敗に終わりました。ヘンダースン一家は追っ手から逃れるためヨーロッパ内を不規則に移動し、こっちかと思えばあっちと、目まぐるしく居場所を変えました。そうして最後に、ハイ・ゲイブル荘へ戻ってきたのです。イギリスに初めて到着したときに購入した家へ。

正義の使徒たちはここでも網を張っていました。サン・ペドロの元高官を父に持つガルシアはあの男が必ず戻ってくると信じ、ともに共通の敵への復讐《ふくしゅう》に燃える、身分はちがえど厚い信頼で結ばれた二人の仲間と待ちかまえていたのです。でも、昼間はなかなか手出しができませんでした。ムリーリョは用心深く単独行動を避け、外出する際は必ず秘書のルーカスを伴っていましたから。この男はムリーリョが絶対的権力をふるっていた時代はロペスの名で通っていた腹心の部下です。それでも、夜寝るときは一人きりになりますので、成功の見込みがあるかもしれません。いよいよ決行となったあの晩、わたくしは友人のガルシアに最終的な指示を出すことになっていました。警戒心の強いムリーリョは寝室をしょっちゅう変えていたからです。わたくしはドアの鍵《かぎ》を開け、馬車道に面した一ヵ所の窓に明かりをともし、その色が緑か白かで万事順調か延期かの合図を送る手はずでした。

ところが、計画は完全に狂いました。わたくしはなぜかロペスの疑いを招いてしまっていたのです。ちょうどガルシアへの手紙を書き終えた瞬間、ロペスが後ろからいきなり飛びかかってきました。わたくしは彼とムリーリョに部屋まで引きずられていき、反逆罪を宣告されました。発覚しない確信があれば、即刻わたくしにナイフを突き立てていたでしょう。長い議論の末、二人はわたくしを殺すのは危険だとあきらめましたが、ガルシアのことは始末しようと決めました。そしてわたくしにさるぐつわを嚙《か》ませ、腕をねじあげ、ガルシアの住所を無理やり聞きだしたのです。ガルシアがどんな目に遭うかはっきりわかっていれば、たとえ腕をもぎとられても突っぱねたのに。ロペスはわたくしの書いた手紙に宛先《あてさき》を添え、カフスボタンで封印したあと使用人のホセに届けさせました。ガルシアがどのように殺されたのかは知りません。わたくしを見張るためロペスは家に残りましたので、ガルシアを手にかけたのはムリーリョだということしか。これはわたくしの想像ですけれど、曲がりくねった小道の脇のハリエニシダの茂みで待ち伏せして、通りかかったガルシアをいきなり殴り倒したのでしょう。初めは家に入ってきたところを襲い、泥棒だと思って殺したことにする算段でしたが、さらに議論し合って方法を変えたようです。警察の捜査がおこなわれると自分たちの正体がたちまち世間に知れ渡り、敵にとって恰好《かっこう》の標的になってしまうとか、ガルシアが死んだと知れば、仲間たちはおじけづいて復讐をあきらめ、もう追ってこなくなるだろう、などと話していました。

ですからあとは、自分たちがなにをやったか知っているわたくしの口さえ封じれば、万事うまくいくと考えていたはずです。わたくしの命はきっと何度も消えかかったのでしょう。ずっと部屋に閉じこめられて、暴力と脅し文句に責めさいなまれ、絶望の淵《ふち》に追いつめられました。このとおり、肩を突かれたうえ両腕はあざだらけです。窓から助けを呼ぼうとして見つかったときは、声を出せないようさるぐつわをされました。この監禁生活が続いた五日間、食べ物はほとんど与えられず、体力も気力も使い果たしました。ところが、今日の午後になって突然食事がたっぷり運ばれてきました。食べ終えてすぐ、麻薬が仕込まれていたのだと気づきましたが、もう後の祭り。頭が朦朧《もうろう》としたまま引っ張っていかれ、最後は馬車のなかへ抱えあげられました。駅で汽車に乗せられたときもまだぼんやりしていましたが、汽車が動きだす間際にやっと我に返り、いまなら逃げられると悟ったのです。わたくしはすぐに飛び降りました。引きずり戻されそうになりましたが、こちらの親切な方が辻《つじ》馬車に乗せてくださったおかげで助かりました。これでもうあの一味から自由になったのですね。心から感謝いたします」

この衝撃的な話に私たち全員がじっと耳を傾けていた。最初に沈黙を破ったのはホームズだった。

「しかし、まだ一件落着ではない」首を振ってホームズが言う。「警察の捜査は終わっても、法律の仕事はこれから始まる」

「ああ、そのとおりだね」私は同意した。「老獪《ろうかい》な弁護士だったら、うまいこと正当防衛に持ちこむかもしれない。たとえ過去に百回悪事を働いていようと、今回の件でしか彼らを裁けないんだからね」

「まあ、ちょっとお待ちなさいな」ベインズは鷹揚《おうよう》な口ぶりだった。「わたしは法の力をもう少し信じてますよ。殺害する目的で計画的に被害者をおびき寄せたんですから、正当防衛で逃げるのは無理でしょう。相手が襲ってきそうだったから先手を打った、なんて言い訳は通りません。ですから心配ご無用。次のギルドフォード巡回裁判でハイ・ゲイブル荘の面々とあいまみえるときは、われわれの主張がすべて認められるでしょう」

しかしながら、〝サン・ペドロの虎〟に相応の罰を受けさせるまでにはまだしばらく待たねばならなかった。というのも、悪賢く大胆不敵なムリーリョ一味はエドモントン街の下宿屋に入ったと見せかけて、裏口からカーゾン・スクエアへ抜け、追跡をまんまとかわしたからである。それ以降、イギリスで彼らの姿が目撃されることは二度となかった。ところが半年ばかり経った頃、マドリッドのホテル・エスクリアルである事件が起こった。モンタルヴァ公爵とその秘書シニョール・ルリが、泊まっていた部屋で殺害されたのだ。虚無主義者による犯行とされたが、結局犯人はつかまらなかった。ベイカー街の私たちの部屋へやって来たベインズ警部に、被害者二名の人相書きを見せてもらった。秘書のほうは肌が浅黒く、公爵のほうは吸い寄せられそうな黒い目と濃い眉《まゆ》の、見るからに傲慢《ごうまん》そうな顔だった。少し時間はかかったが、ついに正義はなされたのだと私たちは確信した。

「ずいぶんややこしい事件だったね、ワトスン」夕べのパイプをふかしながら、ホームズは言った。「きみの好む整然とまとまった話に書きあげるのは無理なんじゃないかな。二つの大陸を舞台に、二つの謎めいた人々の集団がからみ、さらに複雑なことに僕らの実直なる依頼人スコット・エクルズまでご登場あそばした。エクルズが巻きこまれてくれたからこそ、死んだガルシアが相当な策略家で、警戒心が非常に強いことが明らかになったわけだけどね。無数の可能性がごちゃごちゃに詰まったうっそうとしたジャングルのなか、僕らは敏腕警部と協力し合って重大な本質をしっかりとらえ、細く曲がりくねった難路を迷わずに通り抜けられた。これは驚異的なことだよ。事件について、まだよくわからない点があれば言ってくれたまえ」

「ガルシアのところの料理人がウィステリア荘に舞い戻った目的はなんだったんだろう」

「台所にあった奇怪な生き物だと思うね。あの男はサン・ペドロの奥の森に住む未開の部族の出身で、例のあれは呪物《じゅぶつ》だったのさ。ガルシアが予定の時刻を過ぎても戻らなかったため、前もって決めておいた隠れ家へ逃げることになったが、その隠れ家には同じ組織の者がすでに住んでいたんだろう。一緒に逃げる仲間に、もめ事になりそうなものは持っていくなと諭され、しかたなく置いていった。だがどうしてもあきらめきれず、翌日馬車で取りに戻った。窓から家のなかの様子をうかがったところ、張り番のウォルターズ巡査がいて入れない。それからさらに三日が過ぎると、信心深いのか迷信深いのか、居ても立ってもいられず再びウィステリア荘へ向かった。ベインズ警部が抜け目なく仕掛けておいた罠《わな》へまっしぐらだ。ベインズは僕の前では取るに足らないことのように言いながら、実は重要だと悟っていて、あの変わった料理人を首尾よくとらえたというわけさ。ほかにもなにか、ワトスン？」

「八つ裂きにされた鶏の死骸《しがい》に血の入ったバケツ、黒焦げの骨。台所のあの光景は異様としか言いようがないよ」

ホームズは微笑して手帳をめくり、あるページを開いた。

「そのあたりのことを午前中いっぱいかけて大英博物館で調べてみた。ここに書き留めてあるのが、エッカーマンの『ブードゥー教と黒人宗教』から引用した文だ。読みあげよう。

熱心なブードゥー教信者は、重要な行為の前に不浄の神々の怒りに触れぬよう必ず捧《ささ》げ物をする。極端な場合、人間を生贄《いけにえ》にしてその肉を食うカニバリズムの儀式がおこなわれる。しかし通常は、生きたまま引きちぎった白い雄鶏《おんどり》か、頭を切り落として身体だけ焼いた黒い山羊《やぎ》を供えることが多い。

これでおわかりのとおり、未開社会の出身である料理人は正統な型どおりの儀式をおこなったにすぎない。これぞまさしくグロテスクだね、ワトスン」

ホームズは手帳を静かに閉じ、最後にこうつけ加えた。「とはいえ、前にも言ったように、グロテスクなものと恐ろしいものとの距離はたった一歩なんだ」

ブルース・パーティントン設計書

一八九五年十一月の第三週は、ロンドン全体が黄色く濁った濃霧にすっぽりと覆われていた。月曜日から木曜日にかけて、ベイカー街の私たちの部屋の窓からは、通りをはさんだ向かいの家々の輪郭さえほとんど見えなかったほどである。あいにくの天気となった一日目、ホームズは分厚い参考文献を持ちだして、項目ごとに相互参照の索引をつける作業に粛々といそしんだ。二日目と三日目は、近頃熱中している趣味、すなわち中世音楽の研究に根気よく打ちこんだ。しかし四日目の木曜日、朝食後に二人して椅子でくつろいだまま窓を見ると、霧は晴れるどころか油で茶色く汚れて渦を巻きながらねっとりと街路を這《は》い、そのうえ油じみた水滴となって窓ガラスにまでくっついていたので、ホームズはとうとうしびれを切らした。生来、せっかちで行動的な性格のため、単調な生活にこれ以上耐えられなくなったのだ。彼はたまりにたまったエネルギーを持てあまし、室内を行ったり来たりし始めた。爪を噛《か》んだり、家具を叩《たた》いたりと、見るからに鬱憤《うっぷん》がたまっている様子だった。

「新聞にはおもしろいものがひとつもなしかい、ワトスン？」

ホームズにとっての〝おもしろいもの〟は興味を引くような犯罪事件という意味である。新聞には革命や戦争の兆し、間近に迫る政権交代などの記事ならいくらでも載っていたが、それらはホームズの関心の範囲にはかすりもしない。犯罪と呼べそうな記事にも注目に値する目新しいものはひとつもなかった。私がそう答えると、ホームズはつまらなそうに低くため息をついて、再び部屋のなかをうろうろし始めた。

「ロンドンの犯罪界は冴《さ》えない連中ばかりだな」ホームズの口調は、たいした獲物がいないと不満を垂れる狩猟家のそれに似ていた。「窓の外を見たまえ、ワトスン。ほら、通りを行く人影はかすかにぼうっと浮かんだかと思うと、すぐに霧のなかへ溶けてしまう。こういう日は、盗っ人《と》も殺人者もジャングルの虎と同じで、飛びかかる寸前まで獲物に気づかれずに済む。おまけに目撃者は獲物以外には誰もいないときている」

「まあ、小さな窃盗はいくつも起こっているだろうね」私は言った。

するとホームズはあきれた顔つきでふんと鼻を鳴らした。

「この立派な暗澹《あんたん》とした舞台はもっと大それたことのために用意されているんだ。僕が犯罪者でなかったのはロンドンの街にとって幸いだよ」

「ああ、まったくだ！」私は心の底からそう思った。

「仮に僕がブルックスやらウッドハウスやら、僕を消したがっているにちがいない五十人くらいの面々の誰かだったとしたら、ねらわれるほうの僕はいつまで命が持つかな。

嘘の呼び出しや偽の約束に一度でも引っかかれば、そこで万事休すだろう。暗殺といえばラテン諸国だが、霧に縁のない国ばかりでよかったとつくづく思う。おや！　僕らの枯れ果てた退屈な暮らしにようやく終止符が打たれるようだ」

間もなく、メイドが電報を持ってきた。ホームズは封を切って一読したあと、いきなり大声で笑いだした。

「これは驚いた！　なんともまあ、珍しい」とホームズ。「これから兄のマイクロフトが来るよ」

「そんなに珍しいのかい？」

「もちろんだとも！　田舎道で路面鉄道車に遭遇するようなものだよ。マイクロフトはね、自分でレールを敷いて、そこだけを走る人間なんだ。ペルメル街の自宅、ディオゲネス・クラブ、勤務先の官庁街があるホワイトホール、この三カ所にしか停車しない環状線をね。前に一度、ここへ来たことがあったが、それが唯一の例外だ。そのマイクロフトが脱線するわけだから、よほど大きな岩にでも乗りあげたんだろう。いったいなにが起こったんだ？」

「説明はなにもないのかい？」

私が訊《き》くと、ホームズは電報を渡してよこした。

カドガン・ウェストの件で相談がある。至急そちらへ向かう。マイクロフト

「カドガン・ウェスト？　誰だろう。初めて聞く名前だな」私は言った。

「僕もまったく聞き覚えがない。それにしても、マイクロフトがこういう行動に出るとはまさに青天の霹靂《へきれき》！　惑星が軌道をはずれるに等しい奇跡だよ。ところで、きみはマイクロフトのことをどれくらい知っている？」

以前、〈ギリシャ語通訳〉の事件の際に教えられたことをかすかに思い出した。

「ええと、政府内のどこかで働いているようなことをきみから聞いた気がするが」

ホームズは含み笑いした。

「あの頃はきみをまだよく知らなかったからね。国家の重要機密を口にするときは慎重すぎるくらいでないといけないだろう？　兄はイギリス政府で働いている、というきみの認識は正しい。だが、兄は時にイギリス政府そのものである、と言ってもやっぱり正しいんだ」

「本当かい、ホームズ！」

「驚いて当然だよ。マイクロフトの年俸は四百五十ポンド、身分としては下っ端の役人でしかない。偉くなりたいという野心はこれっぽっちもないから、どんな勲章や肩書も辞退するだろう。それでもなお、兄はこの国にとって必要不可欠な存在なんだ」

「いったいどうして？」

「まあ、言ってみれば、マイクロフトの地位は唯一無二の特殊なものでね。彼が自分のために自分で作った。それ以前はなかった地位で、今後も二度と出てこないだろう。兄はとびきり明晰《めいせき》な頭脳の持ち主なんだ。整理整頓《せいとん》が行き届いて、人間離れした容量を誇っているため、尋常でないくらい膨大な情報を蓄えられる。僕が犯罪捜査に持てる能力をありったけ注ぎこんでいるように、兄はたぐいまれな頭脳をいまの特殊な業務に存分に活《い》かしているのさ。政府内の各省庁で下された結論はすべてマイクロフトのところへ回される。要するに、兄は中央取引所や手形交換所よろしく評価と帳尻合《ちょうじりあ》わせの役目を果たす。周囲は各分野の専門家ぞろいだが、兄は全分野の専門家だ。よって、ある大臣が海軍、インド、カナダ、金銀複本位制にまたがる情報を入手したいとき、さまざまな省庁から個別に見解を集めることもできるが、マイクロフトに頼めばそれら四つの分野に同時に焦点を当ててくれて、それぞれが互いにどう影響し合うかまで即座に助言してもらえる。そんなわけで、マイクロフトを通したほうが手っ取り早くて便利だと評判になり、いまの中枢的役割を務めるに至ったんだ。兄の脳内では、あらゆる知識が整然と分類され、必要に応じていつでもすぐ出せるようになっている。国の政策が彼の言葉ひとつで決定したことはこれまで何度もあった。兄の人生は国のためにある。それ以外のことには見向きもしない。とはいえ、例外はあってね。僕が自分の抱えるちょっとした問題を相談すれば、頭の体操だと思って引き受けてくれるだろう。だが今日は神ジュピター御自らが降臨なさるという。いったいなにが起きたんだろう。カドガン・ウェストとはどこの誰で、マイクロフトとどういう関係があるんだ？」

「わかったぞ！」私は急に思いあたり、ソファの上に散乱している新聞の山を夢中でかき分けた。「あった、これだ！　うむ、この男に間違いない！　カドガン・ウェストというのは、火曜日の朝に地下鉄で死んでいるのが見つかった青年だ」

パイプを口へ持っていきかけたホームズが、はっとして背筋を伸ばす。

「重大事件だよ、ワトスン。マイクロフトに鉄壁の習慣を変えさせたんだ、ありきたりの事件であるはずがない。しかし、どうして兄が関わっているのか見当もつかないな。僕が覚えているかぎりでは、特色と呼べるものはひとつもない事件だった。青年が列車から落ちて死んだのは明らかで、自殺の線が濃厚。なにも盗まれていなかったうえ、暴行を受けた形跡も皆無だったはずだ。そうだろう？」

「それが、死因審問の結果、新たな事実が続々と判明しているらしい」私は言った。

「よく見ると、これは変わった事件だよ」

「マイクロフトを動かすほどだから、とんでもなく変わった事件と考えたほうがいいね」ホームズは肘《ひじ》掛《か》け椅子にゆったりともたれて言った。「じゃあ、新たな事実とやらを拝聴しようか、ワトスン」

私は記事を読みあげた。「亡くなった男の名前はアーサー・カドガン・ウェスト。二十七歳で独身。ウリッジ国営兵器工場の事務官だそうだ」

「政府の職員だったのか。ここでマイクロフトとつながった！」

「ウェスト青年は月曜日の夜、ウリッジで突然いなくなった。最後に姿を見たのは一緒にいた婚約者のヴァイオレット・ウェストベリーで、午後七時半頃、彼がふっと霧のなかに消えてしまったと言っている。喧嘩《けんか》をしたわけでもないのに、なぜ黙って一人で行ってしまったのか、思いあたるふしはまったくないとのこと。居場所がわかったときには、ロンドンの地下鉄駅オールドゲイト付近で冷たくなっていた。発見者はメイスンという保線係」

「日時は？」

「遺体発見は火曜日の朝六時となっている。東行きの線路の左側に両手両足を投げだした恰好《かっこう》で倒れていた。駅に近い、線路がちょうどトンネルから出てくる地点だ。頭部がひどくつぶれていたが、これは乗客が走行中の列車から転落すれば、負ってもおかしくない傷といえる。地下鉄の線路脇に倒れていたということは、そう考えるのが自然だろう。近くの街路から運びこもうとしても、駅員がつねに立っている改札口を通らなければならないから、絶対に気づかれる。列車から転落したことに疑いの余地はないよ」

「ごもっとも。明確な事件だね。すでに死んでいたか、まだ生きていたかはわからないが、列車から落ちた、もしくは突き落とされた。ここまではわかっているわけだ。先を続けてくれ」

「遺体が見つかった現場では、線路は西から東へ伸びている。ただし、そこを通る列車は地下鉄のメトロポリタン線をそのまま走ってきたものだけでなく、ウィルズデンのような郊外の乗換駅から来たものもある。亡くなった青年が夜遅く東へ向かっていたのは明白だが、どこから乗車したのかは特定できていない」

「切符を見ればできるだろう」

「ポケットにもどこにも切符はなかったんだ」

「切符はなかった？　それは妙だね、ワトスン。僕の経験で言えば、切符を見せなかったらメトロポリタン線のプラットホームにさえ行けない。だから、本当は持っていたんだ。乗車駅がどこなのか知られないよう何者かが奪い去ったんだろうか？　否定はできないね。もしくは、車内でうっかり落としたのか？　それもありうる。いずれにしろ、興味深い点だな。なにも盗《と》られてはいないんだったね？」

「ああ、そのようだ。彼の所持品が書いてあるから順に挙げよう。まず、現金二ポンド・十五シリングが入った財布。キャピタル・アンド・カウンティ銀行ウリッジ支店の小切手帳。ちなみに身元はここから判明した。それから、当夜の公演を予約した、ウリッジ劇場の特等席の切符が二枚。残りは技術関係の書類が数枚」

それだ、とホームズが嬉々《きき》として声を放つ。

「やっと行きあたったぞ、ワトスン！　イギリス政府、ウリッジ国営兵器工場、技術関係の書類、マイクロフト。ほら、鎖はがっちりつながった。というところで、僕の耳が確かなら、ちょうど本人のご登場だ。じきじきに説明に来てくれたよ」

その直後、でっぷりと太った長身のマイクロフト・ホームズが部屋へ案内されてきた。堂々たる立派な体格だが、ぎこちない動作からすると、身体を動かすのはあまり得意ではないようだ。しかし、持てあまし気味の手足や胴体とは対照的に、首から上はみじんも隙がない。みごとに秀でた額、射るように鋭い鉄灰色の目、きゅっと引き結んだ唇、さらにはとらえがたい繊細な表情。そうした特徴を一目見れば、大きな身体のほうは記憶から一瞬で消え、圧倒的な知性の印象だけが残るだろう。

マイクロフトのすぐ後ろから、スコットランド・ヤードの我らが友人、レストレイド警部の痩《や》せこけた実直そうな顔が現われた。二人そろって表情が厳しいのは、それだけ深刻な問題だということだろう。レストレイド警部は私たちと無言で握手を交わした。

マイクロフトはじれったそうに急いでコートを脱ぎ、肘掛け椅子にどっかと座った。

「困ったことになったよ、シャーロック」マイクロフトはそう切りだした。「いつもの習慣を変えるのははなはだ不本意だが、背に腹は代えられんのでね。シャムの国(現在のタイ)の情勢を考えれば、陣地を離れている場合ではないしな。だがこれはまさに焦《しょう》眉《び》の問題。あんなにうろたえた首相は初めて見たよ。海軍に至っては――蜂の巣をつついたような状態で、上を下への大騒ぎだ。事件については読んでいるか？」

「ついさっきね。技術関係の書類というのはなんだい？」

「そう、それだよ！　幸いなことに、まだ外部には漏れていない。もし漏れていたら、新聞が嵐のごとく騒ぎ立てているだろう。実を言うと、不運な若者のポケットに入っていたのは、ブルース・パーティントン型潜水艦の設計書なんだ」

マイクロフトのおごそかな口調から、それがいかに重要なものかがひしひしと伝わってきた。ホームズも私も思わず姿勢を正した。

「耳にはさんだことはあるだろう？　誰もが知っているはずだと思うが」

「まあ、名称だけは」

「その重要性はどれほど強調しようと誇張にはならんだろう。とりわけ厳重に守られてきた最高レベルの国家機密だ。いかなる敵の軍艦もブルース・パーティントン型潜水艦の行動半径内では手も足も出まい。二年前、歳出予算からひそかに莫大《ばくだい》な金額を捻出《ねんしゅつ》し、その発明の独占権取得に注ぎこんだ。以来、秘密を守るためあらゆる手段を講じてきた。設計書は複雑きわまりなく、どれひとつとして欠くことのできない三十ほどの別々の特許から成り立っており、兵器工場に隣接する秘密のオフィスの精巧な金庫に保管されている。むろん部屋のドアと窓は盗難防止仕様だ。設計書をオフィスの外へ持ちだすことは、例外なく厳禁となっていた。たとえ海軍の造船部長であろうと、設計書を参照したければウリッジまではるばる足を運ばなければならない。にもかかわらず、ロンドンの真ん中で遺体で見つかった平《ヒラ》職員のポケットから出てきたのだ。政府の立場からすれば、これはあるまじきこと。断じて看過できない」

「それでも、無事に取り戻せたんだろう？」

「ところが、そうではないのだ、シャーロック！　だから頭を抱えているんだよ。書類はちっとも無事ではない。ウリッジから持ちだされた書類は十枚。カドガン・ウェストのポケットにあったのは七枚。最重要部分の三枚が消え失《う》せている——盗まれたのか、紛失したのか、とにかく見つからんのだ。シャーロック、ほかの仕事はすべて中断してもらいたい。いつものしみったれた犯罪の判じ物なんぞ放っておけ。おまえの肩には、国家間の微妙な問題に関わる重大事件がかかっているのだ。カドガン・ウェストはなぜ書類を持ちだしたのか、とりわけ重要な三枚はどこにあるのか。ウェストはどのように死に、なぜ死体があの場所で見つかったのか。この大火事を鎮火するにいったいどうすればいいのか。これらの答えを全部見つけだせれば、おまえは祖国に多大な貢献を果たすことになる」

「なぜ自分でやらないんです、マイクロフト？　兄さんこそ、この大役に適任だと思うんだが」

「そうかもしれん、シャーロック。だが、問題解決にはまず細かい手がかりを集めてくる必要がある。おまえからそれらを受け取って、お返しに椅子に座ったまま専門家としての有益な意見を授ける、という話ならば無理ではなかろう。しかし、足を使ってあちこち調べまわり、地下鉄の車掌から事情を訊《き》きだしたり、拡大鏡を手に四つん這《ば》いになったりするのは――わたしの手法《メティエ》ではない。よって、この問題を解決に導けるのはおまえただ一人なのだ。成功すれば、次の叙勲者一覧におまえの名前が載るという栄誉も――」

　ホームズは薄笑いをのぞかせ、かぶりを振った。

「僕がゲームをするのは純粋にゲームを楽しむためなんだ。まあ、この事件には興味をそそられたし、気になる点もいくつかある。喜んで引き受けるよ。もっと具体的に聞かせてもらえないか？」

「最重要項目はこの紙に書き留めておいた。調査のうえで役に立ちそうな人物の住所もいくつか添えてある。例の書類を実質上管理していたのは政界の大物として名高いサー・ジェイムズ・ウォルターだ。彼が獲得した勲章や称号は紳士録でたっぷり二行分はある。髪が白くなった現在まで長年勤めてきて、名門貴族の館に招かれることもしばしば。手本となるれっきとした紳士であることは言うに及ばず、揺るぎない愛国心の持ち主だ。この男が、金庫の二つある鍵《かぎ》のうち、ひとつを持っている。つけ加えると、月曜日の勤務時間中に書類がオフィスにあったことは間違いない。三時頃、サー・ジェイムズは金庫の鍵を持ってロンドンへ向かい、その晩、事件が起きたと思われる時間帯はバークリー・スクエアのシンクレア提督の邸宅から一歩も出ていない」

「立証できるんだね？」

「むろんだ。ウリッジを発《た》った時刻についてはサー・ジェイムズの弟、ヴァレンタイン・ウォルター大佐が、ロンドン到着についてはシンクレア提督がそれぞれ証言している。よって、サー・ジェイムズには事件との直接のかかわりは絶対にない」

「もうひとつの鍵は誰が？」

「主任事務官であり製図技師でもあるシドニー・ジョンスンだ。四十歳の既婚者で、五人の子供がいる。むっつりした気難しい男だが、勤務成績は申し分ない。同僚から好かれるタイプではないにせよ、真面目な働き者だ。月曜日の行動について本人に尋ねたところ、裏付けは奥さんの言葉だけだが、夕方に仕事から帰ったあとはずっと自宅にいて、金庫の鍵は懐中時計の鎖から一度もはずしていないという」

「カドガン・ウェストがどういう人物かも知りたい」

「勤めて十年になる優秀な職員だ。周囲からは短気でせっかちだと見られているが、正直一本な男で、問題にすべき欠点はまったくない。勤務先ではシドニー・ジョンスンに次ぐ地位にあり、職務上、例の設計書を毎日じかに取り扱っていた。ほかに設計書に触れられた者は一人もいない」

「月曜日の晩は誰が設計書を金庫にしまったんだい？」

「シドニー・ジョンスンだ」

「それなら、持ちだした人物の正体は誰の目にも明らかだ。事実、のちにカドガン・ウェストのポケットから発見された。結論は出ているんじゃないか？」

「ところがだ、シャーロック、そうなると説明のつかないことがいくつも出てくる。第一に、彼はなぜ設計書を持ちだしたのか」

「値打ちがあるんだろう？」

「売って儲《もう》けようと思えば、数千ポンドにはなるはずだ」

「書類をロンドンへ持っていった目的が売るため以外になにか考えられるのかい？」

「いいや」

「だったら、ひとまずそれを前提に考えていくほかないね。書類はウェスト青年が持ちだしたとしよう。それには前もって合い鍵を用意しておかないとならないわけか――」

「複数の別々の合い鍵をな。金庫のほかに、建物のドアと部屋のドアの鍵も必要だ」

「じゃあ、ウェストは必要な合い鍵をすべて持っていたと仮定する。設計書を金庫から出したあと、ロンドンへ運んでいった。相手方に秘密を売り渡したら、設計書は翌朝なくなっていると気づかれる前に金庫へ戻しておくつもりで。だが、ロンドンで裏切り行為に及んでいる最中、不慮の死を遂げた」

「どういう状況で？」

「おそらくウリッジへ戻る列車のなかで殺害され、外へ放りだされたんだろう」

「死体が発見されたオールドゲイトは、ウリッジ方面への乗換駅であるロンドン・ブリッジをだいぶ過ぎているがな」

「彼が乗り過ごした理由なんていくらでも並べられるよ。たとえば、車内で知った顔に会い、ついつい話しこんでしまったとか。そこから争いになって暴力をふるわれ、命を落とすはめになったのかもしれない。その車両から逃げだそうとした際、誤って線路に落下したとも考えられる。そうなっても相手の男はドアを閉めて、しらばくれていればいい。外は濃霧だから、目撃者などまずいないだろう」

「現在わかっている範囲で考えれば、その説明が一番しっくりきそうだな。だがな、シャーロック、とりこぼしがずいぶんあるぞ。理論を展開しやすいよう、カドガン・ウェストが設計書をロンドンへ持っていくつもりだったとする。当然ながら、外国のスパイと前もって落ち合う約束を交わし、その晩は予定を空けておくはずだろう。ところが、現実にはどうだ？　劇場の切符を二枚買って、婚約者と一緒にそこへ向かうところだった。途中で黙って急にいなくなったのだ」

「目くらましですよ」さっきからじれた様子で話を聞いていたレストレイド警部が会話に割りこんだ。

「なんとも奇妙な目くらましだね。それが反論の理由その一だ」マイクロフトが異を唱える。「その二は次のとおり。ウェストがロンドンで外国のスパイと会ったとすれば、設計書は翌朝までに是が非でも持ち帰らねばならない。でないと、企《たくら》みが発覚してしまう。しかし、持ちだした十枚の書類のうち、本人のポケットに入っていたのは七枚だけ。残りの三枚はどうなったんだ？　ウェストがはいどうぞと渡すわけがない。それに、裏切り行為とひきかえに得た報酬はどこへ行った？　死体のポケットには大量の札束が入っていて然《しか》るべきだというのに」

「その答えでしたら、わたしにははっきり見えていますがね」レストレイドは言った。「実際になにが起こったのか、もうすっかりわかりましたよ。ウェストは一儲けしようと設計書を盗みだし、スパイに会った。だが金額面で折り合いがつかず、交渉は決裂。ウェストは設計書を持って帰途についた。そのあとをスパイが追う。そして車内でウェストを殺し、設計書の最も重要な三枚を奪ったあと、死体を車両から投げ捨てた。これならつじつまがぴったり合います」

「切符を持っていなかったことはどう説明する？」

「スパイにすれば、切符から足がついて自宅を突き止められてしまう危険がある。それで被害者のポケットから抜き取ったんでしょう」

「名調子じゃないか、レストレイド君。大変けっこう」ホームズがほめる。「なかなかうまい論理だ。ただ、それが真相ならば、事件についてはもう手のほどこしようがないね。裏切者は死んだ。ブルース・パーティントン型潜水艦の設計書はすでにスパイの手によって大陸へ渡っているだろう。僕らにこれ以上なにができるんだい？」

「行動だよ、シャーロック！　行動あるのみだ！」マイクロフトが急に立ちあがり、大声を放った。「わたしの直感はいまの意見に猛反対している。おまえの行動力を発揮してもらおう！　すぐに現場へ行って、関係者たちに会ってくれ。地面の石をひとつ残らずひっくり返すつもりで徹底的に調べるんだ。祖国のために力を尽くせる千載一遇のチャンスだぞ」

「やれやれ、わかったよ！」ホームズは肩をすくめた。「行こう、ワトスン！　それからレストレイド君、きみも一、二時間つきあってくれないか？　捜査の出発点はオールドゲイト駅だ。ではマイクロフト、僕はこれで。報告は夕方になると思うが、あらかじめ言っておくよ。あまり期待しないほうがいい」

一時間後、私はホームズとレストレイド警部とともにオールドゲイト駅のすぐ手前、地下鉄の線路がちょうどトンネルから出てくる地点に立っていた。鉄道会社からは折り目正しい赤ら顔の老紳士が立ち会ってくれることになった。

「若者の死体が横たわっていたのはここです」鉄道会社の男は線路から三フィートほど離れた地面を指した。「外から来て落ちたのではありません。ご覧のとおり、まわりはつるりとした塀に囲まれています。走行中の列車から転落してこうなったとしか考えられません。当社で調べた結果、月曜日の真夜中近くに通過した列車ではないかと」

「車内に争った形跡はありませんでしたか？」

「いいえ、まったく。切符も見つかりませんでした」

「ドアが開いていたという報告は？」

「いっさいありません」

「今朝、新たな目撃証言が得られました」レストレイドが説明をはさんだ。「月曜日の夜十一時四十分頃、メトロポリタン線の普通列車に乗っていた客が、オールドゲイト駅のあたりで人が線路にぶつかったような鈍い衝突音を耳にしています。プラットホームに入る直前だったそうです。あいにく霧が濃かったため、なにも見えなかったと言っていますが。客はその場では誰にも知らせていません。あの、ホームズさん、どうかしたんですか？」

　ホームズは緊張した面持ちで突っ立ったまま、線路がカーブしながらトンネルから出てくる箇所をひたと見据えていた。オールドゲイトは乗換駅で、複数の路線が乗り入れているため、線路の脇にはいくつもの転轍機《ポイント》が分岐ごとに設けられている。ホームズはそれらをいぶかしげな目で食い入るように見つめていたのだった。唇をきつく結び、鼻孔をかすかに震わせ、濃い眉《まゆ》を寄せた険しい顔。その油断なく張りつめた表情がなにを意味するのか、私はよく知っていた。

「ポイント」ホームズがふいにつぶやく。「そう、ポイントだ」

「は？　それがなにか？」

「これほど多くのポイントが設置されている箇所はあまりないと思うんだが」

「ええ、数えるほどしかないでしょう」

「しかもカーブがある。カーブとポイント。ひょっとすると、これは！」

「どうしました、ホームズさん？　なにか手がかりでも？」

「急にひらめいたんだ――まだ単なる思いつきの段階だがね。さあ、おもしろいことになってきたぞ。めったに遭遇できない独特の事件だよ。どうしてもっと早く気づかなかったんだろう。見たところ、線路に血痕《けっこん》らしきものは見当たらないね」

「出血はほとんどありませんでしたので」

「ひどい傷だったにもかかわらず？」

「頭蓋骨《ずがいこつ》は砕けていましたが、外傷はさほど深いものではありませんでした」

「それでも出血がほとんどないとは考えられないな」そのあとホームズは鉄道会社の男

に尋ねた。「霧のなかで鈍い衝突音を聞いたという客が乗っていた列車を調べさせてもらえませんか？」

「それはちょっと無理ではないかと。いまはもう連結を解いて、各車両はばらばらに別の列車につながっていますので」

「ご安心ください、ホームズさん」レストレイド警部が横から言う。「警察が全車両を隅々まで徹底的に調べてあります。わたしが指揮を執ったんですから、ぬかりはないですよ」

ホームズの明らかな欠点をひとつ挙げるなら、自分ほど頭がよくない相手に対して辛抱が足りないということだろう。

「それは頼もしい」ホームズはそう言って、ぷいとそっぽを向いた。「だが、あいにく僕が調べたいのは車両じゃないんでね。ワトスン、ここでの用事はもう済んだ。これ以上きみの手を煩わせる必要もないだろう、レストレイド君。捜査の場をウリッジへ移さなければ」

ロンドン・ブリッジ駅でホームズはマイクロフト宛ての電報を書いた。出す前に私に見せてくれたので一読すると、内容は次のようなものだった。

暗闇に光明がさすも、いまにも消え入りそうだ。とりあえず、帰るまでにベイカー街へメッセンジャーに届けさせておいてほしいものがある。我が国に潜伏しているとおぼしき諸外国のスパイ、および国際的スパイの正確な住所つきリストだ。
シャーロック

「リストが手に入れば、勝負はもうこっちのものだよ、ワトスン」ウリッジ行きの列車に乗りこんで、座席に落ち着いたあとホームズは言った。「のちのちまで語り継がれる異色の事件になりそうだ。引き合わせてくれた我が兄マイクロフトに感謝しないといけないな」

意欲満々の表情から闘志あふれる興奮が伝わってきた。示唆に富んだ目新しい問題に取り組んでいるおかげで頭脳が刺激され、思考力が覚醒《かくせい》したのだろう。耳も尻尾《しっぽ》もだらんと垂らして犬小屋で寝そべっていたフォックスハウンド犬が、獲物の強い匂いを嗅《か》ぎつけたとたん首をぴんと立て、目を輝かせ、力のみなぎる身体で駆けだすさまを見ているようだった。いまのホームズはつい数時間前までとは打って変わり、はつらつとしている。霧のせいで部屋に閉じこめられ、鼠色のドレッシング・ガウン姿で椅子に力なくもたれるか、室内をそわそわと歩きまわるかしていた彼とは似ても似つかない。

「材料はそろっている。視界も開けている。それでも肝心なことに気づかなかったんだから、僕のおつむはよほどのなまくらだな」ホームズは言った。

「こっちはいまだになんのことか見当もつかないよ」

「僕も結末まで見通せたわけではないんだが、前へ進むためのとっかかりをひとつつかんだよ。ウェスト青年はどこかほかの場所で死に、そのあと列車の屋根に載せて運ばれたんだ」

「列車の屋根だって！」

「まさかと思うだろう？　だが、状況をよく考えてみたまえ。死体の発見場所が、線路のポイント上で列車が縦にも横にも振動する地点だったことは、単なる偶然だろうか？　あそこなら、列車の屋根になにか載っていれば落下しそうだと思わないか？　ポイントでの揺れは車内にある物体には大きな影響を及ぼさないはずだ。よって、死体は列車の屋根から落ちたか、ほとんどありえない偶然が起きたかのどちらかだと思うね。ここで血痕の問題を取りあげよう。出血したのがどこかほかの場所だったのなら、線路に血痕が見つからなかったのもうなずける。個々の事実が含蓄豊かだから、ひとつに束ねると威力が何倍にも増すね」

「そうだ、切符のことも！」私はふいに思い出した。

「まさしく。切符がなぜ出てこないのかわからなかったんだが、これで合点が行ったよ。なにもかもすっきり片付く」

「しかし、きみの説が正しいとしても、ウェストがなぜ死んだのかは相変わらず闇のなかだね。まいったな、謎は薄れるどころか、よけい深まった気がする」

「そうだね」ホームズは思案げな顔で繰り返した。「確かにそうだ」それきり口をつぐんで、物思いにふけった。ゆっくりとしか走らない列車がようやくウリッジ駅に着くと、ホームズは辻《つじ》馬車を呼び、ポケットからマイクロフトが関係者の名前を書いてくれた紙を取りだした。

「午後は方々を回って話を聞こう」とホームズ。「真っ先に訪ねたいのはサー・ジェイムズ・ウォルターだ」

その誉れ高い官僚が住んでいるのは、テムズ川沿いに大きく広がる緑の芝生つきの美しい邸宅だった。そこに到着したとき、ちょうど霧が晴れてきて、湿っぽい薄日が射し始めていた。呼び鈴に応《こた》えて現われたのは執事だった。

「サー・ジェイムズにご用がおありとのことですが」打ち沈んだ表情で執事が言う。

「サー・ジェイムズは今朝方亡くなりました」

「まさか!」ホームズはびっくりした。「いったいなにがあったんです?」

「なかへお入りになりますか? 弟君のヴァレンタイン様がいらっしゃいますので、お会いになるとよろしいかと」

「ぜひそうさせてください」

私たちは明かりがぼんやりともった応接間へ通された。間もなくそこへ、際立った長身で、目鼻立ちの整った顔に薄い顎《あご》ひげを長く伸ばした、五十がらみの男性が入ってきた。亡くなったサー・ジェイムズの弟、ヴァレンタイン・ウォルター大佐だ。動転した目つきといい、頰に残る涙の跡といい、くしゃくしゃに乱れた髪といい、家族を突然襲った不幸にどれほど打撃を受けているかが痛いほど伝わってきた。話し方も途切れ途切れで、いまにも消え入りそうな弱々しい声だった。

「今回の不祥事さえなければ、こんなことには」ウォルター大佐は無念そうに言った。「兄のサー・ジェイムズは誇り高く繊細な性分でしたから、面目を失ったことが耐えられなかったのでしょう。神経がずたずたになってしまったのだと思います。自分の部署は有能だと常日頃自慢していただけに、ショックも大きかったはずです」

「兄上からお話をうかがおうとしていた矢先なので、残念でなりません。真相を突き止めるうえで助けになっていただけたでしょうに」

「あなた方やわたしと同様、兄もなぜああいうことが起きたのか理解できずにいました。知っていることはすべて警察に話してあります。当然ながら、カドガン・ウェストのしわざだと思っていたようです。それ以外のことはまったくわからないと言っていましたが」

「あなたはいかがです？　事件について参考になりそうなことをなにかご存じありませんか？」

「新聞や人づてで入ってきたこと以外はなにも知りません。大変恐縮ですが、ホームズさん、そろそろお引き取り願えないでしょうか。お察しいただけるかと思いますが、なにぶん取りこみ中でして」

「これは予想もしていなかった展開だね」馬車に戻ってから、ホームズは言った。「サー・ジェイムズもお気の毒に！　自然死だろうか、それとも自殺だろうか。後者だとすると、事件のことで自らを職務怠慢と責めたがゆえか？　この問題はもっと先へ行ってからだな。よし、カドガン・ウェストに駒を進めるとしよう」

町はずれの小さいけれどもよく手入れされた家が、息子に先立たれた哀れな老婦人の住まいだった。嘆き悲しむ母親はまだ話を聞けるような状態ではなかったが、そばに付き添う青ざめた顔の若い女性が代わりに口を開き、亡くなった青年の婚約者、ヴァイオレット・ウェストベリーだと名乗った。事件が起きた晩、ウェストの姿を最後に見た人物である。

「ホームズさん、いまだに信じられません」彼女は言った。「この悲劇が起きてからというもの、夜も眠れず一日中考えています。どうしても本当のことを知りたくて、ずっと考え続けているんです。アーサーはひたむきで正義感が強く、人一倍愛国心にあふれていました。信頼のもとに預かっていた国の機密を敵に売るくらいなら、迷わず自分の右手を切り落とすでしょう。彼を知っている人なら誰だって、こんなことはばかげている、絶対にありえないと思っているはずです」

「しかし、現実に起きたことですよ、ウェストベリーさん」

「ええ、そうですわね。ですから、理由がわからず途方に暮れているのです」

「彼がお金に困っていたということは？」

「いいえ。質素に暮らしていましたから、いただくお給料で充分でした。貯金も二、三百ポンドありました。新年を迎えたら結婚することになっていたんです」

「そわそわした様子などはなかったのですか？　ああ、気になっていたことがあるようですね。ウェストベリーさん、どうか正直に打ち明けてください」

ホームズは相手の態度に表われたわずかな変化を目ざとく察知したのだ。彼女の頬に赤みがさし、躊躇《ちゅうちょ》しているのがうかがえた。

「実はそのとおりなんです。なにか心配事があるように感じました」

「前々からですか？」

「つい先週くらいからだったと思います。じっと考えこんだり、悩んでいる様子だったり。それで一度、どうしたのと訊《き》いてみますと、気がかりなことがある、仕事上のことだ、と前置きして、〝とてつもなく重大だから、相手がきみであろうと、うかつには話せない〟との答えが返ってきました。わたしはそれ以上なにも言えなくて、その話題はそれきりになりました」

ホームズは険しい顔つきになった。

「ほかにはどうですか、ウェストベリーさん？　彼の立場が不利になりそうだと思えることでも、包み隠さず話してください。まったく別のところへつながるかもしれませんので」

「でも、もうなにもないのです。一、二度、彼がなにか言いたそうにしていたことはあります。ある晩は、自分がかかわっている機密がどれほど重要かに触れて、外国のスパイはそれを手に入れるためなら金に糸目をつけないだろうと言っていました」

ホームズの表情がますます険しくなる。

「それから？」

「そういえば、それほど重要な機密なのに扱いがずさんだというようなことを口にしていました。内部に裏切者がいたら、簡単に奪われてしまうと」

「その発言は最近のことですか？」

「ええ、ほんの数日前です」

「では、彼と一緒にいた最後の晩について話してください」

「歩いて劇場へ向かっていました。霧がかなり深くて、辻馬車は使えませんでしたので。ちょうど彼の勤務先のオフィスにさしかかったときのことです。彼がいきなり駆けだしたかと思ったら、あっという間に霧の向こうへ消えてしまいました」

「なにも言わずに？」

「驚いたように、あっと一声放っただけでした。わたしはその場で待ちましたが、いつまで経っても戻ってこないので、しかたなく家に帰りました。翌朝、オフィスが開く時刻を過ぎると、警察が事情を尋ねに来ました。わたしが最悪の事態を知らされたのは正午になってからです。ホームズさん、一生のお願いです。どうかせめて身の潔白だけでも証明してあげてください！　彼にとって名誉はなによりも大切なものでしたから」

ホームズは悲しげにかぶりを振った。

「ワトスン、おいとましよう。調べるところはまだほかにも残っている。次は書類が持ち去られたオフィスだ」

ゴトゴトと走る馬車のなかで、ホームズは言った。「もとより例の青年が怪しいとみられていたが、こうして調査が進むにつれ、疑惑はますます濃厚になった。結婚を控えていたことも動機に数えられる。いろいろと物入りだろうからね。機密が金になることを婚約者の前で話題にしたのは、そういう目論見《もくろみ》が頭にあった証拠だ。あのまま計画をすべて打ち明けて、彼女を裏切り行為の共犯者にするつもりだったのかもしれない。どれをとっても青年には不利な材料だらけだ」

「そうは言っても、ホームズ、彼の人柄は有利なほうの材料だと思うがね。それに、婚約者を道に置き去りにして、突然駆けだすというのは尋常でない事態だ。本当に書類を盗みに行くためだったんだろうか」

「きみの言うとおり！　反証も確かに存在するね。だが、彼の疑いを完全に晴らすのはかなりの難題だ」

オフィスで私たちを迎えた主任事務官のシドニー・ジョンスン氏は、どこへ行っても威光を放つホームズの名刺のおかげで、丁重な態度で接してきた。痩《や》せて眼鏡をかけた、気難しそうな中年の男だ。頬がこけ、両手がぴくぴくとひきつっているのは、今回のことで神経がすり減っているせいだろう。

「ゆゆしき事態ですよ、ホームズさん。大変嘆かわしい！　所長のサー・ジェイムズが亡くなったことはお聞き及びですか？」

「先ほど、お宅を訪ねました」

「ここはさんざんなありさまです。所長は急死、カドガン・ウェストは不審死、おまけに重要な書類が盗まれた。月曜日の夕方にここを戸締まりしたときは、ほかの政府機関のどこよりも優秀な部署だったというのに、まったくなんということだ。もう考えるのもいやなくらいですよ！　よりによって、あのウェストがこんな大それたことを！」

「では、書類を持ち去ったのは彼だとお考えなんですね？」

「ほかに考えようがないですからね。正直言って、彼のことは自分と同じくらい信用していましたが」

「月曜日にここを戸締まりした時刻は？」

「五時です」

「あなたご自身で？」

「いつも最後に帰るのはわたしですから」

「そのとき設計書はどこにありましたか？」

「そこの金庫に。しまったのはこのわたしです」

「建物に警備員はいないのですか？」

「いますよ。ただし、ここ以外の部署も受け持っています。軍人あがりの、信頼できる申し分ない人物です。月曜日の晩について尋ねたところ、不審なものはなにも見かけなかったとのことでした。もっとも、ひどい濃霧だったわけですが」

「カドガン・ウェストが勤務を終えてここを出たあと、戻ってきてもう一度入り、金庫のなかの書類を持ちだしたとしましょう。その場合、別々の鍵《かぎ》を三つ持っていなければならないわけですね？」

「はい、そういうことになります。建物の入り口の鍵、この部屋の鍵、そして金庫の鍵です」

「サー・ジェイムズ・ウォルターとあなただけが、三つともお持ちだったんでしょう？」

「いや、わたしは建物と部屋の鍵は持っていません――持っているのは金庫の鍵だけです」

「サー・ジェイムズは几帳面《きちようめん》な方でしたか？」

「そうだと思います。鍵の管理についても、三つまとめて同じ金属の輪っかに通してありました。よく目にしていましたので、確かです」

「その鍵束を持って、ロンドンへ行かれたわけですね？」

「ご本人はそうおっしゃっていました」

「で、あなたもご自分の鍵はつねに持ち歩いていたんですね？」

「ええ、肌身離さず」

「ということは、もしもウェストが犯人なら、合い鍵を持っていないとおかしい。ところが、遺体からそんなものは出てこなかった。そこで、少し視点をずらします。このオフィスの職員が設計書を売りたいなら、今回のように原本を持ちだしたりせず、自分で写しを作るほうがたやすいのでは？」

「正確に作らないと価値はありませんし、そうするにはかなり高度な専門知識が必要になります」

「ですが、サー・ジェイムズやあなたご自身、それからウェストも、必要な専門知識を持っているでしょう？」

「もちろんそうですが、この件にわたしまで引っ張りだそうとなさるのはご勘弁願いますよ、ホームズさん。現実に設計書はウェストから見つかっているんですから、こんなふうにあれこれ推測しても無駄でしょう」

「そうはおっしゃいますが、自分で写しを作れば事足りるし、その機会は充分あったにもかかわらず、わざわざ危ない橋を渡るというのはあまりに不自然ですよ」

「不自然であっても——それが彼のやったことなのです」

「本件はよく調べると、理不尽なことだらけですね。なくなった三枚の書類についてもうかがいましょう。設計書のなかで一番重要な部分だったそうですね」

「そのとおりです」

「つまり、その三枚を手に入れれば、ほかの七枚がなくてもブルース・パーティントン型潜水艦を建造できるということですか？」

「わたしが海軍省に報告したのもそのような結論です。ところが、今日もう一度設計書を調べてみて、そうとは言い切れないとわかりました。自動調節機能付き二重バルブの図面が戻ってきた七枚のなかにあったのです。よって、三枚を奪ったどこかの国は自力でそのバルブを発明しないかぎり、潜水艦を完成させることはできません。もちろん、じきにその壁も乗り越えるでしょうがね」

「いずれにしろ、消えた三枚は設計書の肝要な部分なのですね？」

「ええ、それは確かです」

「さしつかえなければ、ここを簡単に見てまわりたいのですが。お聞きしたいことはだいたいこれくらいですので」

そう断ってから、ホームズは金庫の錠や部屋のドア、そして窓にはまっている鉄の鎧《よろい》戸《ど》を順に調べていった。俄然《がぜん》興味をそそられた様子になったのは、外の芝生に出たときだった。ちょうど窓のそばに月桂樹《げっけいじゅ》の茂みがあり、数カ所の枝が曲がったり折れたりしていたのだ。ホームズはそれらを拡大鏡でとくと眺めてから、その下の地面にかすかに残っていたなにかの痕跡《こんせき》らしきものを同じくじっくり観察した。それが済むと、主任事務官に頼んで内側から鉄の鎧戸を閉めてもらった。ホームズは鎧戸の真ん中を指して私に言った。ほら、このとおり隙間ができているから、窓の外に誰かいれば室内がどうなっているか見えるだろうね、と。

「三日遅れのせいで、跡がほとんど消えてしまっている。重要な意味があるのかどうか、判然としないね。さてと、ワトスン、もうウリッジには用がなさそうだ。収穫はほんのわずかだったよ。あとはロンドンに戻って、どうにかするしかない」

そうホームズは言ったが、ウリッジ駅を発《た》つ前にもうひとつ収穫があった。出札係の駅員から、よく顔を知っているカドガン・ウェストが月曜日に午後八時十五分発のロンドン・ブリッジ行きに乗るのを確かに見た、との証言を得たのだ。ウェストは一人で現われ、三等の切符を一枚買ったが、妙に興奮して落ち着きがなかった。ぶるぶる震えていて、釣り銭を受け取るのもままならないありさまだったため、出札係が手伝ってやらねばならなかったそうだ。時刻表を調べたところ、七時半頃に婚約者を置き去りにしたウェストがそのあと駅へ向かったのだとすれば、八時十五分発が一番早く乗れる列車だった。

「ふりだしに戻ったよ、ワトスン」列車に乗って三十分後、それまで黙りこんでいたホームズがようやく口を開いた。「僕らは一緒に組んで数多くの事件を調べてきたが、これほど難航したためしはなかったんじゃないかな。一歩前進したかと思うと、必ず新たな壁が立ちふさがる。まあ、じりじりとは動いているんだけどね。

ウリッジでの調査結果は、カドガン・ウェスト青年にとって圧倒的に不利だ。しかし、窓のまわりの状態から、逆に彼にとって有利な仮説を導けるかもしれない。たとえば、どこかの外国のスパイが設計書をねらってウェストに接触したことがあったとしよう。誰にも言うなと口止めされ、誓いを立てたかなにかしてそれに従うしかなかったんだろうが、婚約者につい漏らした言葉から、ウェストがその件で思い悩んでいたことがうかがえる。ここまではいいね？　さあ、次だ。ウェストは婚約者と劇場へ向かう途中、自分に接触してきたスパイが霧にまぎれてオフィスのほうへ行くのを偶然見かけたとする。ウェストはせっかちな性格だから、どうすべきかその場で決断した。とたんにそれ以外のことはなにひとつ見えなくなってしまった。婚約者のことも忘れて、ウェストはスパイのあとを追う。オフィスの窓に近づいたとき、室内で設計書が盗まれる場面を鎧戸の隙間から目撃し、犯人を追跡した。これが真相だとすれば、自分で写しを作れるのに原本を持ちだすはずがないという矛盾は解消される。外部の人間なら原本を盗むしかないわけだからね。いまのところ論理の破綻《はたん》はない」

「その続きはどうなるんだい？」

「それが、またしても壁に突きあたる。状況から考えれば、泥棒をつかまえて人を呼ぶというのがカドガン・ウェストにとって最優先すべきことだろう。では、なぜそうしなかった？　設計書をこっそり持ちだしたのが内部の、それも自分より上の地位にいる人物だったのでは？　だとすれば、ウェストの行動にも納得が行く。あるいは、つかまえようと追いかけたが、霧で上司を見失ってしまい、しかたなく先回りしようと急いでロンドン行きの列車に乗ったのかもしれない。相手の行き先に見当がついていたという前提だがね。とにかく、かなり差し迫った状況だったのは間違いない。婚約者の若い女性を霧のなかで待たせたまま、一言《しりき》も告げずその場を離れたわけだから。さて、ここで袋小路につかまった。仮説は尻切れトンボで、ウェストがポケットに七枚の書類を入れ、メトロポリタン線の列車の屋根に死体となって横たわるに至った経緯は依然不明のまま。そこで、ひとまず勘に頼って反対側から攻めてみよう。マイクロフトに電報で頼んでおいた名前と住所のリストが届いていれば、僕らが追う相手は一人増えるかもしれない。臭跡はひとつより二つのほうが、獲物にたどり着ける確率が上がる」
期待は裏切られることなく、ベイカー街の部屋に戻ると短い手紙が待っていた。政府のメッセンジャーが至急便で届けてくれたのだった。ホームズはさっと目を通してから、私に放った。

雑魚《ざこ》のスパイなら大勢いるが、ここまで大胆なやつはほんの一握りだ。考慮に値する人物とその住所は以下のとおり。
アドルフ・マイヤー：ウェストミンスター、グレート・ジョージ街一三番地
ルイ・ラ・ロティエール：ノッティング・ヒル、カムデン・マンションズ
ヒューゴー・オーバーシュタイン：ケンジントン、コールフィールド・ガーデンズ一三番地
このうち最後のオーバーシュタインは月曜日にロンドンで姿を確認されているが、現在は街を離れており、居所不明。ともかく、暗闇に光明がさしたとは喜ばしい。閣僚の面々はおまえの結果報告を祈る思いで待っている。宮殿におわす高貴なるお方からも、異例のありがたいお言葉を頂戴《ちょうだい》した。必要とあらば、国家は全力を挙げ

ておまえを支援しよう。

マイクロフト

「そうは言っても」ホームズは苦笑した。「女王陛下の馬と家来を残らず注ぎこんでも、この問題ばかりは歯が立たないかもしれないな（イギリスの童謡『マザー・グース』の「ハンプティ・ダンプティ」の歌詞をもじっている）」

それからホームズはロンドンの大きな地図を広げ、そこに覆いかぶさるようにしてしげしげと眺めた。やがて、満足げな声で言った。「よしよし、いいぞ。やっとツキが回ってきたようだ。なあ、ワトスン、僕は確信したよ。最後は解決に漕《こ》ぎつけるとね」急に意気揚々として、私の肩をぽんと叩《たた》いた。「これからちょっと出かけてくる。この目で確認しておきたいだけだ。信頼できる仲間であり伝記作者であるきみと一緒でなければ、大がかりなことはやらないよ。だから安心してここにいてくれ。一、二時間後には必ず戻る。手持ち無沙汰《ぶさた》になったら、筆記用具を出して、僕らが国家を危機から救った物語に着手してはどうだい？」

　ホームズの浮かれ調子につられて、私も気分が軽やかになった。普段は苦行僧のような顔つきの彼がこれほど得意満面になるのだから、よほどの理由があるにちがいない。十一月のその夜、私は親友の帰宅を首を長くして待った。九時を少し回った頃、メッセンジャーが手紙を届けに来た。

ケンジントンのグロースター・ロードにあるゴルディーニ・レストランで食事中。すぐに来てくれ。店内で合流しよう。組み立てかなてこ（泥棒道具）とカンテラ、のみ、拳銃《けんじゅう》、以上の物を用意してほしい。

S・H

善良な市民にとって、こういう物を手に霧の垂れこめた薄暗い街路を通るのははばかられるので、すべてコートのなかにきちんとしまい、馬車で指定の場所へ向かった。到着すると、そこは派手な装飾のイタリアン・レストランだった。ホームズは入り口に近い小さな丸テーブルにいた。

「食事はもう済ませたのかい？　それじゃ、一緒にコーヒーとキュラソーでも。店長ご自慢の葉巻もどうだい？　思ったほど悪くない。道具は持ってきてくれたね？」

「ああ、コートの下に隠してある」

「けっこう。僕が現地で見たものと、これからきみとやることを手短に説明する。ワトスン、あの青年の死体が列車の屋根に何者かによって載せられたことはもう動かしがたい事実だ。線路にあった死体は列車の内部ではなく、屋根から落下したのだと結論づけた瞬間、それは決定的になった」

「列車の屋根には陸橋から落としたんだろうか？」

「それはありえないよ。よく見ればわかるが、屋根には少し丸みがついている。しかも両端に手すりはないから、転がり落ちないように載せるのは至難の業だ。カドガン・ウェスト青年の死体は上から落としたのではなく置いたと考えるべきだろう」

「列車の屋根にかい？　いったいどうやって？」

「僕らはその答えをこれから見つけなければならない。方法はひとつきり。ウェスト・エンドには地下鉄がトンネルから出る場所がいくつかあるだろう？　僕もうろ覚えなんだが、地下鉄でそこを通ったとき、すぐ上に民家の窓が見えたことが何度かあった。ということは、窓の真下に列車が停まっていたとすれば、死体を屋根に置くのはたいして難しくはないんじゃないか？」

「ありそうもない話に思えるけどね」私は言った。

「基本的な信条に立ち返ろうじゃないか。ほかのすべてがありえないならば、残ったものが、どんなにありそうにないことでも真実なんだよ。今回もほかのことはすべてありえないと判明しているんだからね。しかも、つい最近ロンドンから消えた、大物として知られる国際的なスパイの一人が、地図で調べたら地下鉄沿いの家に住んでいたんだ。気づいた瞬間、胸が躍ったよ。きみはぽかんとしていたけどね。あのときの顔はなかなか見ものだったな」

「あれはそういうことだったのか」

「ああ、そうだよ。コールフィールド・ガーデンズ一三番地のヒューゴー・オーバーシュタイン。僕がねらいを定めたのはこの男だ。まずグロースター・ロード駅へ行って、すこぶる協力的な駅員と一緒に線路際を歩き、満足のいく収穫を得られた。というのも、コールフィールド・ガーデンズの裏階段の窓が線路に面していたばかりか、もっと決定的なことに、地下鉄の主要路線が交差するため、列車がちょうどそのあたりでしばしば数分間停車するとわかったからなんだ」

「すばらしいじゃないか、ホームズ！　上々だ！」

「ここまではね、ワトスン。そう、前進はしていても、先はまだまだ遠い。コールフィールド・ガーデンズの裏手を見たあと正面へ回ったところ、当然ながら鳥は飛び立っていて巣は空っぽ。大きな家で、上の階の部屋には家具も入っていないようだった。オーバーシュタインはたった一人の使用人と住んでいるが、その男はおそらく信頼できる共犯者なんだろう。ここで肝心なのは、オーバーシュタインは戦利品を売りに大陸へ渡っているものの、高飛びしたわけではないということだ。逮捕される恐れはまったくないと思っているからね。むろん、探偵に家宅捜索されることもまったく予想していないだろう。僕らはまさにそれをいまからやろうとしているんだ」

「警察が令状をとってから、合法的にやるわけにはいかないのかい？」

「令状をとるための証拠がほとんどない」

「家から証拠が見つかるだろうか」

「連絡を取り合った通信文が手に入るかもしれないよ」

「気が進まないな、ホームズ」

「だいじょうぶだ、きみは通りで見張っていてくれ。違法な部分は僕がやる。この際、ささいなことは気にしていられない。マイクロフトの手紙を思い出してごらん。海軍省や内閣をはじめ、やんごとなきお方も吉報を待っておられる。やるしかないんだよ」

私は返事の代わりに立ちあがった。

「そうだね、ホームズ。やるしかない」

ホームズは勢いよく立って、私の手を握った。

「さすがはきみだ。いよいよというときに尻込《しりご》みしたりしない」そう言ったホームズの目に、これまで見たことのない慈しみに似た光がともった。が、次の瞬間にはいつもの感傷を寄せつけない昂然《こうぜん》としたホームズに戻っていた。

「目的地はここから半マイルほどだが、急ぐことはない。歩いていこう」ホームズは言った。「道具を落とさないでくれよ。きみが不審者だと思われて逮捕されたら、面倒なことになる」

コールフィールド・ガーデンズには、表面がのっぺりとした、柱廊玄関をかまえた家々が並んでいた。ウェスト・エンドではよく目にするヴィクトリア朝中期の産物である。隣家では子供たちのパーティーが開かれているのか、にぎやかなはしゃぎ声とピアノの音が夜の戸外に漂いでている。霧は相変わらず深く、帳《とばり》となって私たちの姿を隠してくれた。ホームズはカンテラに明かりをともすと、玄関の頑丈そうなドアを照らした。

「厳重だな」とホームズは言う。「錠を下ろしたうえ、かんぬきまで。地下の勝手口へ回ったほうがいいだろう。上にちょうどアーチがかかっているから、でしゃばりな警官に見とがめられる心配もなさそうだ。手伝ってくれるかい、ワトスン？　この借りは必ず返す」

二人してドライエリア（外壁に沿って設けられた空堀）へ移動し、一分後には階段を下りていた。私たちが暗がりにたどり着いたと同時に、頭上の霧のなかでパトロール中の警官の足音が聞こえた。その規則正しいくぐもった音が遠ざかると、ホームズは勝手口のドアをこじ開ける作業に取りかかった。身をかがめて力をこめているうちに、鋭い音がしてドアが開いた。真っ暗な通路へさっと身体をすべりこませ、ドアを閉める。それからホームズのあとに続いて進み、絨毯《じゅうたん》を敷いていない曲線の階段を上った。ホームズがカンテラを動かすと、小さな黄色い扇形の光に低い位置にある窓が浮かびあがった。

「見つけたよ、ワトスン――この窓だ」ホームズが窓を開けたとたん、小さなシュッシュッという音が入ってきた。それはどんどん大きくなって轟音《ごうおん》に変わり、暗闇のなかを列車が通過していったのがわかった。ホームズは床に近い窓の下枠に明かりを走らせた。すぐ目の前を通る機関車のせいで煤《すす》がべったりとこびりついていたが、その黒い表面にところどころこすったような跡があった。

「わかるだろう？　死体をここに載せたんだよ。おやっ！　ワトスン、これを見たまえ。どうやら血の跡のようだぞ」そう言ってホームズが指したのは、木の下枠に付着している色の薄れたいくつかの染みだった。「ほら、同じものが石の階段にも残っている。これで確証はつかめた。列車が停まるまで待つとしよう」

実際には待つまでもなかった。すぐに次の列車が先ほどと同様の轟音を響かせてトンネルから現われた。そして開けた場所にさしかかると速度をゆるめ、甲高いブレーキ音を放ちながら私たちのいる窓の真下で停車したのだった。窓の下枠と列車の屋根とのあいだはわずか四フィート足らずだ。ホームズは静かに窓を閉めた。

「これまでのところ仮説どおりだね。ワトスン、ご感想は？」

「最高の出来栄えだ。神業としか言いようがない」

「それほどでもないよ。死体が列車の屋根にあったと気づくのはたいして難しいことではないし、そこさえ押さえれば、ほかの答えもおのずと明らかになる。国家機密がからんでいるから厄介だっただけで、もともとは取るに足らない問題さ。ここまではね。ただし、この先は手こずりそうだぞ。とりあえず家のなかを調べてみよう。なにか見つかるかもしれない」

台所の階段から二階へ上がった。ひと続きの部屋がいくつかあった。まずはダイニング・ルーム。家具の少ない殺風景な部屋で、これといって手がかりになりそうなものはなかった。次は寝室。やはりがらんとしている。最後の部屋はもう少し見込みがありそうだったので、ホームズは本格的な調査に取りかかった。書物や書類が散乱しているところを見ると、書斎として使われているのだろう。手早い系統立ったやり方で、抽斗《ひきだし》や戸棚が次々に開けられていく。だがそれらの中身をどれだけひっくり返しても、ホームズの厳しい顔つきが成功の喜びに輝く瞬間はいっこうに訪れなかった。なんの進展もないまま、開始から一時間が過ぎた。

「ずるがしこい犬め。臭跡をきれいに消していった」ホームズが悔しそうに言う。「事件に関与していることを示す証拠はひとつも残していない。見つかるとまずい手紙やなにかはすべて廃棄したか持ち去ったかしたんだろう。これが最後の望みだな」

ホームズが言っているのは、書き物机の上に置かれた小さなブリキの手提げ金庫だった。用意したのみで蓋《ふた》をこじ開けたところ、なかから細く巻いた紙がいくつか出てきた。広げてみると、数字と計算式でびっしり埋まっていたが、それらがなにを示すかの詳しい書きこみはない。〝水圧〟や〝一平方インチの圧力〟といった語句が繰り返し登場するので、どうも潜水艦と関係がありそうだ。ホームズはそれらの紙をいまいましげに脇へ放った。金庫の底には新聞の小さな切り抜きが数枚入った封筒だけが残った。ホームズはテーブルの上で封筒を振り、切り抜きを全部出した。それを目にするや、期待に満ちた真剣な表情に変わった。

「これはなんだろう、ワトスン。ん？　どうやら新聞広告にあったメッセージをとっておいたものらしいぞ。活字と紙質の具合から、デイリー・テレグラフ紙の私事広告欄にちがいない。位置は紙面の右上の隅だな。日付はなし。だがメッセージの順番は読めば明らかだ。最初はこれだろう。

『早急に返信願う。条件は承知した。名刺の住所まで書状にて詳細を。ピエロ』

次はこれだ。

『込み入った事案につき説明不可。詳細報告を待つ。金は品物を受け取った時点で。ピエロ』

そのあとはこうなる。

『事は急を要する。連絡がなければこの話はなかったことに。日時の指定は手紙で、確認は広告で。ピエロ』

最後はこれだ。

『月曜の夜九時以降。ノックを二回。一対一の差しで。警戒は不要。支払いは現金で品物と引き換えに。ピエロ』

このとおり、両者のやりとりが完全に残っているよ、ワトスン！　あとは相手側の男が誰なのかさえ突き止めればいい！」

ホームズは座ってテーブルを指でトントン叩《たた》きながら、しばらく考え事に没頭した。やがて、勢いよく立ちあがった。

「まあ、たいして難しくはないだろう。ワトスン、ここでの仕事はもう終わった。充実した一日の仕上げに、馬車で帰り道にデイリー・テレグラフ紙のオフィスに寄っていこう」

約束どおり、マイクロフト・ホームズとレストレイド警部は翌日の朝食のあとにやって来た。ホームズは二人に前日の首尾について詳しく語り聞かせた。私たちが泥棒を働いたと知って、レストレイド警部は苦々しげに首を振った。

「われわれ警察にはとうていまねのできない芸当ですよ、ホームズさん。これじゃあ、あなたのほうが点を稼げるのは当然だ。ただし、味をしめて度を過ぎると、あなたもご友人も困ったことになりますよ」

「麗しき祖国、イギリスのために（イギリス海軍における伝統的な乾杯の言葉）――そうだろう、ワトスン？　いうなれば、僕らはこの国の祭壇に捧《ささ》げられた供物さ。マイクロフト、この結果についてなにかご意見は？」

「上出来だよ、シャーロック！　申し分ない！　だが、その手がかりをどう利用するつもりだね？」

ホームズはテーブルに置いてあるデイリー・テレグラフ紙を取りあげた。

「今朝のピエロが出した広告はもう見たかな？」

「なに？　新しいやつか？」

「ええ、このとおり。

『今夜。同じ時刻。同じ場所。ノックを二回。きわめて重要。貴君の身の安全がかかっている。ピエロ』」

「こりゃあいい！」レストレイド警部が興奮の声をあげる。「相手が返事をしたら、つかまえられるぞ！」

「僕もそう考えて、この広告を出したんです。兄さんも警部も、都合をつけて今夜八時頃にコールフィールド・ガーデンズまで同行してくれれば、解決に一歩近づけるかもしれませんよ」

　ホームズの最も特筆すべき性質のひとつは、切り換えの速さだと思う。これ以上根を詰めても無駄だと判断したときはいつでも頭脳のスイッチを止め、もっと気楽で息抜きになる物事に考えを振り向けることができるのだ。この記憶に残る重要な日も、ホームズは以前から研究を進めていた後期ルネッサンスの作曲家ラッスス（オルランドゥス・ラッスス　一五三二～九四年　現ベルギーの生まれ。宗教曲から世俗音楽まで幅広いジャンルの声楽曲を生みだした）の多声モテットに関する論文に一日中打ちこんでいた。それに引き換え、私には彼のような心を無にする能力がないため、今日という日は無限に続くのかと思うほど時間が経つのがのろく感じられた。国益にかかわる事の重大性や、不安な思いで仕儀を見守っておられる高貴な方々、私たちが決行しようとしている非常手段――これらのことを延々と考えているうちに神経がすっかりくたびれてしまった。

　そんなわけで、軽い夕食のあとにいよいよ冒険に出発することになったときは、緊張よりも安堵《あんど》のほうが大きかった。レストレイド警部とマイクロフトは約束どおりグロースター・ロード駅の前に来ていた。彼らと落ち合ったあと、総勢四人でオーバーシュタインの家へ移動した。こうなることを見越して、地下のドアは昨夜のまま鍵《かぎ》があけてある。裏口の狭い階段などいやだと突っぱねるマイクロフトのために、私たちは先に地下から屋内へ入って、玄関のドアを開けてやった。九時になる頃には全員が書斎の椅子に座り、獲物がかかるのを辛抱強く待っていた。

一時間、さらにもう一時間が過ぎた。十一時になって、教会の大時計が鳴り響くと、その規則正しい音が私たちの希望がついえたことを悼む弔鐘のように物悲しく聞こえた。レストレイドとマイクロフトは椅子のなかでもぞもぞと動きながら、三十秒ごとに懐中時計を見ていた。だがホームズは泰然自若として微動だにしない。まぶたを半ば閉じているが、一分の隙もなく全身の神経を研ぎ澄ましている。そのホームズが突然さっと頭を上げた。

「来たぞ」

玄関の前を何者かが忍び足で通り過ぎていき、また引き返してきた。ためらっているような足踏みのあとに、ドアのノッカーを二回打ち鳴らす音が響いた。ホームズは椅子から立ちあがると、私たちには動くなと手で合図した。家の明かりは玄関にともっている小さなガス灯だけである。ホームズが行ってドアを開けると、黒い人影がすっと入ってきた。ホームズはドアを閉めて鍵をかけた。

「こちらです！」と客に告げるホームズの声に続いて、目当ての人物が私たちの前に現われた。すぐ後ろにホームズが立っている。男はあっと叫んで逃げようとしたが、ホームズが相手の襟をむんずとつかんで引きずり戻し、部屋のなかへ突き飛ばした。つんのめった男が体勢を立て直さないうちにドアは閉まり、ホームズがドアを背にして立ちふさがる。男はぎらぎらした目であたりを見渡したあと、急によろめき、気を失って床に倒れこんだ。そのはずみで頭からつばの広い帽子が飛び、口まで覆っていたスカーフがずり落ちた。あらわになったのは、薄い顎《あご》ひげを長く伸ばした、おっとりした感じの端整な顔。なんとヴァレンタイン・ウォルター大佐である。

ホームズが驚いて短く口笛を鳴らした。

「今回ばかりはきみに間抜けだと書かれても文句は言えないよ、ワトスン。僕がまったく想定していなかった人物だからね」

「何者だ？」マイクロフトが意気込んで尋ねる。

「亡くなった潜水艦部門の責任者、サー・ジェイムズ・ウォルターの実弟ですよ。よしよし、これで全貌《ぜんぼう》が見えた。じきに目を覚ますだろう。彼の取り調べは僕にまかせてもらいます」

伸びている男を皆でソファに運んだ。間もなく彼は起きあがり、恐怖におののく顔で私たちを見まわした。それから、自分の感覚はどうかしてしまったんだろうかというように額に手をかざした。

「なんだ、これは？　わたしはオーバーシュタイン氏を訪ねてきたんだぞ」

「悪あがきはやめていただきましょう、ウォルター大佐」ホームズが言う。「英国紳士たる者がこのような恥さらしな行為に及ぶとは言語道断。とうてい理解できません。あなたとオーバーシュタインのやりとりやつながりは全部つかんでいます。当然ながら、カドガン・ウェスト青年が亡くなった状況も。だが、あなたの口から聞くしかないこまごました点がいくつか残っていますので、良心の呵責《かしゃく》を少しでも感じているなら、ご自身の名誉のためにも洗いざらい白状するんですね」

男はうめいて、両手に顔をうずめた。私たちはしばらく待ったが、相手は黙りこんだままだった。

「もう一度念を押します」ホームズが促す。「肝心な事柄はもう露見しているんです。あなたが金に困っていたことも、兄上がお持ちだった鍵からこっそり型をとっておいたことも、さらにはオーバーシュタインと連絡を取り合っていたことも。あのスパイはあなたからの手紙にデイリー・テレグラフ紙の広告欄を使って返事をしていた。まだあります。月曜日の晩、あなたは霧にまぎれてオフィスに侵入した。それを目撃したカドガン・ウェスト青年は、あなたを疑う根拠がすでにあったため、あとをつけることにした。その場で人を呼ばなかったのは、設計書を持ちだすところは確かに見たものの、ロンドンにいる兄のもとへ届けるだけだとも考えられるからです。善良な市民ゆえに、ウェストは我が身をかえりみず、霧に隠れてあなたのあとをぴったり追った。そうしてたどり着いたのがこの家。ウェストは設計書の受け渡しを阻止しようとし、その結果、あなたは国に対する反逆罪に加え、さらに残虐な殺人という罪まで犯してしまったのです」

「ちがう！　殺したのはわたしじゃない！」ウォルター大佐が声を張りあげる。「神に誓って、わたしはやっていない！」囚《とら》われの身となった男はみじめったらしく叫んだ。

「だったら、カドガン・ウェストが命を絶たれて列車の屋根に載せられた経緯を正直に話すんですね」

「ああ、話すとも。殺人を除いて、ほかは全部わたしがやった。なにもかも白状しよう。あなたが言ったとおりだ。株取引で抱えた多額の負債を返さなければならず、ひどく金に困っていた。そんなときにオーバーシュタインから五千ポンドという金額を提示された。破産を免れるには応じるしかなかった。だが殺人に関しては、わたしはまったくの無実だ」

「では、事情を詳しく」

「さっきあなたが言ったとおり、ウェストはもともとわたしを疑っていて、あとをつけてきた。この家の戸口に来るまで、わたしは少しも気づかなかったがね。なにしろ霧が深くて、三ヤード先さえ見えなかったから。ドアを二回ノックすると、オーバーシュタインが出てきた。その瞬間、書類をどうするつもりだと怒鳴って、あの青年が突進してきたのだ。オーバーシュタインは鉛を詰めた短い護身用のステッキをつねに携帯している。それを振りあげて、わたしたちのあとから無理やり家に入ろうとしたウェストの頭を殴りつけた。致命的な一撃だった。ウェストは五分ともたずに絶命したよ。

玄関に倒れている彼を前に、わたしたちはどうすればいいのか思案に暮れた。やがてオーバーシュタインが、自宅の裏窓の下で列車がよく停まることを思い出し、あの方法を考えついたのだ。しかし、それを実行に移す前に、オーバーシュタインはわたしが持っていった書類を調べた。そして、このうちの三枚は特に重要だから渡してもらうと言いだした。〝だめだ。もとどおりすべて戻しておかないと、ウリッジは大騒ぎになる〟

と断っても、〃いや、渡してもらう。技術的に高度な、きわめて専門的な内容だから、写しをとる時間がない〃と食い下がる始末。わたしも、〃だめだと言ったら、だめだ。今夜のうちに全部そろえて戻す〃と突っぱね、押し問答になった。オーバーシュタインは少し考えこんだあと、突然ひらめいたらしくあっと声をあげ、こう言いだした。〃よし、三枚はわたしがもらい、残りはこの若い男のポケットに突っこんでおく。そうすれば、死体が発見されたときにこいつが一人で全部背負うという算段だ〃。ほかにいい考えが浮かばない以上、彼の言いなりになるほかなかった。窓際で待つこと三十分、真下で列車が停まった。濃霧が目隠しになってくれたので、さしたる苦労もなく、列車の屋根にウェストの死体を下ろせた。わたしが知っているのはここまでだ」

「兄上は？」

「なにも言わなかった。だが、兄はわたしが兄の鍵に手を触れているところを一度見ている。内心では疑っていたはずだ。目にそう書いてあった。ご承知のとおり、兄が胸を張って世間に出ることは二度とかなわなかった」

室内に沈黙が下りた。それを破ったのはマイクロフト・ホームズだった。

「罪滅ぼしをするつもりはないか？　そうすればいくぶん気も休まり、罰も軽くなると思うがな」

「どうすればいいんでしょう？」

「オーバーシュタインは書類を持ってどこへ行ったんだ？」

「わかりません」

「行き先を聞いていないのか？」

「連絡したいときはパリのルーヴル・ホテル宛てに手紙を出すようにと言われました」

「だったら、罪滅ぼしができないことはないな」ホームズが言う。

「わたしにできることはなんでもやります。あの男に義理立てする理由はひとつもありませんからね。わたしを破滅に追いこんだ憎い敵め」

「紙とペンを用意しましたので、この机の前に座ってください」ホームズが指示を始める。「これから僕の言ったとおりに書いてもらいます。まずは封筒に教えられたパリの宛先《あてさき》を。そう、それでけっこう。では手紙の文面です。

拝啓

先般の取引についてお知らせしたいことがございます。いま頃は貴殿もお気づきでしょうが、重要項目がひとつ抜けていました。それがなければ、お渡しした情報も使い物になりません。その部分の写しはこちらに用意できていますが、余分に手間がかかったため、新たな費用が発生しました。つきましては、前払いで五百ポンドをご請求いたします。ただし、郵送では不安ですし、金貨か紙幣以外での支払いはお断りしております。当方からそちらへ出向いてもかまわないのですが、この時期に国を離れると疑いを招きかねません。そこで、恐縮ですが貴殿にご足労いただき、土曜日の正午にチャリング・クロス・ホテルの喫煙室でお目にかかりたく存じます。繰り返しますが、支払いはイギリスの紙幣、もしくは金貨のみにてお願いいたします。

よし、必ずうまく行くはずだ。これで相手が乗ってこないほうが不思議だよ」ホームズはそうしめくくった。

結果はというと、まさに思うつぼだった！　国家の秘められた歴史というのは公に知らされているよりもはるかに身近で痛快なものだ。本件がそのいい例だろう。大勝負で大手柄をねらったオーバーシュタインは、餌につられてのこのこと現われた結果、イギリスの監獄で十五年はおとなしくしていなければならなくなった。また、計り知れぬ価値のあるブルース・パーティントン型潜水艦の設計書は無事に彼のトランクから見つかった。ヨーロッパのあらゆる海軍施設を対象に競売に出されていたそうだ。

ウォルター大佐は二年目の刑期が終わろうとする頃に獄死した。ホームズは気持ちも新たに再びラッススの多声モテットの研究に勤《いそ》しんだ。完成した論文は関係者向けに自費出版され、専門家たちから当分野における決定版とのお墨付きをもらった。私がたまたま耳にしたところによれば、事件解決から数週間後、ホームズはウィンザー城で一日過ごしたらしい。以来、目をみはるほど美しいエメラルドのタイピンをつけている。買ったのかと尋ねると、さる慈心深き貴婦人からの贈り物だという返事だった。ちょっとした用事を仰せつかって、それが幸いにも首尾よく運んだのだという。ホームズはそれ以上のことは話さなかったが、その貴婦人がどなたなのかは私にも想像がつく。ホームズは生涯ずっと、エメラルドのタイピンを見るたびにブルース・パーティントン設計書の事件を思い起こすことだろう。

悪魔の足

シャーロック・ホームズとの長きにわたる親密な交友関係があったからこそ得られた不思議な体験や忘れがたい思い出を、私はこれまで折に触れ物語に仕立ててきた。しかしながら、世間で評判になることを極端にいやがるホームズのせいで、執筆にはいつも難儀させられた。気難し屋で、ひねくれたところのある彼は、表舞台で拍手喝采《かっさい》を浴びるのが大嫌いなのだ。事件を首尾よく解決すると手柄は警察に譲り、事情を知らずにまちがった主役に賛辞を贈る巷《ちまた》の人々を冷ややかに笑って眺めることが、ホームズにとっては格別の楽しみだった。ここ数年、公表した事件簿がごくわずかな数にとどまっているのは、友人のそうした姿勢が原因であって、おもしろい材料が不足していたせいではない。彼の冒険に参加できるのは実にありがたい特権だが、つねに慎重な配慮を求められ、沈黙を守らねばならない場合も多々ある。

それだけに、先週の火曜日にホームズから来た電報を読んだときは肩透かしを食らった気分だった——ちなみに、彼は可能なかぎり手紙ではなく電報を利用する。内容は次のとおりだ。

〈コーンウォールの恐怖〉について書いてみる気はないか？　あれは僕が手がけたなかでも特段に奇異な事件だ。

いったいどういう風の吹きまわしだろう。あの事件を急に思い起こして、私に公表させたくなったらしい。真意はわからないものの、次の電報でやっぱりだめだと言ってくることも考えられる。そこで、ホームズの気が変わらないうちにとさっそく詳細な資料を探しだし、執筆に取りかかった。

時は一八九七年の春にさかのぼる。ずっと根を詰めて仕事に取り組んでいたうえ、ときおり過度の不摂生に陥っていたこともあって、頑丈にできているホームズの身体もさすがに衰弱し始めていた。とうとう同年三月、エイガー博士――ホームズとハーリー街の医師であるムーア・エイガー博士との劇的な出会いについてはいずれ詳しく述べたい――に、名探偵といえども不死身ではないのだから、病気で倒れたくなければいますぐ仕事を放りだして休養しなさい、と厳しく釘《くぎ》を刺される始末だった。それまでホームズの頭脳は独断専行で、自身の健康状態などおかまいなしに突っ走っていたが、これ以上無理をしたら二度と仕事に復帰できなくなると脅され、ようやく転地療養を受け入れた。そうしたいきさつから、その年の春先、私たちはコーンウォール半島の最西端に位置するポルデュー湾近くの質素なコテージに滞在していた。

そこは風変わりで、ホームズが抱える陰鬱《いんうつ》な気分にふさわしい土地だった。草に覆われた高い岬に建つ白漆喰《しっくい》の小さな家の窓からは、半円形の不吉なマウンツ湾を一望のもとに見渡せた。このマウンツ湾は昔から大量の帆船をのみこんできた死の陥穽《かんせい》ともいうべき海域で、黒々とした断崖《だんがい》と荒波の立つ暗礁によって命を落とした船乗りは数知れない。北風が強まるとき、奥まっていて穏やかなたたずまいの湾内には、嵐にもまれてくたびれた帆船が羽を休めようと入ってくる。ところが、前触れもなく南西の突風が渦を巻いて、錨《いかり》は風下側の岸へとぐいぐい引きずられていく。その先に待ちかまえるのは、しぶきをあげる猛々《たけだけ》しい砕け波との戦に敗れ去る運命のみ。賢明な船乗りならば絶対に近づかない悪魔の巣だ。

　陸側も殺風景という意味では海側と大差ない。人里離れた場所に広漠と続く、なだらかな起伏の荒れ地《ムア》は、灰褐色に沈んでさもわびしげだった。ところどころに見える教会の塔は古くからある村の目印だ。滅びて久しい部族の置き土産があちらこちらに残され、風変わりな石碑や死者の遺灰を埋めたいびつな塚、先史時代の戦場を彷彿《ほうふつ》とさせる不思議な形状の土塁などが、彼らの存在を語る唯一の記録となっている。このように忘れられた古《いにしえ》の人々の影が不気味によぎる神秘的な雰囲気に、ホームズは想像力を大いに刺激された。延々と歩きまわったり一人で黙想にふけったりと、ムアで長い時間を過ごしていた。古代コーンウォール語にもいたく興味をそそられたようだ。カルデア語との近似性から、古代コーンウォール語は主にフェニキアの錫《すず》商人によって伝えられたのではないかとの仮説がひらめいたそうで、言語学の文献をいくつも取り寄せた。

　ところが、ホームズがいよいよ新しい研究テーマに本腰を入れようとした矢先、事態は突然変わった。がっかりする私の気持ちをよそに、ホームズは大喜びだったが、なんと、夢か幻のような土地に滞在していながら生々しい事件と鉢合わせしてしまったのだ。それはかつて二人がロンドンから遠出してまで調査に乗りだしたどの事件よりも衝撃的で、吸引力があり、不可解な謎に満ちていた。私たちの平穏無事で健康的な日常生活はあとかたもなく崩れ、コーンウォールにとどまらずイングランド西部全域を騒がせた大事件の真っ只中《ただなか》に投げこまれるはめになった。〈コーンウォールの恐怖〉と呼ばれた事件のことは、おそらく読者諸賢もご記憶のことだろう。当時ロンドンの新聞に掲載された記事は不充分な内容ばかりだったが、あれから十三年経ったいま、信じがたい怪事件の真相をここにあらためてつまびらかにする次第である。

　先述のとおり、コーンウォールのその一帯では点在する教会の塔が村の所在を示していた。最寄りの村はトレダニック・ウォラスという名で、苔《こけ》むした古い教会を中心に小さな家々が群がる二百人ほどの集落だ。教区牧師のラウンドヘイは考古学をたしなんでいて、それが縁でホームズと相識の間柄だった。中年で、恰幅《かっぷく》も人当たりもよい、地元の民間伝承にまつわる知識が非常に豊富な人物である。彼の招きで牧師館の茶会に出かけた私たちは、その席でモーティマー・トリジェニスなる紳士と知り合った。彼は悠々自適に暮らす資産家で、持てあますほど広い牧師館に部屋を借り、収入の少ない牧師の家計を助けていた。そのはからいに独身の牧師は感謝していたが、両者のあいだには共通点も個人的なつきあいもほとんどなかった。

トリジェニス氏の外見はというと、痩《や》せて浅黒く、眼鏡をかけ、身体が変形しているのかと思うほどひどい猫背だった。茶会という短い時間の印象では、ぺらぺらとよくしゃべる牧師とは対照的にトリジェニス氏は無口で表情が暗く、内向的な性格なのか皆から目をそらし、なにやら思い悩んでいる様子だった。

三月十六日火曜日の朝、私たちの小さな居間へいきなり飛びこんできたのが、この対照的な二人の男だった。ホームズと私はちょうど朝食後の煙草をふかしながら、日課になっているムアへの散歩に出かけようと身支度しているところだった。

「ホームズさん」牧師のラウンドヘイは震える声で用件を切りだした。「夜のあいだに大変なことが起きました。異様で恐ろしい、想像を絶する悲惨な出来事です。あなたがこの地におられたのは天の配剤にちがいありません。たとえ国じゅうを探しても、わたしどもにとって頼りになるのはあなたしかいないのですから」

強引な言い方にかちんときて、私は牧師を軽くにらみつけた。だがホームズはくわえていたパイプを口から離し、主人のかけ声に反応した老練な猟犬よろしく背筋をぴんと伸ばした。彼が手振りでソファを勧めると、興奮している牧師と緊張している連れの男は並んで腰を下ろした。牧師にくらべればモーティマー・トリジェニスのほうがいくぶん落ち着きがあるように見えたが、骨張った手が小刻みに震え、目がらんらんとしているのは、やはり内心では動揺しているせいだろう。

「わたしが話しましょうか？　それとも、あなたが？」トリジェニスは牧師に尋ねた。

「なにが起こったのか知りませんが、牧師さんは人づてにお聞きになったのでしょうから、当事者のトリジェニスさんが話されてはいかがですか？」ホームズは意見をはさんだ。

　確かに牧師は大慌てで着替えたのが一目でわかる身なりだったが、隣に座っている間借り人のほうは服装がきちんと整っている。ホームズのそんな単純な推理にも二人はびっくりした表情だったので、私はしてやったりの気分を味わった。

「先にわたしから、かいつまんでお話ししましょう」と牧師が言う。「そうすれば、さらにトリジェニスさんの詳しい話を聞くべきか、それともただちに奇怪な出来事の現場へ駆けつけるべきか、判断していただけますので。では、要点だけ説明します。昨晩トリジェニスさんは、兄のオーウェンさんとジョージさん、それから妹のブレンダさんが三人で暮らしている家を訪ねました。場所はムアの古い石の十字架の近くにあるトレダニック・ウォーサです。夜のひとときを一緒に過ごして十時を少し回った頃、トリジェニスさんはいとまを告げました。そのときほかの三人はぴんぴんして、ダイニング・テーブルで機嫌よくトランプに興じていたそうです。ところが朝になって、早起きしたトリジェニスさんが朝食前にその家の方角へ歩いていると、後ろから馬車でやって来たリチャーズ医師にこう告げられました。急な呼び出しを受けて、これからトレダニック・ウォーサへ駆けつけるところなのだと。トリジェニスさんもその馬車で同行されたことは言うまでもありません。

トレダニック・ウォーサで待っていたのは驚くべき光景でした。兄二人と妹さんは昨夜トリジェニスさんが最後に見たときのままテーブルにトランプを広げて座り、燭台《しょくだい》の蠟燭《ろうそく》はすっかり燃え尽きていました。恐ろしいことに、妹さんは冷たくなって椅子に沈みこんでいました。しかもその横では二人の兄が、げらげら笑い、叫び声をあげ、わけのわからない言葉で歌っているというありさま。どちらも完全に正気を失っていました。三人は――死んでいる妹も頭がおかしくなっている兄たちも、顔を激しい恐怖にひきつらせ、目をそむけたくなるような形相でした。

三人以外に家のなかにいたのは料理人を兼ねた家政婦のポーター夫人だけで、本人が言うには、ぐっすり眠っていて物音にはまったく気づかなかったそうです。盗まれたものも、物色した形跡もいっさいありません。女性一人が命を奪われ、頑健な男二人が精神を粉みじんにされたというのに、彼らを襲った恐怖の正体に皆目見当がつかないのです。ホームズさん、以上がおおよその状況です。真相を突き止めるためにお力添えをいただけませんか？　これだけの大事件ですから、あなたの腕の見せどころかと思いますが」

私としてはなだめすかしてでも、今回この地へ旅してきた目的にホームズを引き戻し、静養に専念させたかった。だが、それがかなわぬ望みであることは、眉根《まゆね》をぎゅっと寄せた彼の真剣な顔つきを見れば明らかだった。ホームズは私たちの穏やかな日常を突き崩した劇的な出来事に心を奪われ、じっと考えこんでいた。

「わかりました、調べてみます」少しして、ホームズが沈黙を破った。「お話をうかがったかぎりでは、きわめて珍しい事件ですね。あなたも現場へ行かれたのですか、ラウンドヘイさん？」

「いいえ、ホームズさん。牧師館へ戻ってきたトリジェニスさんから事情を聞き、このとおり大慌てで相談に駆けつけたのです」

「その不思議な災難に見舞われた家は、ここからどのくらい離れていますか？」

「ムアの方角へ一マイルほどです」

「では、一緒に歩いていきましょう。出発の前にいくつかお尋ねしたいことがあるのですが、モーティマー・トリジェニスさん」

　名前を呼ばれた男はそれまで押し黙っていたが、内面の動揺は見るからにおろおろしている牧師よりも激しいことがうかがい知れた。こわばった青白い顔で座り、きつく握りしめた肉の薄い両手をぴくぴくひきつらせ、いかにも不安げな視線をホームズに注いでいる。唇の震えも止まらず、肉親の身に起きた恐ろしい出来事が語られるあいだ、現場の惨状を脳裏によみがえらせているかのような暗い目をしていた。

「かまいませんとも、ホームズさん」トリジェニスはせっぱ詰まった声で言った。「つらい出来事ではありますが、どんなご質問にもありのままの事実をお話しします」

「昨夜のことからお聞かせください」

「はい、ホームズさん。牧師さんが言われたように、わたしはあの家で夕食をとりました。食後は兄のジョージが言いだして皆でホイストをやることになり、始まったのは確か九時頃でした。十時十五分に、わたしは帰るため席を立ちました。そしてにぎやかにテーブルを囲んでいる三人を残し、家をあとにしたのです」

「見送ったのは誰ですか？」

「家政婦のポーター夫人はすでに休んでいましたので、一人で玄関を出ました。三人のいる部屋は窓が閉まっていましたが、ブラインドは開いたままでした。今朝行ったとき、その部屋の窓も玄関のドアも昨夜と変わらない状態で、見知らぬ誰かが押し入ったような跡はありませんでした。それなのに、室内では兄二人が椅子に座ったまま恐怖で頭がおかしくなり、妹のブレンダは死んでいたのです。よほど怖い思いをしたのでしょう、ブレンダは身をよじって、椅子の肘《ひじ》掛《か》けから頭をがっくり落としていました。室内のあの光景は目に焼きついて、一生消えそうにありません」

「なるほど、実に不可解な事態ですね」ホームズは言った。「いったいなぜそんなことになったのか、さぞかし途方に暮れておられることでしょう」

「悪魔ですよ、ホームズさん。悪魔が来たんです！」トリジェニスは強い口調で言い放った。「それ以外に考えられません。この世には存在しない邪悪なものが現われ、わたしの家族の命と理性を粉々に打ち砕いてしまったんです。生身の人間にそんなことがやれるわけありませんから」

「そうですか――」ホームズが言う。「人間でない存在のしわざだとすれば、人間である僕の手には負えない事件ということになりますね。とはいえ、悪魔の所業と決めつける前に、筋の通った現実的な説明が本当にないのか徹底的に探らなければなりません。そこでトリジェニスさん、少々立ち入ったことをうかがいますが、あなたは牧師館に部屋を借りて、ほかの兄妹《きょうだい》三人とは別に暮らしておられる。仲たがいでもなさったのですか？」

「ええ、ホームズさん、図星ですよ。といっても昔の話で、もう済んだことです。わたしたち一家はもともとレッドルースで錫《すず》採鉱を営んでいましたが、思いきって事業の権利をある会社に売却し、皆が充分暮らしていけるだけの貯《たくわ》えとともに引退しました。財産を分ける際に感情の行きちがいが生じて、ごたごたしたのは事実です。そのせいで、しばらくは疎遠になったことも。ですが、いまはわだかまりも解け、過去のことは水に流して仲良くつきあっていました」

「昨夜皆さんで過ごしたときのことを振り返って、今回の悲劇につながりそうなちょっとした異変など、なにか気づいたことはありませんか？　よく考えて、僕のために手がかりを見つけてください」

「それが、まったくないのです」

「ご兄妹の態度が普段と少しちがっていたとか」

「いいえ。上機嫌そのものでした」

「三人の方々は気の弱い性格でしたか？　なにか危険な目に遭うのではないかと心配しているそぶりは？」

「そのようなことはまったくありません」

「僕の助けになる手がかりはなにもなしですか」

モーティマー・トリジェニスは少しのあいだ真剣な面持ちで考えこんだ。

「ひとつだけ思い出したことがあります」トリジェニスが急に口を開いた。「テーブルでトランプをしていたとき、わたしは窓を背にして座っていましたが、一緒に組んでいた兄のジョージはわたしとは逆に窓のほうを向いていました。そのジョージが一度だけ、わたしの後ろを食い入るように見たのです。なんだろうと思って振り返ると、妙なものが目に入りました。窓は閉まっていましたが、ブラインドは開いていて、外の芝生や植え込みくらいは見分けがつきます。すると、ほんの一瞬でしたが、植え込みのあいだでなにかが動いた気がしました。人間なのか動物なのかわかりませんが、なにかがそこにいると感じたのです。兄になにが見えたか尋ねると、わたしと同じようなことを言いました。たったこれだけの話で申し訳ないのですが」

「調べてみなかったのですか？」

「気にするほどのことではないと思ったものですから」

「家を出られるときも、いやな予感などはなかったのですね？」

「ええ、全然」

「それにしても、あなたが変事を耳にされたのはずいぶん早い時刻でしたね。そのあたりの理由がいまひとつ判然としないのですが」

「わたしはいつも早起きで、朝食前の散歩を日課にしています。今朝は家を出てすぐ、医者の乗った馬車が後ろからやって来て、あの家へ向かっていると知らされました。ポーター夫人が使いをよこして、至急来てくれと言っているのだそうです。それでわたしも医者の隣に飛び乗り、一緒に駆けつけたわけです。家に着くと、わたしたちを迎えたのは身の毛のよだつ光景でした。蠟燭は燃え尽き、暖炉の火もとうに消えていました。三人は夜が明けるまで暗闇に取り残されていたのです。医者によれば、ブレンダは死んでから少なくとも六時間は経っているとのことでした。暴力をふるわれた痕跡《こんせき》はどこにもなく、ただ椅子の肘掛けから身を乗りだすようにして息絶えていました。顔に恐怖の表情をくっきりと刻みつけて。ジョージとオーウェンのほうは、歌っているような声を切れ切れに発したり、早口でわけのわからないことをわめいたり、まるでキーキー騒ぐ二匹の大猿のようでした。あの姿のおぞましさといったら！　とても耐えられませんでした。医者も真っ青になって、気を失いかけながら椅子に倒れこみました。もう少しで、こちらが医者を介抱するはめになるところでした」

「なんという非凡な――これはめったにない特殊な事件だ！」ホームズは立ちあがって

帽子を手に取った。「そうとなれば、一刻も早くトレダニック・ウォーサへ向かったほうがいい。正直言って、序盤からこれほど奇々怪々な事件にはほとんど出合ったことがありませんよ」

そうして私たちは捜査に乗りだしたわけだが、初日の朝はほとんど収穫がなかった。ただし、偶然の出来事によって私が出だし早々に不吉な印象を抱いた経緯は特筆に値するだろうから、順を追って記したい。悲劇の舞台となった家までは、細く曲がりくねった田舎道をたどっていく。皆でそこを歩いていると、後ろから馬車の音が聞こえたので、よけようと道の端に寄った。馬車はすぐ脇を通り過ぎていったが、閉まった窓の向こうに一瞬だけ見えたのは、ゆがんだ表情で歯をむきだし、私たちを荒々しくねめつけている不気味な顔だった。馬車が去ったあとには、飛びださんばかりの目ときつく食いしばった歯の忌まわしい残像が私の脳裏にこびりついていた。

「兄たちが！」そう叫んだモーティマー・トリジェニスは唇まで真っ青だった。「ヘルストンの町へ連れていかれるんですね」

黒い馬車が車輪の音を重たげに響かせて遠ざかるのを、私たちはぞっとしながら見送った。それから再び歩きだし、いまの二人の男たちが奇妙な運命に遭遇した災厄の家へと向かった。

そこは広々とした明るい邸宅で、田舎のコテージというより立派な別荘《ヴィラ》と呼ぶほうがふさわしかった。コーンウォールの温暖な気候に恵まれ、大きな庭には春の花々が競い合うように咲き誇っていた。その庭に面している居間の窓が目に留まった。モーティマー・トリジェニスの考えにならうなら、そこから悪魔が一陣の風のごとく侵入し、室内にいた者たちの魂を激しい恐怖によって奪い去ったわけだ。

ホームズは物思いにふけった様子で、花壇のあいだや庭の小道をゆっくり歩いていた。皆が玄関ポーチに着いたとき、考え事に没頭していたホームズはじょうろに勢いよくつまずいた。じょうろはひっくり返り、こぼれた水で私たちの足も小道の地面もびしょ濡《ぬ》れになった。家のなかへ入ると、年配のコーンウォール人の家政婦、ポーター夫人が迎えてくれた。手伝いの若い娘と一緒にトリジェニス家の世話をしていた女性だ。彼女はいたって協力的で、ホームズの質問に進んで答えた。夜のあいだ妙な物音はまったく聞こえなかったし、雇い主たちは近頃三人ともたいそう機嫌が良く、これまでにないほど朗らかではつらつとしていたそうだ。朝になって居間へ入り、テーブルを囲んでいる者たちの異様な姿を目にした瞬間、あまりの恐ろしさに気絶しそうになった。だがなんとか持ち直すと、窓を開けて外の新鮮な空気を入れた。それから庭の小道を駆けて近所の農場へ行き、そこの少年に医者を呼びに行かせた。レディの亡骸《なきがら》をご覧になるのでしたら、二階のベッドにいらっしゃいますので、とポーター夫人は言い添えた。また、兄弟二人のほうは精神科病院の馬車に乗せるのに腕っぷしの強い男が四人がかりだったそうだ。夫人は話を次のようにしめくくった。この家にはもう一日だってとどまりたくありませんので、今日の午後にもセント・アイヴスの実家へ帰らせていただきます。

私たちは階段を上がって、遺体と対面した。ミス・ブレンダ・トリジェニスは中年にさしかかっていても、娘盛りの姿が目に浮かぶような際立った美貌《びぼう》を保っていた。肌はやや色が濃く、目鼻立ちはくっきりとして、死に顔ですら麗しい。だが最期に味わわされた底なしの恐怖は、ひきつった表情にいまも痕跡をとどめていた。

彼女の寝室を出たあとは階下に戻り、今回の不思議な悲劇が起こった居間へ入った。夜のあいだ燃え続けた暖炉の火格子に、黒焦げの燃え殻が残っていた。テーブルには燃え尽きて溶けた塊となっている四本の蠟燭《ろうそく》と、散らばったトランプ。椅子は壁際へ移動させられていたが、それ以外のものは昨晩と同じ状態だった。ホームズは軽快な身のこなしで室内をすばやく歩きまわり、検分に取りかかった。それぞれの椅子をテーブルの前へ引きずってきて元の位置に戻し、順に腰かけては庭がどのくらい見えるか確認していた。床や天井、そして暖炉も念入りに調べた。しかし、彼がぱっと目を輝かせたり、唇をきゅっと引き結んだりする表情には一度もお目にかかれなかったので、この真っ暗闇の謎を照らしてくれる光明はまだ見つからないようだった。

「なぜ火が？」ホームズは疑問を声に出した。「このとおり小さな部屋なのに、春になってもまだ暖炉を燃やしていたのですか？」

ゆうべは肌寒くて湿っぽかった、とモーティマー・トリジェニスが説明した。それで彼が訪ねてきてから暖炉に火を入れたのだそうだ。

「このあとはどうなさいますか、ホームズさん？」トリジェニスが訊《き》いた。

するとホームズは笑みを浮かべ、私の腕に手を置いた。「なあ、ワトスン、きみには身体に毒だとしょっちゅう注意されているが、無性に煙草を吸いたくなったよ。そんなわけで皆さん、さしつかえなければ、そろそろ我が家へ戻りたいと思います。ここにいても、めぼしい手がかりは見つかりそうにないですからね。いったん落ち着いて、頭のなかを整理したほうがよさそうだ。トリジェニスさん、なにか気づいたときは、あなたと牧師さんに必ずご連絡しますので、そのときにまた。では、ごきげんよう」

ホームズが次に口を開いたのは、ポルデュー湾のコテージに帰り着いたあとだいぶ経ってからだった。それまでは肘掛《ひじか》け椅子に座って背中を丸め、長いこと沈思黙考していた。渦を巻いてゆらゆらと立ちのぼる煙草の紫煙越しに、黒い眉《まゆ》をひそめて額にしわを寄せ、うつろな視線をどこか遠くへ注ぐ、そぎ落とされたように険しい苦行僧の顔が見えた。そのホームズがとうとうパイプを置いて、勢いよく立ちあがったのだ。

「ここにいても埒《らち》が明かないね、ワトスン！」ホームズは笑った。「崖《がけ》沿いを散歩して、燧石《フリント》の矢じりでも探さないか？　見つかる望みはこの事件の手がかりにくらべればまだ大きいかもしれないな。材料が充分そろわないうちから頭を働かせるのは、エンジンの空ぶかしみたいなものだ。擦り減って、やがてはばらばらに壊れてしまう。とりあえず必要なのは潮風と日光、そして忍耐だよ、ワトスン。気分転換して根気よく事に当たれば、きっとなにもかも見通せるようになる」

「さてと」二人で崖のへりをたどりながら歩いている最中、ホームズが話の続きに戻った。「僕らの立場をおさらいしよう、ワトスン。いまのところ判明している事柄はごくわずかだが、それをここでしっかり確認しておきたいんだ。そうすれば、新たな事実が浮上したとき的確に把握して、推理の組み立てに活《い》かせるからね。真っ先に挙げたいのは、今回の事件を悪魔が人間にちょっかいを出したせいだと認めるつもりなど僕らにはさらさらないということだ。最初にそういう考えを頭から完全に締めだしてしまおう。よし。これで残ったのは三人の人間だ。彼らは故意か偶然か、何者かによって命や正気を奪われるという不幸な目に遭った。これがすべての土台となる絶対的な事実だ。さて、その出来事はいつ起きたのか？　モーティマー・トリジェニスの話が真実ならば、彼が帰ったあと間もなくだろう。きわめて重要な点だ。おそらく数分も経っていなかったと思うね。テーブルにはまだトランプが広げてあった。普段の就寝時刻を過ぎていたが、三人ともその場に残り、席を立とうと椅子を引いた形跡もなかった。もう一度念を押すよ。悲劇が起きたのは、モーティマー・トリジェニスが出ていった直後で、どんなに遅くとも昨夜の十一時より前だろう。

　そうなると、次にやるべきことは、モーティマー・トリジェニスがあの部屋を出てから取った行動をできるだけ詳しく追うことだ。といっても、たいして手間はかからなかったし、疑わしい点は特に見当たらなかった。僕のやり方を知り尽くしているきみなら、玄関前で水の入ったじょうろをひっくり返した意味はわかっているだろう？　もちろん、地面を濡らすためにわざとつまずいたんだ。おかげで彼の足跡がくっきりと残っていたよ。あれに優《まさ》る方法はないね。小道の湿った砂まじりの土はそういう用途にもってこいだよ。覚えているだろうが、昨夜も道はぬかるんでいたから、同じ足跡を難なく探しだして、彼の通った経路をたどることができた。どうやら早足でまっすぐ牧師館の方向へ戻っていったようだ。

というわけで、モーティマー・トリジェニスは舞台から退場したとしよう。しかし、被害者の三人が外部から来た誰かのせいでああなったのなら、その人物を割りだすにはどうすればいい？　また、どのようにして三人を恐怖のどん底に突き落としたのだ？ポーター夫人は除外していいだろう。誰かに危害を加えるような人間には見えない。では、何者かが庭に面した窓へ忍び寄って、なんらかの手段で三人を心臓が停まるほどの恐怖に陥れたのか？　そう断定する証拠は果たしてあるのか？　この説はモーティマー・トリジェニスが語った内容にのみ基づいている。トランプをしている最中、庭でなにかが動いているのを兄が窓越しに見た、と彼は言っていたね。しかし、この話は解せないよ。ゆうべは雨が降ったりやんだりで、月も星もなく暗かった。その状況で室内にいる者を怖がらせようと思ったら、窓ガラスに顔をぴったりくっつけでもしないかぎり気づいてもらえない。窓のすぐ外は幅三フィートの花壇になっているが、足跡らしきものはまったく残っていなかった。よって、外から来た者が三人をあれほどまでにおびえさせた方法にはまるで見当がつかないし、わざわざ変わった手立てを念入りにあみださねばならなかった動機もさっぱり思い浮かばない。おわかりのとおり、大きな壁に突きあたったわけだ、ワトスン」

「ああ、そのようだね。異論はないよ」私は同意した。

「だけどね、あと少し材料が増えれば、乗り越えられない壁ではないと証明できるはずなんだ」とホームズ。「きみが保管している大量の記録にも、今回と同じくらい曖昧模《あいまいも》糊《こ》とした事件はいくらでもあるだろう、ワトスン？　とにかく、もっと確実な情報が手に入るまでひとまず本件は棚上げにして、午前中は新石器時代の人々を真剣に追い求めようじゃないか」

ホームズが頭を切り替える達人であることはこれまでにも再三述べてきたが、コーンウォールでのこの早春の朝ほど感服させられたことはなかった。それから二時間、ホームズは未解決の不吉な謎に悩まされているとは思えないほど快活で、石斧《せきふ》や矢じり、土器の破片などについて調子よく蘊蓄《うんちく》を傾け続けたのだ。ただし、そんな陽気な一幕も午後にコテージへ戻るまでのことだった。客人がお待ちかねだとわかったとたん、私たちは直面している難題に引き戻されたのである。来訪者が誰なのかは、その姿を目にしただけで、二人とも本人が名乗る前から察しがついた。いかつい体格をした雲つくばかりの大男で、ごつごつした深いしわだらけの顔は眼光鋭く、鼻は鷹《たか》のくちばしを思わせ、私たちの小さな家では白髪交じりの頭がいまにも天井にくっつきそうだった。顎《あご》ひげを見ると、唇のまわりは白いが、先端は金色を帯びている。のべつまくなしに葉巻をふかすせいでニコチンのしみがついているのだろう。こうした特徴にあてはまる人物といえば、アフリカのみならずロンドンでも有名なあの人物しかいない。そう、ライオン狩りの名手であり探検家としても誉れ高い、豪胆をもって聞こえるレオン・スターンデール博士だ。

博士がこのあたりに住んでいることは以前から耳にしていた。実際に、ムアの小道で彼の長身の姿を見かけたことも一度か二度あった。だが、向こうは私たちに近づいてこようとしなかったし、こちらもそうする気はなかった。というのも、彼が隠遁《いんとん》生活をこより好んでいることはよく知られていたからだ。そのため探検旅行の合間に帰国するたび、落莫《らくばく》としたビーチャム・アリアンスの森にある小さなバンガローで暮らし、書物や地図に埋もれて世間から隔絶された生活を送っていた。気兼ねのない必要最小限の質素な環境で、近所の出来事にはまるきり無関心な独り住まいを営んでいたのだ。それゆえになおさら、彼が開口一番ホームズに向けた質問には仰天した。なんと、今回の事件の解明に進展はないのかと熱心な口調で尋ねたのである。

「地元の警察はお手上げ状態のようだ」スターンデール博士は言った。「しかし、彼らより経験も知識も豊富なきみなら、すでにある程度は見通しを立てておいでだろう。こうして内々に打ち明けていただけないかとお願いするのは、むろんそれなりの理由があってのことだ。この地へたびたび足を運んでいるうちに、トリジェニス家の皆さんと懇意になった。しかも一家はわたしのコーンウォール出身の母と縁続きで、わたしにとっては従弟妹《いとこ》にあたる。それゆえ、彼らがあのようなことになって、驚くと同時に悲しみに暮れている。実を言うと、アフリカへ渡る予定でプリマスまで行っていたが、今朝知らせを受け、警察の取り調べに協力できればと急遽《きゅうきょ》舞い戻ってきたのだ」

ホームズが眉をつりあげた。

「お乗りになるはずだった船を逃してまで？」

「次の便がある」

「ほう！ ずいぶん友達思いなんですね」

「縁続きだと先ほど申したはずだが」

「そうでしたね――母方の従弟妹にあたるというお話でした。旅の荷物はもう船に積みこまれていたのでは？」

「一部はそうだが、主なものはホテルに預けてある」

「なるほど。しかし、妙ですね。事件のことがそんなに早くプリマスの新聞に出るとは思えないのですが」

「出ていないとも。電報で知った」

「それはどなたからか、うかがってもよろしいですか？」

探検家のげっそりとした顔が急にかげりを帯びた。

「ずいぶんと穿鑿《せんさく》なさるね、ホームズ君」

「それが仕事ですから」

スターンデール博士は狼狽《ろうばい》を浮かべたが、なんとか気を取り直したようだ。

「べつにかまわんよ。お教えしよう」博士は答えた。「牧師のラウンドヘイだ。あの人からの電報でここへ呼び戻された」

「ありがとうございます」ホームズは言った。「では、こちらも最初のご質問にお答えしましょう。事件の真相についてはまだ五里霧中ですが、必ずなんらかの結論にたどり着ける自信があります。それ以上のことをお話しするには時期尚早かと」

「せめて、疑わしいと思っておられる人物がいるかどうかだけでも、お聞かせ願えないだろうか？」

「いいえ、なにもお話しできません」

「無駄骨だったわけか。ならば、これ以上の長居は無用だな。時間がもったいない」そう言うと、著名な博士はご立腹の様子で荒々しくコテージを出ていった。五分も経たないうちに、彼のあとを追ってホームズもいなくなった。戻ってきたのは夕方になってからで、重い足取りとやつれた顔から、捜査の進み具合がはかばかしくないことは明白だった。電報が一通、ホームズの帰りを待っていたが、彼はさっと目を通しただけで暖炉に放りこんだ。

「プリマスのホテルからだよ、ワトスン」とホームズ。「ホテル名を牧師から聞いて、レオン・スターンデール博士の話が本当なのかどうか確かめようと電報で問い合わせたんだ。返信によれば、博士が昨夜ホテルにいたのは事実で、確かに荷物の一部はすでに船でアフリカへ向かっている。だが本人は事件捜査を見守るため、わざわざここへ戻ってきた。きみはそれについてどう思う、ワトスン？」

「博士は事件に並々ならぬ関心をお持ちのようだ」

「並々ならぬ関心――いかにも。そこに僕らがまだ見つけていない糸口がありそうだね。それをしっかりつかんでたぐれば、厄介なもつれはほどけるかもしれない。もうひと踏ん張りだ、ワトスン。やはり必要な材料が足りていなかったとわかったんだから、それがそろえば、手こずらされた難事件も一挙に解決だよ」

　ホームズの言葉がまさかあれほど早く現実になろうとは思いもよらなかった。また、奇怪千万な方向に突破口が開け、まったく新しい展開を迎えたことも私にはまったくもって予想外だった。朝、馬の蹄《ひづめ》の音が聞こえたとき、私はちょうど窓のそばでひげを剃《そ》っていた。ふと顔を上げると、道の向こうからドッグ・カート（一頭立ての軽装二輪馬車）が全速力で走ってくるのが目に入った。馬車は私たちのコテージの前で停まり、すぐに飛び降りた牧師が庭の小道を駆けてきた。ホームズも身じまいが済んでいたので、私たちは二人して客を出迎えた。

　牧師は口もきけないほど興奮していたが、それでもあえぎながら言葉の断片をはじきだし、自らが直面した悲劇を私たちにこう訴えた。

「悪魔の呪いですよ、ホームズさん！　わたしの哀れな教区は悪魔に呪われています！」もはや絶叫に近かった。「サタンがこの地に跋扈《ばっこ》している！　われわれはサタンの餌食《えじき》になってしまうんだ！」取り乱して飛びはねながら叫び続けた。まるで踊っているかのようなその姿は、青ざめて目をむいた異様な顔つきでなければ、むしろ滑稽《こっけい》に見えたかもしれない。そのあとようやく、凶報の中身を一息に吐きだした。

「朝になったらモーティマー・トリジェニスさんが死んでいたのです。それも、ご兄妹《きょうだい》と同じ恐ろしい姿で」

ホームズはばね仕掛けのように勢いよく立ちあがり、全身に力をみなぎらせた。

「われわれ二人も馬車に乗せてもらえますか？」

「もちろんです」

「ではワトスン、朝食はあとまわしだ。ラウンドヘイさん、ただちにうかがいます。さあ、早く。急ぎましょう。現場が荒らされてからでは遅い」

間借り人のトリジェニスは牧師館の一角を占める上下一部屋ずつを使っていた。一階は大きな居間、二階は寝室。双方とも窓の真下まで広がっているクローケー場の芝生に面していた。医者も警察もまだ到着していなかったので、現場は完全にそのままの状態を保っていた。霧の深い三月の朝、私たちがそこで目にしたものを隠さず正確に描写しよう。私の脳裏に一生消し去ることのできない記憶として、深々と刻みつけられた光景を。

室内の空気はむっとして、怖気《おぞけ》をふるう得体の知れない息苦しさをおぼえた。最初に部屋へ入った使用人が窓を開け放っていたにもかかわらずだ。もし閉めきったままだったら、もっとひどい状態だったにちがいない。そこまで空気が淀《よど》んでいるのは、中央のテーブルで煙を噴きながら燃えているランプのせいでもあるだろう。テーブルの脇では椅子に腰掛けた男が背もたれにのけぞって死んでいた。まばらな顎《あご》ひげがぴんと立ち、眼鏡は額までずり上がり、窓のほうへ向けられた細くて浅黒い顔は恐怖にゆがんでいた。先に死んだ妹とそっくりの形相だった。発作にもだえ苦しみながら絶命したのか、両手両足がひきつって、指がねじ曲がっている。服は全部着ていたが、急いで着替えたことが見て取れた。ベッドには寝た跡が残っていて、彼が悲劇的な最期を迎えたのは早朝だったことを私たちはすでに知らされていた。

災いの起きた部屋に踏みこんだ瞬間、ホームズの態度は誰の目にも明らかなほどがらりと変わり、うわべは沈着冷静だが、内面では強力なエネルギーが灼熱《しゃくねつ》の太陽のごとく燃えさかっているのだと察せられた。彼はただちに神経を張りつめ、隙のない鋭い目をきらきら輝かせると、凄味《すごみ》のある引き締まった顔で武者震いした。精力的な捜査は居間の窓から芝生へ出ることから始まった。次になかへ戻って室内をくまなく歩きまわったあと、二階の寝室へ上がった。その敏捷《びんしょう》な動きは、穴に隠れた獲物を狩りだそうとする威勢のいい猟犬もかくやとばかりだ。寝室に入ると、すばやくあたりを見まわしてから窓を開け放った。すぐさま興奮をありありと浮かべたのは、なにか目新しいものを見つけたせいだろう。嬉《うれ》しそうに雄叫《おたけ》びをあげ、窓から身を乗りだした。そのあと走って階段を下り、居間の開いた窓から外へ飛びだしていった。そして、いきなり芝生に顔を突っ伏したかと思うと、すぐに跳ね起きて再び室内へ戻った。身のこなしのひとつひとつに、獲物に追い迫った狩人《かりゅうど》を思わせる自信と情熱がみなぎっていた。

居間のテーブルに置かれたランプはよく見かけるありふれたものだったが、ホームズはそれを綿密に調べた。油壺《あぶらつぼ》の寸法を測り、ほやのてっぺんにかぶさっているタルク石の覆いを拡大鏡でつぶさに観察した。覆いの上部に灰らしきものが付着しているのに気づくと、それを一部こそぎ落とし、封筒に入れて手帳にはさんだ。そうこうするうちに、ようやく医者と警察のお出ましとなったので、ホームズは牧師に声をかけ、私たち三人で外の芝生へ移動した。

「幸いにして、僕の捜査はまったくの空振りではありませんでした」ホームズはそう話しだした。「この場に残って警察と意見を交えるというわけにはいきませんが、ラウンドヘイさん、あなたから警部にくれぐれもよろしくおっしゃってください。できましたら、寝室の窓と居間のランプに注目するよう警部を促していただけると大変助かります。その二つはそれぞれ重大な伏線になりますし、両方合わせれば決め手と呼んでいいでしょう。もし警察がさらに詳しく知りたがったら、僕は喜んで面会に応じますので、いつでも我が家へどうぞとお伝えください。さてと、ワトスン、そろそろここから退散するとしよう」

民間の探偵に横槍《よこやり》を入れられたと感じてへそを曲げたのか、でなければ、自分たちの捜査がうまく行っていると思いこんでいたのだろう。いずれにせよ、それから二日間、警察からはなにも言ってこなかった。そのあいだホームズがどう過ごしていたかというと、家のなかで煙草をふかしたり物思いにふけったりしていることも多少はあったが、たいていは一人で田舎の散歩に出かけていた。戻ってくるのは何時間も経ってからで、どこでどうしていたのかは一言も話そうとしなかった。そんなわけで、ホームズの捜査がどの方向へ進んでいるか私が初めて知らされたのは、ある実験がきっかけだった。まず、ホームズはモーティマー・トリジェニスが非業の死を遂げた朝に居間で見かけたのと同じ型のランプを買ってきた。そこに牧師館で使われているのと同じ油を満杯に入れ、燃え尽きるまでの時間を入念に測定した。さらにもうひとつ、別の実験がおこなわれたのだが、その不快なことといったら筆舌に尽くしがたいほどで、おそらく私の記憶から死ぬまで消えてくれないだろう。

「いいかい、ワトスン、よく思い出してほしい」ある日の午後、ホームズは言った。「今回の二つの事件で、いろいろな証言を聞かされたが、共通点がひとつある。それは簡単に言えば、現場へ最初に入った者が部屋の空気に目立った影響を及ぼされたということだ。モーティマー・トリジェニスが兄妹の家を最後に訪問したときの模様を語ったとき、医者が室内に足を踏み入れるなり椅子に倒れこんだと言ったろう？　もう忘れたって？　しょうがないな。だが、僕ははっきり覚えているから答えられる。確かに彼はそう言った。じゃあ、次は家政婦のポーター夫人の証言を思い出してくれ。彼女も部屋へ入ったとたん気を失いかけ、そのあとなんとか我に返って窓を開けた。第二の事件――つまり、モーティマー・トリジェニスが死んだときのことは、きみも忘れてはいないはずだ。僕らが現場に着いたら、使用人が窓を開け放っておいたにもかかわらず、室内の空気はむっとして、ひどく息苦しかったね。話を聞きに行ってわかったんだが、その使用人はあのあと具合が悪くなって臥《ふ》せったそうだ。どうだい、ワトスン、どれもこれもいわくありげだろう？　とにかく、どちらの事件でも現場の空気が汚れていた。室内でそれぞれ火が焚《た》かれていたことも事実だ。一方は暖炉で、もう一方はランプで。暖炉は燃やす必要があったかもしれないが、ランプのほうは腑《ふ》に落ちない。油の減る量を調べて比較したところ、ランプがともされたのはあたりがすっかり明るくなってからだとわかった。なぜだと思う？　燃焼、汚れた空気、そして狂気か死に見舞われた不幸な者たち――これら三つの事柄にはなんらかのつながりがあるからさ。それこそ、火を見るよりも明らかだろう？」

「ああ、確かに」

「とりあえず、これであてになりそうな仮説を得られた。では、どちらの事件でもなんらかの物体を燃やしたために、毒性を持つ気体が発生したと考えてみよう。よし、先を続けるよ。最初の事件、すなわちトリジェニス兄妹が犠牲になった事件では、その物体は暖炉の火にくべられた。窓は閉まっていたが、有毒な煙の一部は自然と煙突内を這《は》いのぼって外へ排出される。よって、煙の逃げ道が少なかった第二の事件よりも効き目は薄れるとみていい。結果もそれを裏付ける形となった。第一の事件では体力面で弱い女性だけが死亡し、男性二人はかろうじて生き残った。もっとも、一時的にせよ永久にせよ、精神に異常をきたしてしまったがね。これが初期の中毒症状なんだろう。知ってのとおり、第二の事件では効果てきめんだった。つまり、燃焼によって効果を発揮する毒物の存在が浮き彫りになったわけだ。

こうした一連の推論が念頭にあったから、モーティマー・トリジェニスの部屋では問題の毒物の燃え殻を見つけることに捜査の焦点をあてた。目をつけるべき場所は当然ながらランプ、それもほやの覆いか煙よけにしぼられる。すると案の定、薄片状の灰がたっぷり見つかって、その縁を囲むように燃え残った茶色っぽい粉が付着していた。僕がそれを半分だけ採取して封筒にしまったのは、きみも見ていたと思うが」

「なぜ半分だけ？」

「なあ、ワトスン、警察の邪魔立てをするのは僕の流儀にそぐわないんだ。見つけた証拠は警察におすそ分けして差しあげないとね。覆いには毒物がまだ残っていたから、警察もちょっとおつむを働かせれば気がつくだろう。ではワトスン、いよいよ僕らもこのランプに点火するわけだが、用心のため窓を開けておいたほうがいい。少なからず社会に貢献している二人の男が、ここで早すぎる死を迎えたら大変だ。さあ、きみは開いた窓に近い肘掛《ひじか》け椅子に座りたまえ。もちろん、分別を優先させて、こんなことには関わりたくないと思うのなら、無理にとは言わないよ。おや、一緒に立ち会ってくれるんだね？　ありがたい、それでこそ我が親友だ。僕は反対側に座ろう。二人が毒物から等距離で向かい合うよう椅子を置く。ドアは半分開けたままだ。互いに相手の様子を観察できる位置にいるから、危険な徴候に気づいたら実験はただちに中止。それでいいね？　よし、では持ち帰った粉末——というか燃えかすを封筒から出そう。これを火がついているランプの上に置いて、と。さあ、できた！　ワトスン、あとは座って、変化を待つだけだ」

待つまでもなかった。私が椅子に腰を下ろすか下ろさないかのうちに、吐き気をもよおすほど気持ちの悪い麝香《じゃこう》めいた匂いが漂いだした。たった一嗅《ひとか》ぎで思考の制御を奪われ、想像力が暴走を始めた。濃い黒煙がもくもくと立ちのぼって、目の前で渦を巻いている。頭のなかで本能の声が響いた。まだ姿は見えないが、この煙の向こうからいまになにかが飛びかかってきて、正気を食いちぎられてしまうと叫んでいる。ほら、あそこに正体不明の恐怖が、この世のものとは思えない奇怪で邪悪な化け物が身を潜めているぞ。ぼんやりとしたいくつもの塊が、黒い雲堤のなかでぐるぐる回りながら漂い、浮遊し、あいつが襲ってくると寄ってたかって脅しているのだ。影をちらりと見ただけで魂を木っ端みじんにされてしまう、言葉にするのもおぞましい魔界の住人が、すぐそこまで来ていると。

凍《い》てつく恐怖に私はがんじがらめになった。髪は逆立ち、目玉はいまにも飛びだしそうで、乾ききった舌が革のように硬くなっているのを感じながら口をぱくぱくさせた。脳みそがかき回され、騒々しい頭のなかでなにかが破裂しそうだ。叫ぼうとすると、しゃがれた耳障りな声がどこからか響いた。確かに自分が発しているのにそうではないような、妙に遠く聞こえる声だった。まずい、逃れなければ。私は必死でもがいて、絶望をはらんだもうもうたる煙をかき分けた。と、そのとき、向こう側にいるホームズの顔がちらりと目に入った。血の気が引いてこわばり、恐怖で激しくひきつっている——死んだ二人の顔とまったく同じではないか。そう気づいた瞬間、私の理性は息を吹き返し、全身に力が湧き起こった。椅子から立って前へ突進すると、すぐさまホームズを両腕で抱きかかえ、よろめく足で半開きのドアを通り抜けた。そのまま庭の芝生に倒れこみ、二人並んで寝転がった。意識に浮かんだのは、私たちを覆い尽くしていた恐ろしい地獄の黒煙は引き裂かれ、輝く陽光が射しているということだけだった。地上の霧が晴れて平和な風景が現われるように、私たちの魂に垂れこめていた暗雲がゆっくりと遠ざかり、再び正気と落ち着きを取り戻した。二人とも起きあがって芝生に座ると、じっとりと冷たく汗ばんだ額をぬぐいながら、今し方のすさまじい経験の痕跡《こんせき》がどこかに残っていないかと、互いに相手を心配げに眺めた。

「なんということだ、ワトスン!」ようやく口がきけるようになったホームズが、声を震わせて言った。「きみに感謝すると同時に謝罪しなければ。個人であんな実験に手を出したのは大間違いだった。ましてや友人まで巻きこむとは言語道断。本当に申し訳ない」

「水くさいじゃないか」私は思わず感極まった。ホームズがそんなふうに情愛に満ちあふれた言葉をかけてくれたのは初めてだったからだ。「わかっているはずだよ。きみを支えるのはぼくにとって無上の喜びであり、特権でもあるんだってことを」

ホームズはすぐに普段どおりに戻って、半分おどけているような少し斜にかまえた態度に変わった。「なあ、ワトスン、僕らは最初から正気を失っていたようだね」と自嘲《じちょう》気味に言う。「ああいう狂気じみた実験をやろうとすること自体、すでに理性を奪われている証拠だと、見る人が見ればわかったんだろうね。正直に言おう。あれほどまでに危険で即効性のある毒だとは想像もしなかったんだ」そのあと、彼は走ってコテージのなかへ戻った。再び現われたときには、いっぱいに伸ばした手にまだくすぶり続けているランプを持っていた。それを茨《いばら》の茂みに放ってから、こう言った。「部屋の換気にはもう少し時間がかかりそうだ。さて、ワトスン、二つの悲劇がどういう状況で起こったかはもう疑問の余地がないだろう？」

「ああ、ないとも」

「だが、悲劇を招いた原因がなんなのかはまだつかみきれていない。そこのあずまやで休むついでに、事件のことを話し合おう。恐ろしい猛毒がまだ喉《のど》の奥をふさいでいる気がするよ。僕の見るかぎり、すべての証拠が最初の悲劇の犯人はモーティマー・トリジェニスだと指差している。ところが、二つ目の悲劇では彼が被害者になった。まず忘れてはならないのは、以前トリジェニス家ではいさかいが生じて、のちに仲直りしたという事実だ。兄妹《きょうだい》同士の感情がどのくらい険悪になったのかはわからない。また、仲直りはうわべだけのものだったとも考えられる。モーティマー・トリジェニスのずるがしこそうな顔つき、特に眼鏡の奥の小さくて丸い陰険そうな目から受ける印象では、あまり寛大な性格ではなかったと思うね。

もうひとつ留意すべき点は、庭で人だかなんだかの動く気配がしたという話で僕らは一瞬注意をそらされたが、あの証言はモーティマー・トリジェニスの口から出たものだということだ。事件の動機を見誤らせるのがねらいだったんだろう。そして、きわめつきの疑問がこれだ。例の毒はモーティマー・トリジェニスが帰り際に暖炉の火へ投げこんだという以外に考えようがあるのか？　異変が起きたのは彼が家を出てすぐのことだった。新たに訪問者がいたのなら、三人は席を立って出迎えたはずだ。しかしそもそも、静かな田舎のコーンウォールで、夜十時を過ぎて訪ねてくる客などいるわけがない。よって、どの証拠にも犯人はモーティマー・トリジェニスだとはっきり書いてある」

「となると、二番目の事件は自殺だったのか！」

「まあ、確かに表面的にはそう見えるだろうね。血のつながった兄妹を悲惨な運命に追いやった罪悪感に耐えかね、自らも同じ最期を迎えるべく覚悟のうえの自殺を遂げた。と、こう考えたくなるのも無理はない。ただし、実際にはそれを否定する確固たる根拠があるんだ。幸いなことに、すべての事情を知る男がこの国に一人だけいて、今日の午後、本人の口からじかに真相を明かしてもらえるよう手はずを整えておいた。ああ、来たぞ！　約束の時刻より少し早いけどね。

どうぞこちらへいらしてください、レオン・スターンデール博士。ある化学実験をおこなったせいで、いま家のなかは立派な著名人をお迎えする場としてふさわしくないものですから」

庭の門がカチッと開く音がした直後、偉大なアフリカ探検家の貫禄《かんろく》のある姿が小道に現われた。博士は振り向くと軽い驚きを浮かべ、質素なあずまやに座っている私たちのほうへ歩いてきた。

「わたしに用があるそうだね、ホームズ君。一時間ほど前にきみから手紙が届いたので、とりあえず出かけてきたが、呼び出しに応じなければならん理由が果たしてあるのかと首をひねっているよ」

「理由はお別れまでには明らかになるでしょう」ホームズは答えた。「とにもかくにも、ご足労くださったことに心より感謝いたします。このとおり戸外ですので、充分なおもてなしができず申し訳ありません。なにしろワトスン博士も僕も、〈コーンウォールの恐怖〉と新聞が名付けた事件の続編になったであろう絶体絶命の窮地に陥りましてね。幸い、危機一髪で脱しましたが、もうしばらく新鮮な空気のなかで過ごしたいんですよ。それに、あなたの個人的な事情に深く関わる話になりますので、立ち聞きされる心配のない場所のほうがいいでしょうしね」

探検家はくわえていた葉巻を口から離し、私の友人をいかめしい顔つきで見た。

「藪《やぶ》から棒になにを言いだすんだね？　わたしの個人的な事情に深く関わる話とやらがなにを指すのか、さっぱりわからんな」

「モーティマー・トリジェニス殺しのことですよ」ホームズはさらりと答えた。

武器が手もとにあれば、と私は頭の片隅で恨めしく思った。激昂《げきこう》したスターンデールの形相はそれほどに荒々しく、顔は赤黒く染まり、目はぎらぎら燃え、額には青筋が浮いた。そのうえ両手の拳《こぶし》を固めてホームズに襲いかかろうとしたのだ。が、ぱっと身を躍らせた直後、急に動きが止まった。内面での激しい格闘の末、さっきとは正反対の冷たい厳然とした態度に変わったのだが、かっとなって感情をむきだしにしたときよりもなぜか殺気立って見えた。

「法の及ばぬ危険な未開の地での暮らしが長いせいで、わたしは自分自身が法だと思うようになっている」スターンデールは言った。「そのことを忘れないでおくほうが身のためだぞ、ホームズ君。きみに怪我をしてほしくないんでね」

「こちらもあなたに怪我をしてほしくないと思っていますよ、スターンデール博士。それが本心だからこそ、真相にすでにたどり着いていながら、警察ではなくあなたをここへお呼びしたのです」

スターンデールは息をのんで、おとなしく椅子に戻った。これほど圧倒されたのは、数々の冒険に挑んできた人生でも初めてのことだろう。ホームズの態度にはなにがあろうと決して揺るがない静かな不屈の闘志がみなぎっていた。一方、客人は動揺を隠せず、大きな手を開いたり握ったりしている。

「いったいなんのつもりだ？」探検家は口ごもったあとにようやく言った。「いいかね、ホームズ君、鎌をかけようとしているんだろうが、わたしにその手は通用せんぞ。お互い、遠回しの探り合いはもうよそうじゃないか。言いたいことがあるならはっきり言うがいい」

「では、そうしましょう」ホームズが答えた。「その代わり、あなたにも一切合切を正直に話していただきますよ。次にどうするかは、あなたがなさる釈明次第です」

「釈明？」

「はい」

「わたしがなにに対して釈明など」

「モーティマー・トリジェニス殺害容疑に対してです」

スターンデールはハンカチで額をぬぐった。「やれやれ、きみもしつこいな。これまでの手柄はすべてはったりで手に入れたものだったのかね？」

「はったりがお得意なのはあなたのほうでしょう、レオン・スターンデール博士」ホームズは険しい口調で切り返した。「それを証明するために、僕が出した結論の根拠をいくつか挙げることにします。まず、あなたはすでに荷物がおおかたアフリカ行きの船に載っているにもかかわらず、急遽《きゅうきょ》プリマスから引き返してこられた。細かいことは抜きにして、その事実から僕は単純にこう判断しました。事件の全体像を再現するうえで、あなたの存在は必要不可欠な要因として組み入れるべきだと――」

「引き返してきた理由はだな――」

「ええ、それはうかがいましたが、不充分なうえに疑わしいと思いました。とても信じる気にはなれませんよ。プリマスから戻ったあなたは僕を訪ねてきて、誰を疑っているのか訊《き》きだそうとしました。僕は答えませんでしたがね。ここを出たあとは牧師館へ行き、しばらく外でじっとたたずんでから、ご自分のバンガローへお帰りになった」

「なぜ知っている？」

「あなたのあとをつけたのです」

「誰もいなかったぞ」

「当然でしょう。見つからないようにあとをつけたんですから。帰宅後、あなたは眠れぬ一夜を過ごし、ある計略を練った。それを翌朝早く、実行に移したのです。夜明けと同時に外へ出ると、自宅の門のそばにあった赤っぽい砂利の山から小石をすくい取り、ポケットに詰めこんだ」

スターンデールはぎくりとして、ホームズをいぶかしげに見つめた。

「それから、牧師館までの一マイルほどの道のりを急ぎ足で歩いた。そのときの靴は、いまお履きになっているテニスシューズですね。靴底の畝模様が同じなので一目でわかります。牧師館に着くと、あなたは果樹園と脇の生け垣を通り抜けて、トリジェニスが借りている部屋の窓の真下へ行った。その頃にはあたりはもう明るくなっていたが、牧師館ではまだ誰も起きだしていない。そこであなたはポケットから小石をつかみ出し、頭上の窓に向かって投げつけた」

ぎょっとしたスターンデールが勢いよく立ちあがる。

「この悪魔め！　とうとう尻尾《しっぽ》を出したな！」大声で怒鳴った。

ホームズはおほめにあずかり光栄ですとばかりにほほえみ、話を続けた。「それを二回、いや三回ほど繰り返して、ようやくトリジェニスが窓辺に現われた。あなたは彼に下りてくるよう合図した。トリジェニスは急いで着替え、一階の自分の居間へ行き、あなたもそこへ窓から入っていった。二人は言葉を交わすあいだ——短いやりとりでしたが——室内を行ったり来たりした。やがてあなたは入ったところから出て、窓をぴったり閉め、芝生の上に立って葉巻をふかしながら状況を見守った。トリジェニスが死ぬと、あなたは来た道をたどって自宅へと戻った。

いかがですか、スターンデール博士？　いまお話しした奇妙なふるまいに筋の通った釈明ができますか？　そのような行為に及んだ動機はいったいなんです？　嘘をついたり、ごまかしたりすれば、僕は事件から完全に手を引きますので。そのあとが誰の出番かは申すまでもないでしょう」

罪を暴いていくホームズの言葉に、客の顔がみるみる青ざめていった。スターンデールは再び腰を下ろすと、両手に顔をうずめて考えこんだ。しばらくして、なにかに突き動かされたかのようにいきなり胸ポケットから写真を取りだし、私たちの前の粗末なテーブルに放った。

「わたしがああいうことをやった理由だよ」

胸から上の肖像写真で、はっとするほど美しい女性が写っていた。ホームズが身を乗りだして眺める。

「ブレンダ・トリジェニスですね」とホームズ。

「ああ、ブレンダ・トリジェニスだ」客が嚙《か》みしめるように名前を繰り返す。「わたしは彼女をずっと昔から愛してきた。彼女のほうもわたしを愛してくれた。わたしがコーンウォールに引きこもって暮らしているので、怪訝《けげん》に思う者も多かったが、実はこういう秘密の事情があったのだ。この世の誰よりも大切な、わたしにとってかけがえのない女性のそばにいたかった。しかしどんなに愛していても、彼女との結婚は許されなかった。なぜなら、わたしは既婚者で、妻はとうの昔に去っていったというのに、イギリスの理不尽な法律によって離婚することができなかったからだ。それでもブレンダは待っていてくれた。わたしも待ち続けた。互いに長年辛抱を重ねてきたあげく、こんな結末を迎えようとは」

大きな身体を激しくわななかせ、彼はむせび泣いた。破裂しそうな感情を抑えつけるかのように、色がまだらになった顎《あご》ひげの下の喉《のど》を手でぐっとつかんでいる。そうして懸命に自制心を取り戻してから、再び話しだした。

「牧師は事情をすべて知っていた。彼を信頼して、本当のことを打ち明けてあったからな。牧師に訊けば、きっと彼もブレンダはまさに地上の天使だったと答えるだろう。わたしに電報で急を知らせてくれたのはそういう理由だ。わたしはただちに引き返してきた。愛《いと》しい人があのような悲惨な運命をたどったのだ、荷物もアフリカ行きも放りだして駆けつけるのが当然ではないか。ホームズ君、わたしの行動について腑《ふ》に落ちなかった部分はこれで霧散したろう」

「先をお続けください」

スターンデール博士はポケットから紙包みを取りだし、テーブルの上に置いた。包み紙にはラテン語で、〝ラディクス・ペディス・ディアボリ〟と書かれ、その下に毒物を示す赤いラベルが貼ってある。博士はそれを私の目の前へ押しやった。「あなたは医師だそうだが、この薬をご存じかな?」

「〝悪魔の足の根〟という意味ですね。いや、見たことも聞いたこともありません」

「でしょうな。医学の専門知識を充分お持ちの方であっても、それが普通ですよ。ヨーロッパにはブダ市(一八七三年にペスト市と合併して現在のハンガリーの首都ブダペストになった)の某研究所にサンプルがひとつあるだけで、ほかには標本すらどこにも存在しないのだから。毒物学の文献にも薬局方にも記載されたことはない。草木の根っこにしては風変わりな名前だが、人間の足とも山羊《やぎ》の足ともつかぬ形をしているため、植物学者の伝道師がそう名付けた。西アフリカのある地方で呪術師が神判、すなわち罪を犯した疑いのある者への責め苦に用いていたものだ。その部族内だけの秘薬だったが、わたしは貴重な標本をウバンギ川流域へ行った際、きわめて特異な状況のもとで手に入れた。それがこれなのだ」博士が紙包みを開けると、なかから現われたのは嗅《か》ぎ煙草に似た赤茶色の粉末だった。

「それでどうなさったんです？」ホームズは険しい口調で訊いた。

「これから話しますよ、ホームズ君。実際に起こったことを洗いざらい。きみはもう真相をほぼ看破なさっているようだから、それならばわたし自身のためにも、なにもかも知ってもらいたい。トリジェニス一家との関係は先ほど説明したとおりだ。大切な女性のために、彼女の兄たちとも親しくつきあっていた。以前、兄妹《きょうだい》のあいだに財産をめぐって骨肉の争いが起き、あのモーティマーは家を出て一人だけ離れて暮らすようになった。だが、その後仲直りしたのか、わたしがほかの三人と一緒にいる場にモーティマーもたまに加わっていた。陰険でずるがしこい、いかにも腹に一物ありそうな男だったよ。実際、気を許してはならない相手だと警戒させられる出来事がいくつかあった。とはいえ、わざわざ喧嘩《けんか》をする理由はなかったので、放っておいたがな。

ところが、つい二、三週間前のことだ。彼がうちのバンガローを訪ねてきたときにアフリカの珍しい品々を見せてやった。そのなかにこの薬も入っていたのだが、うかつにも、わたしはこれの特性を詳しく話してしまった。恐怖の情動をつかさどる脳の中枢に影響を及ぼすことや、未開の部族で不幸にしてこの毒物で神判にかけられた者には狂気か死の運命しかないこと、そのうえごていねいにも、ヨーロッパの科学では絶対に検出できないといったことまでな。

そのあいだわたしは部屋を一歩も出なかったから、あの男が〝悪魔の足の根〟を盗んだ手口はわかっていない。わたしが陳列棚を開けたり、かがんで箱の中身をのぞきこんだりしている隙に、ひとかけらくすねたとしか考えられんがな。いま振り返れば、使用量や効き目があらわれるまでの時間をやけにしつこく訊いてきたが、まさか悪事に利用するつもりだったとは思いもしなかった。

　そんなわけで、なにも気づかぬまま忘れかけていたとき、プリマスにいたわたしに牧師からの電報が届いた。ずるがしこいモーティマーのことだ、訃報《ふほう》が届く頃にはわたしはアフリカ行きの船の上で、この先何年も帰ってこないだろうと高をくくっていたにちがいない。だが、わたしはすぐに戻ってきた。事件の詳細を聞いて、わたしのもとにあった毒が使われたのだと確信した。ホームズ君を訪ねたのは、もしや別の可能性を指摘してくれるのではないかと期待したからだが、むろんそんなものはあるはずない。モーティマー・トリジェニスが殺したに決まっている。金に目がくらんだあの男は、ほかの兄妹全員が精神的におかしくなってしまえば、一家の共有財産を独り占めできると考え、〝悪魔の足の根〟で一服盛ったのだ。その結果、三人のうち二人が正気を奪われた。そしてブレンダは、わたしが誰よりも愛し、わたしを誰よりも愛してくれた女性は、永遠に帰らぬ人となった。モーティマー・トリジェニスは殺人者だ。なんとしても罰しなければならん。だが、いったいどうすればよいのだ？

　法に訴えようとしても、犯罪の証拠はどこにもない。わたしはそれが真実だと知っているが、片田舎の陪審員にそのような現実離れした話を信じさせることができるか？　どちらに転ぶかはやってみないとわからんが、不確定な手段で寄り道をする余裕などなかった。わたしの魂は復讐《ふくしゅう》の炎に燃えていた。ホームズ君、先ほど言ったとおりだよ。法の及ばぬ危険な未開の地での暮らしが長いせいで、自分自身が法だと思うようになっている。まさにわたしは法だった。あの男も被害者たちと同じ目に遭わせるべきだと決意した。あとは運命にゆだねるか、わたしがこの手で裁くかだ。やり遂げることができるなら、自分の命など少しも惜しくはなかった。わたしほど死を恐れぬ人間はこの世のどこにもいやしない。

これでなにもかもお話しした。残りの部分はきみがすでに埋めてくれている。そう、ご指摘のとおりわたしは眠れぬ一夜を過ごしたあと、朝早くバンガローを出た。あの男を起こすには慎重にやらねばならないと承知していたので、あらかじめ拾っておいた砂利を二階の寝室の窓に投げつけた。目を覚ましたモーティマー・トリジェニスは一階へ下りてきて、わたしを窓から居間へ入れた。面と向かってやつの悪行を暴きたてたあと、わたしはこう申し渡した。断罪と処刑のためにここへ来た。わたしは裁判官であり、死刑執行人なのだと。

極悪非道の卑劣漢も、わたしの手にリヴォルヴァーが握られているのを見たとたん、椅子にへなへなと座りこんだ。わたしはランプの火をつけ、毒の粉末を上に載せた。逃げだそうとすれば撃つと脅しておき、それをいつでも実行できるよう窓の外からリヴォルヴァーをかまえて見張った。絶命するまでにかかった時間は五分。ひどい死にざまだ！　だが石と化したわたしの心は少しも痛まなかった。わたしの愛しい清らかな人は、罪もないのに烈々たる恐怖のなかで息絶えたのだ。それにくらべれば、あの男の味わった苦しみなど塵《ちり》にも満たん。

言うべきことはすべて言った。ホームズ君、愛する女性がいれば、きみもわたしと同じことをしただろう。いずれにせよ、あとはきみ次第だ。わたしを煮て食おうが焼いて食おうがきみの勝手、好きにするがいい。もう一度繰り返すが、わたしほど死を恐れぬ男はこの世にいないのだから」

ホームズはじっと考えこんだ。

「これからどうなさろうとしていたのですか？」しばしの沈黙のあと、ホームズは尋ねた。

「骨をうずめる覚悟で中央アフリカへ行くつもりだった。あそこでの仕事はまだ半分しか終わっていないのだ」

「では、向こうで残りの半分をやり遂げなさい」ホームズが言った。「僕に関して言えば、それを邪魔するつもりはみじんもありません」

スターンデール博士は椅子から巨体を持ちあげると、厳粛な面持ちで一礼し、あずまやを去っていった。ホームズはパイプに火をつけてから、煙草入れを私に手渡した。

「同じ煙でも、こういう煙ならありがたい気分転換だね」とホームズはうそぶいた。「なあ、ワトスン、きみも同じ考えだと思うが、これは僕らが口出しすべき事件じゃない。もともと個人的に始めた捜査なんだから、どう幕を下ろそうが僕らの自由だ。それでも彼を警察に突きだすべきだったと思うかい?」

「いいや、まったく」私は答えた。

「ワトスン、僕は女性を愛したことはないが、もし愛する女性がそのような死に方をしたら、あのライオン狩りの猛者《もさ》と同じやり方を選んだかもしれない。少なくとも、絶対に選ばないと言い切る自信はないよ。さて、きみにすればもうわかりきったことかもしれないが、僕の推理をかいつまんで説明しておこう。出発点となったのは、寝室の窓枠に落ちていた小石だ。牧師館の庭には似たようなものさえなかった。ところがスターンデール博士と彼のバンガローに注目すると、すぐに同じ石が見つかったんだ。さらに、あたりが明るくなってからもともっていたランプと、そこに付着していた粉。この二つの環《わ》がつながった瞬間、真相にぐっと近づいた。話はこれでおしまい。

　さあ、ワトスン、事件のことはもう忘れて、心機一転といこう。カルデア語の語源の研究にあらためて打ちこむぞ。偉大なケルト語から枝分かれした古代コーンウォール語は、深いところでカルデア語と必ず結びついているはずなんだ」

赤い輪

1

「いまのお話ですがね、ウォレンさん、べつに心配なさる必要はないと思いますよ。それに、僕にとって時間は貴重です。その程度の問題にわざわざ首を突っこむ気にはなれませんね。すでに引き受けている仕事がほかに山ほどありますので」

シャーロック・ホームズは客にそう申し渡し、最近の資料を索引ごとに整理する作業に戻ろうと、再び大きなスクラップブックのほうを向いた。

だが、下宿を切り盛りしているウォレン夫人はてこでも動かないかまえだ。粘り強さと女性ならではのあざとさを駆使して、こう攻めてきた。

「ホームズさんは去年、うちの下宿人が抱えていた問題を解決なさいましたでしょう？フェアデール・ホッブスさんのことですけど」

「ああ、あれね――ごく単純でした」

「でも、ホッブスさんはいまでもしょっちゅうその話をしてますよ。ホームズさんはとても親切だったうえ、謎を解くお手並みはまさに快刀乱麻を断つがごとしだったと、たいそうな褒めちぎりようで。今回の得体の知れない謎にぶつかったとき、わたしはホッブスさんの話を思い出しましてね。あなたにお願いすれば、きっと解決してくださると信じているんです」

もともと、ホームズはけっこうおだてに乗りやすい。彼をかばうわけではないが、人情にも弱い。この二つにはさみうちにされたものだから、ホームズはあきらめのため息とともにスクラップブックの作業をやめ、椅子を後ろに引いた。

「いいでしょう、ウォレンさん。詳しい事情をうかがうことにします。煙草を吸ってもかまいませんね？　ありがとう、ワトスン。すまないが、マッチも。で、ウォレンさん、先ほど聞いたところでは、おたくの新しい下宿人が部屋に閉じこもったまま全然姿を見せないので、心配だということでしたね。しかし、僕がもしあなたの下宿人だったら、何週間も姿を見せないことくらいしょっちゅうですよ」

「おっしゃることはわかりますけど、これはちょっと話がちがうと思います。気味が悪いんですよ、ホームズさん。怖くて夜もろくに眠れません。室内をせわしなく歩きまわる音が朝早くから夜遅くまで聞こえてるのに、姿はちらりとも見せないなんて。わたしはもう限界です。夫も気がかりだとは言ってますけど、仕事で一日中出かけてますからね。いつも家にいるわたしにすれば片時も気が休まりません。あの下宿人はどうして人目を避けてるんでしょう？　どこかで悪さでもしたんでしょうか？　手伝いの若い娘を除くと、家にはわたしとあの下宿人だけなんです。このままじゃ神経がもちません」

ホームズは膝《ひざ》を乗りだして、ほっそりした長い手を依頼人の肩に置いた。催眠術のような力の持ち主だから、そうしようと思えばいつでも相手の不安を和らげてやれるのだ。ウォレン夫人の目から恐怖の色が消え、顔に浮かんでいた動揺も落ち着きに変わった。彼女はホームズに勧められた椅子におとなしく腰を下ろした。

「お引き受けするならば、状況を隅々まで把握する必要があります」ホームズは言った。「ですから、焦らずによく考えてお話しください。ごく小さな事柄がきわめて重大な鍵《かぎ》になることもあります。その男がやって来たのは十日前で、二週間分の食費と部屋代を前払いしたのでしたね？」

「はい。下宿代はいくらかと訊《き》かれ、わたしは週五十シリングだと答えました。うちの最上階に小さな居間と寝室のある続き部屋がひとつ空いていて、いつでも使えるよう準備を整えてあったんです」

「ええ、それで？」

「あの人はこう言いました。〝わたしの望みどおりにしてもらえるなら週に五ポンド出そう〟と。ホームズさん、うちはお金に困ってます。夫の稼ぎは雀の涙ほどしかありませんので、毎週五ポンドも入ってくれれば大助かりです。あの人は十ポンド札をわたしに差しだして、こう畳みかけてきました。〝こっちの条件さえのんでくれれば、ずっと先まで二週間ごとにこれと同じ金額を払おう。できないなら、けっこう、ほかをあたる〟」

「条件というのは？」

「はあ、ひとつは家の玄関の鍵を渡してもらうことです。それはべつにかまいません。どこでもだいたい下宿人は鍵を持ってますから。もうひとつは、部屋で一人きりになりたいので、どんな理由があろうと立ち入るな、というものでした」

「特に変わった条件だとは思いませんが」

「聞いたかぎりではそうでしょうけど、現実を考えると異常ですよ、ホームズさん。この十日間、夫もわたしも手伝いの娘も、あの人を一度も見てないんですから。部屋のなかをせかせかと行ったり来たりする足音は四六時中聞こえてます。それこそ、夜も朝も昼も。なのに外出したのは最初の晩一回きりなんです」

「おや、最初の晩に外出を？」

「ええ、そうです。戻ってきたのはだいぶ遅くなってからで、家の者はもうみんなベッドに入ってました。まかない付きで部屋を貸すことに決まったあと、玄関のかんぬきはかけないでほしいとあの人に言われたので、そうしておきましたけどね。真夜中を過ぎた時刻に、あの人が階段を上がっていく音が聞こえました」

「食事はどうしてるんですか？」

「それについても変わった条件がついてましてね。あの人の部屋で呼び鈴が鳴ったら、お盆に載せて運んでいって、ドアの外にある椅子に置いてくることになってるんです。食事が済むともう一度呼び鈴が鳴るので、椅子に出してあるお盆を下げに行きます。あの人になにか入り用な物があるときは、それを活字体で書いた紙切れが同じ椅子に置いてあります」

「活字体？」

「そうなんです。鉛筆で、ほしい物の単語だけ書いてあります。お見せしようと思って実物を持ってきました。このとおり、〝石鹸《せっけん》（SOAP）〟と。〝マッチ（MATCH）〟というのもあります。こっちは最初の朝に置いてあったもので、〝デイリー・ガゼット紙（DAILY GAZETTE）〟。それからは毎朝デイリー・ガゼット紙を朝食と一緒に届けてます」

「ねえ、ワトスン」ホームズは下宿のおかみさんに渡されたフールスキャップ判の紙を一枚ずつ興味津々の体で眺めた。「これはなかなか珍しい話だね。活字体となると、ただの隠遁《いんとん》生活とは思えなくなってきた。どうして活字体なんだろう。読みにくいだけなのに、なぜ筆記体にしないんだ？　いったいどういうことだろうね、ワトスン？」

「筆跡をごまかしたいんだと思うよ」

「だとしたら、なぜ？　下宿のおかみさんに筆跡を知られて困る理由とはなんだろう？　不思議ではあるが、きみの意見が正しいかもしれないな。じゃあ、このそっけない感じの書き方についてはどう思う？」

「さあね。なぜなのかさっぱりわからない」

「頭の体操にはちょうどいいゲームだね。どこにでもありそうな紫がかった太い芯《しん》の鉛筆で、単語のみが書いてある。よく見ると、書き終えてから紙のこちら側を破り取ったことがわかる。〝SOAP〟の〝S〟の字が少し欠けているからね。ここからなにか感じ取れることがあるんじゃないか、ワトスン？」

「用心深さが伝わってくるよ」

「そのとおり。親指の指紋やしみなど、書いた人物の正体につながる痕跡《こんせき》がひとつもないんだ。ところで、ウォレンさん、その下宿人は中肉中背で浅黒い、口ひげと顎《あご》ひげのある男だとおっしゃいましたね。年齢はいくつくらいでしたか？」

「まだ若いと思います――たぶん三十歳になってません」

「なるほど。ほかになにか気づいたことがあれば、教えてください」

「きちんとした英語を話してましたけど、うっすら外国の訛《なまり》がまじってたような気がします」

「身なりは立派でしたか？」

「ええ、とても――れっきとした紳士とお見受けしました。黒っぽい服装で――隙のない感じでしたね」

「名前は言わなかったんですか？」

「言いませんでした」

「手紙や来客は？」

「いいえ、全然」

「立ち入り禁止といっても、朝はいろいろな片付けであなたかお手伝いさんが部屋に入るのでは？」

「それが、自分のことは全部自分でなさるんです」

「ほう、それは驚いた！　かなり変わっていますね。運んできた荷物は？」

「大きな茶色の鞄《かばん》がひとつだけです——ほかにはなにも」

「そうですか。役に立ちそうな材料がほとんどありませんね。彼の部屋からはなにも出てこないんですか？　細かいものもまったく？」

ウォレン夫人はバッグから一枚の封筒を取りだした。それを振って中身を出すと、マッチの燃えさしが二本と紙巻き煙草の吸い殻が一本、テーブルの上に落ちた。

「今朝、食事のお盆にあったものです。ホームズさんは小さなことから大きなことを読み取れる方だと聞いて、持ってきました」

ホームズは肩をすくめた。

「あいにく、ここからはなにも読み取れませんね。マッチは紙巻き煙草に火をつけるのに使ったんでしょう。マッチ棒は先のほうしか燃えていませんので。火をつけたのがパイプや葉巻だったら、半分は燃え落ちます。おや、待てよ！　煙草の吸い殻にはおもしろい特徴がある。くだんの紳士は口ひげも顎ひげもたくわえているんでしょう？」

「はい、ホームズさん」

「妙ですね。こういう吸い方はひげのない者にしかできませんから。ワトスン、きみの控えめな口ひげだって、こんなふうに吸ったら焦げてしまうよ」

「ホルダーを使ったんじゃないか？」私はそう言ってみた。

「いいや、使っていない。じかに口でくわえた跡が残っている。ウォレンさん、ひょっとして、部屋にはもう一人誰かいるのでは？」

「まさか。たったこれだけでよく生きていられるものだと驚くほど、少食でいらっしゃるんですよ。それが二人だなんて、とんでもない」

「ふむ。では、もう少し材料が増えるまで待つしかありませんね。なんだかんだ言って、実害はなにもないでしょう？　部屋代はきちんと入ってくるわけだし、下宿人は変わり者ではあるが、騒ぎは起こしていない。それどころか、気前がよくて部屋代をたっぷり払ってくれる。本人の意思で部屋に閉じこもっているんですから、他人が口出しすべきではないでしょう。なんらかの後ろ暗い事情があると疑う根拠が出てこないかぎり、彼の私生活に干渉することは誰にもできません。ご依頼はお引き受けしましたので、念頭に置いておきます。新しい動きがありましたら、お知らせください。僕の助けが必要となれば、必ずお役に立つと約束しましょう」

　ウォレン夫人が帰っていき、二人きりになると、ホームズは言った。「下宿人のちょっとした奇行というささいな問題に思えるが、見かけよりもうんと根が深いかもしれないね、ワトスン。真っ先に考えつくのは、現在部屋にいるのは最初に訪ねてきて下宿の交渉をした男とは別人である可能性だ」

「なぜそう考えるんだい？」

「それはだね、この煙草の吸い殻も腑《ふ》に落ちないんだが、それとは別に、下宿人の一度きりの外出が部屋を借りた直後だったという点に着目したからだ。怪しい匂いがしないか？　しかも彼――だか誰だかが帰ってきたのは、家じゅうが寝静まって、誰とも顔を合わせずに済む時刻だった。つまり、帰ってきたのが出かけたのと同じ人物だという確証はどこにもない。また、部屋を借りた男は英語をすらすら話したが、いま部屋にいる人物は紙に〝MATCHES〟と複数形で書くべきところを、単数形の〝MATCH〟にしてしまっている。それも活字体で。おそらく辞書で調べた単語をそのまま書き写したんだろう。辞書に載っている名詞は複数形ではなく単数形で記されている。紙に単語しか書かなかったのは、英語がよくわからないことを隠すためだろう。こうして根拠を挙げていくと、下宿人がすり替わった疑いはますます濃厚になったね、ワトスン」

「しかし、なんのためにそんなことをするんだい？」

「そこだよ！　まさしくそれが僕らに与えられた課題だ。手っ取り早く調べる方法がひとつある」そう言ってホームズが持ってきたのは、毎日ロンドンのさまざまな新聞に掲載される私事広告欄の切り抜きが入った、分厚いスクラップブックだった。さっそくページをめくりながら声を上げた。

「やれやれ！　うめいたり、叫んだり、愚痴ったりの合唱だよ！　風変わりな出来事の端切れをごたまぜに詰めこんだ袋ってところかな。とはいえ、珍しい事柄を探究する学徒にとっては、かけがえのない貴重な猟場なんだ！　ある一人暮らしの人物がいて、ひた隠しにしている秘密が漏れてしまうため、誰とも手紙のやりとりはできないと仮定しよう。出所を知られずに、その人物になにか知らせたいことがあった場合、どんな手段を使えばいい？　もちろん新聞の私事広告欄さ。ほかに手段は思いつかないし、幸運にも探すべき新聞は一紙にしぼられている。さあ、このページがデイリー・ガゼット紙の過去二週間分の切り抜きだ。どれどれ。〝プリンス・スケート・クラブにいた黒い毛皮の襟巻のレディ〟――ちがうな。〝ジミーは母親を悲しませるような子じゃないはず〟――これも関係なさそうだ。〝ブリクストン行きのバスで失神したご婦人〟――いや、彼女に興味はないね。〝この想いは日ごとつのるばかりで――〟。やれやれ、情けないと思わないか、ワトスン？　辛気くさい！　おや、これはなんとなくそれらしいな。いいかい、聞いてくれ。〝辛抱せよ。必ず確実な連絡方法を見つける。それまでは当欄で。G〟。掲載されたのは、例の下宿人がウォレン夫人の家に現われた日の二日後だ。期待が持てそうじゃないか。いま部屋にいる謎の人物は、英語を書くことは不得手でも読むことはできるらしい。続きをたどれるといいが。よし、あったぞ。三日後だ。〝手配は順調に進んでいる。忍耐と用心を心がけよ。雲はいずれ過ぎゆく。G〟。このあとGなる人物のメッセージはいったん途絶えるが、一週間後により明確な内容で復活する。

〝道が開けそうだ。機を見て信号を送る。決めておいた対応表を忘れるな――一はA、二はB、以下同様。じきに連絡する。G〟。掲載されたのは昨日の新聞で、今日はなにも見当たらない。ウォレン夫人のところの下宿人にぴったり当てはまるだろう、ワトスン？　もう少し待てば、さらに細かな事情が見えてくるはずだ」

ホームズの予想どおりだった。翌朝、居間へ入っていくと、暖炉の前の敷物にこちら向きで立っていたホームズは、さも満足げな顔で笑いかけてきた。

「これをどう思うか聞かせてくれるかい、ワトスン？」ホームズは張り切った声で言い、テーブルから新聞を取りあげた。「〝壁に白い石をあしらった背の高い赤い家。四階。左側二番目の窓。日が暮れてから。G〟。かなり具体的だね。朝食が済んだら、ウォレン夫人の家の近所を軽く実地調査しないといけないな。おや、噂をすればなんとやら。ウォレンさん、朝からいったいどうなさったんです？」

突然部屋へ飛びこんできた依頼人のいまにも破裂しそうな興奮しきった様子は、事態が急転し、ゆゆしき状況に変わったことを如実に物語っていた。

「警察に通報するしかありませんよ、ホームズさん！」ウォレン夫人は勢いこんで言った。「もうたくさんです！　あんな人には荷物をまとめて出ていってもらいます。本当はすぐに部屋へ上がって本人にそう言い渡したかったんですが、先にあなたのご意見をうかがうのが筋だと思って、ここへ。とにかく堪忍袋の緒が切れました。うちの人まで襲われたとあっては、黙っちゃいられませんよ」

「襲われた？　ご主人が？」

「ええ、こっぴどくやられました」

「誰がそんなことを？」

「ほんとに、まったく誰がそんなことを！　今朝のことでした。夫はトテナム・コート・ロードにあるモートン・アンド・ウェイライト商会の作業記録係で、いつもどおり七時前に家を出ました。ところが、通りを十歩も進まないうちに後ろから二人組の男が近づいてきて、いきなりコートを頭にかぶせられ、歩道際に停めてあった辻《つじ》馬車に押しこまれたんです。暴漢は夫を一時間ばかり馬車で連れまわしたあと、ドアを開けて外へ放りだしました。道に倒れこんだ夫は気が動転してたせいで、馬車がどの方向へ走り去ったか見てないそうです。しばらくして落ち着くと、そこはハムステッド・ヒースだと気がつきました。それでなんとか乗合馬車で帰ってきたんですが、いまもぐったりしてソファで横になってます。わたしは夫から事情を聞いて、ホームズさんにすぐに知らせなければとここへ駆けつけました」

「たいそう興味深いお話でした」ホームズは言った。「ご主人は二人組の男について、顔をご覧になるか、話し声を耳になさるかしていませんか？」

「それが、意識が朦朧《もうろう》として、記憶が吹き飛んでるようなんです。覚えてるのは、あっという間に馬車に押しこまれて、あっという間に馬車から放りだされたことだけでして。暴漢は少なくとも二人いた、もしかしたら三人かもしれないと言ってます」

「で、ご主人が襲われたのは例の下宿人のせいだとお考えなのですか？」

「もちろんですよ。あそこに住んで十五年になりますけど、いままでこんな目に遭ったことは一度もないんです。あの下宿人にはもうこりごり。いくら払いがよくたって、命あっての物種ですからね。今日中に出てってもらいます」

「お待ちなさい、ウォレンさん。性急に事を運んではいけません。この件には一見しただけではわからない深刻な問題が隠されている気がします。下宿人の身になんらかの危険が迫っているのは明らかですからね。今朝、彼の敵どもはお宅の玄関の外で待ち伏せしていた。ご主人を襲ったのは、まだ薄暗くて霧深かったため下宿人と取りちがえたせいでしょう。だがあとになって人違いだと気づき、馬車から放りだした。人違いでなかったらどうなっていたかは、想像するしかありませんね」

「まあ、なんてこと。わたしはどうすればいいんですか、ホームズさん？」

「僕が下宿人の姿を見られるよう取り計らっていただきたいのですが」

「そう言われましても、いい方法が思い浮かびません。部屋のドアを外から破るわけにはいかないですし。食事を運んでいっても、鍵《かぎ》のあく音がするのはわたしがお盆を置いて階段を下り始めてからなんです」

「なるほど、お盆を部屋へ運び入れるのは本人がやらないといけませんからね。では、その瞬間をねらえば彼の顔を見られるかもしれない。こっちはあらかじめどこか物陰に隠れていればいい」

ウォレン夫人はじっと考えこんだ。

「物陰ですか。ちょうどあの部屋の向かいに納戸があります。奥の壁に鏡を取り付けておきますから、ホームズさんにはドアの裏側にでも隠れてもらって――」

「それで決まりだ！」ホームズは喜び勇んで言った。「昼食の時刻は？」

「一時頃です」

「わかりました。それに合わせてワトスン博士と一緒にうかがいます。ということで、ウォレンさん、またのちほど」

十二時半、私たちはウォレン家の玄関前に立っていた。大英博物館の北東に位置する狭いグレート・オーム通りに建つ、黄色いレンガ造りの細くて背の高い住居だった。通りの端に近いため、ハウ街のもう少しもったいぶった感じの家々まで見通せた。そのうちの一軒をホームズが含み笑いしながら指差した。ひときわ目を引く背高のっぽの共同住宅だ。

「ほら、ワトスン！〝壁に白い石をあしらった背の高い赤い家〟を見つけたぞ。信号はあそこから送られるんだ。これで場所を特定できた。使われる符号もわかっているから、僕らの仕事はぐんと楽になるね。見てごらん、あの窓に〝貸し室〟と書いた札が出ている。つまり現在は空室だから、下宿人の仲間はあそこへ忍びこむつもりなんだろう。どうも、ウォレンさん。どんな具合ですか？」

「準備万端ですよ。お二人ともどうぞ上へ。靴は階段の踊り場で脱ぐといいですよ。納戸までわたしがご案内します」

ウォレン夫人はおあつらえむきの隠れ場所を用意してくれていた。鏡がまた恰好《かっこう》の位置に取り付けてあるので、暗がりでしゃがんでいても鏡に映った向かいの部屋のドアがよく見える。私たちの用意が整って、ウォレン夫人が立ち去った直後、少し離れた場所で謎の下宿人が鳴らした呼び鈴の音がチリンチリンと響いた。間もなくウォレン夫人が昼食のお盆を運んできて、閉ざされたドアの脇の椅子に置いた。そのあとやかましい足音とともに引き返していった。私たちは納戸の開いたドアの陰から、鏡にじっと目を凝らしていた。ウォレン夫人の足音が消えるやいなや、突然鍵を回す甲高い金属音が聞こえ、下宿人のドアの取っ手が動いた。続いて二本の細い腕がドアの外へさっと伸び、椅子からお盆を持ちあげた。が、すぐに慌てて置いた。そのとき私の視界をよぎったのは、細く開いた納戸のドアを恐怖に駆られた表情で見つめる浅黒いきれいな顔だった。部屋のドアは勢いよく閉まり、再び鍵を回す音のあとはしんと静まり返った。ホームズが私の袖《そで》を軽く引っ張ったのを合図に、二人して忍び足で階段を下りていった。

「夕方、もう一度うかがうつもりです」ホームズは階下で待ちかねた様子だったウォレン夫人に告げてから、私を振り向いた。「ワトスン、この件はいったんねぐらに持ち帰って、じっくり話し合ったほうがよさそうだ」

ベイカー街の部屋に帰り着くと、ホームズはいつもの安楽椅子に身を預け、こう切りだした。「僕の推測どおりだったわけだ。やっぱり下宿人は入れ替わっていた。だが部屋にいるのが女性だったとは驚いたよ。それも、そのへんのありふれた女性じゃない」

「こっちに気づいたね」

「そうだな。なにかを見て警戒したことは確かだ。しかし、これで事の経緯はだいぶはっきりしただろう? 一組の男女が間近に迫った恐ろしい危険から逃れようと、避難場所を求めてロンドンへ来た。用心に用心を重ねているところを見ると、さぞかし大きな危険なんだろう。男のほうにはやらなければならない重要な任務があり、それが済むまで女を待たせておくための確実に安全な場所が必要だった。決してたやすくないその問題を、彼は独創的なやり方で解決した。部屋にいるのがまさか女だとは食事を運んでいたウォレン夫人さえ気づかなかったんだから、みごととしか言いようがないよ」

ホームズの話は続く。

「いまならもう明らかだが、例の活字体のメモは筆跡から女だと気取られるのを避けるためだった。また、男が私事広告欄を連絡に使ったのは、敵をわざわざ隠れ家へ案内するはめになりかねないため、女に近づけなかったからだ。そこで、じかに会って伝える代わりにああいう手段を用いたのさ。ここまでは明快になった」

「なにか深いわけがあるんだろうね」

「それだよ、ワトスン――きみらしいきわめて現実的な指摘だ! そう、二人をそのような行動に駆り立てた深いわけとはいったいなんだろう。ウォレン夫人の単なる愚痴話に見えた出来事は、掘り下げるにつれて不穏な様相を呈してきたね。ひとつだけ断言できるのは、よくある男女の駆け落ちではないということだ。例の女性がかすかな危険を察知した瞬間の表情。下宿人をねらったにちがいないウォレン氏襲撃事件。これは絶対にただごとではないよ。ああまでして隠れていなければならないのは、生死にかかわる問題だからとしか思えない。ウォレン氏が襲われたことから考えると、正体が誰であれ、敵は下宿人が女に入れ替わったことに気づいていないようだ。かなり複雑で不可解な状況だね、ワトスン」

「それにしても、ずいぶん熱心に追いかけているね。きみにとってなにか得るものがあるのかい？」

「得るもの？　いや、いうなれば芸術のための芸術だよ、ワトスン。医者のきみも採算など度外視して患者を診察することがあるんじゃないか？」

「ああ、勉強だと思ってね」

「勉強に終わりはないよ、ワトスン。次々に与えられる課題を乗り越えていった先に一番大きな課題が待っているんだと思う。今回の件は非常にためになるよ。報酬にも名声にも結びつかないが、真剣に取り組みたいと思わされる。夕暮れになったら、僕らの捜査はさらにもう一段階進むはずだ」

その日、ウォレン夫人の家を再び訪ねたのは、夕刻を迎えた冬のロンドンの陰気な薄闇が重たい緞帳《どんちょう》のごとく下りる頃だった。あたりは灰色一色に覆われ、そのところどころを、家々の窓から漏れるくっきりとした四角い光や、ガス灯のにじんだ丸い光に黄色くくり貫《ぬ》かれていた。私たちは明かりを消した居間で外の様子をうかがった。上を仰ぎ見ると、高いところでぼんやりした明かりが新たにひとつ浮かびあがった。

「あの部屋で動いている者がいる」鋭い輪郭の顔を窓ガラスに近づけ、食い入るように見ていたホームズが、小声で私に知らせた。「間違いない、男の人影が見える。ああ、また動いた！　手に蠟燭《ろうそく》を持っている。こっちの家の窓を気にしているから、仲間の女性が窓辺に来ているかどうか確かめているんだろう。さあ、蠟燭の光が点滅し始めたぞ。ワトスン、確認し合えるよう、きみも信号を読んでくれ。最初は一回。すなわちAだ。そして次。いまのは何回だった？　二十か。僕も二十だ。ということはT。つなげると前置詞のATだね。わかりやすい！　もうひとつTだ。次の単語の一文字目だろうね。それからあとは？　T、E、N、T、A。おや、止まったな。これで全部ということはないはずだが。そうだろう、ワトスン？　ATTENTAでは意味が通らないからね。AT、TEN、TAと三語に分けても同じだ。AT　TENが時刻を示しているとしても、残りの二文字は意味不明だ。人名の頭文字でもないかぎりね。あっ、再開したぞ！　なんだ？　A、T、T、E？　また同じ繰り返しだ。妙だと思わないか、ワトスン？　さっぱりわからないよ。また始まったぞ！　A、T――おい、どうなってるんだ？　三回目じゃないか。ATTENTAが三つとは！　いったい何回繰り返すつもりだろう。いや、どうやらおしまいのようだ。男は窓から離れた。ワトスン、どう思う？」

「きっと暗号になってるんだろう」

するとホームズがなにかひらめいたらしく、急にくっくっと笑い始めた。

「ただし、わかりやすい暗号だよ、ワトスン。いいかい、あれはイタリア語なんだ！　女性に伝えるメッセージだから、動詞の最後にAがつく。〝注意せよ！　注意せよ！　注意せよ！〟と言っているんだ。どうかな、ワトスン？」

「それが正解だよ」

「ああ、疑いの余地はないね。同じ言葉を三度も繰り返すんだから、かなり差し迫った状況なんだろう。しかし、なにに対して注意するんだ？　おや、ちょっと待った。男がまた窓際に近づいてきた」

腰をかがめた男のおぼろな人影が再び現われ、窓の向こうで蠟燭の小さな炎がゆらめいた。そのあと新たな信号が送られた。今度はさっきよりも速く、目で追うのにかなり骨が折れた。

「P、E、R、I、C、O、L、O——〝PERICOLO〟だよ、ワトスン。意味は確か〝危険〟だったね。これは大変だ、危険信号に変わったぞ。また始まった！　P、E、R、I。どうした、なにかあったのか？」

蠟燭の炎が突然消えたのだった。それまで薄明かりにぼうっと照らされていた四角い窓も闇にのみこまれ、光り輝く窓が縦に連なる高い建物は四階だけ黒い帯を巻かれたようになった。必死で危険を知らせる叫びは途中でさえぎられた。誰によって、どのように？　同じ疑問が私たち二人の脳裏を同時によぎった。窓辺にしゃがんでいたホームズはさっと立ちあがった。

「まずいことになったぞ、ワトスン！」と叫ぶ。「何者かの悪逆な行為によって命にかかわる事態に陥ったんだ！　懸命に送っていたメッセージが断ち切られたんだからね。スコットランド・ヤードへ知らせに行くべきだろうが――いまはこの場を離れるわけにはいかない」

「ぼくが行こうか？」

「もう少し状況をつかんでからにしよう。ちょっとしたはずみで途切れた可能性も完全には否定できない。行くぞ、ワトスン。乗りこんでいって、この目で確かめよう」

2

ハウ街の通りを急いで進みながら、いま出てきたウォレン夫人の家をちらりと振り返った。薄暗い最上階の窓に、女性だとわかる頭の影がかすかに見えた。中断されたメッセージの続きを、緊張に身体をこわばらせ、固唾《かたず》をのんで待っているのだろう。ハウ街に建つ問題の共同住宅の入り口で、スカーフを首に巻いて分厚いコートを着た男が手すりにもたれていた。玄関ホールの照明が私たちの顔にあたったとたん、男はびくっと動いた。

「ホームズさん！」男が呼びかけてきた。

「グレグスン君じゃないか！」ホームズも相手が誰だかわかって、スコットランド・ヤードの警部と握手を交わした。「〝旅の終わりは恋する者同士のめぐりあい〟（「空き家の冒険」にも登場する、シェイクスピア『十二夜』第二幕第三場からの引用）という台詞《せりふ》がぴったりの場面だね。なぜここへ？」

「ホームズさんと同じ理由のはずですよ」グレグスンは答えた。「それにしても、よくここがわかりましたね」

「互いに別々の糸をたどっていたが、どちらの糸も同じものにからまっていたようだね。僕はさっきまで信号を観察していたんだ」

「信号？」

「そうとも。発信元はあの窓だ。ところが、途中でぱったりやんでしまってね。それで原因を突き止めに来たわけだが、警察が乗りだしたのならもう安心だ。僕の出る幕ではないだろう」

「待ってください、ホームズさん！」グレグスンは必死に引き止めた。「思いきって本音を打ち明けます。いままであなたと事件捜査で顔を合わせるたび、これ以上心強い味方はいないと感じていました。この共同住宅の出口はひとつきりですから、彼はまだなかにいます。一緒に乗りこみましょう」

「彼とは誰ですか？」

「おやおや、そうなると、今回はわれわれ警察のほうが一枚上手だったわけですね、ホームズさん。潔く敗北を認めてもらいますよ」グレグスン警部はステッキの先端で地面を打ち鳴らした。それを合図に通りの反対側に停まっていた四輪馬車から御者が鞭《むち》を手に降りてきて、こちらへゆっくりと歩み寄ってきた。「ホームズさんに紹介してもよろしいですね？」警部は御者にそう断ってから私の友人に言った。「こちらはアメリカのピンカートン探偵社からお越しになったレバートンさんです」

「ロング・アイランド洞窟《どうくつ》事件では八面六臂《はちめんろっぴ》の活躍ぶりでしたね」ホームズは言った。

「お目にかかれて光栄です」

レバートン氏は物静かで実直そうな青年だった。ひげのない、痩《や》せてとがった顔が、ホームズの賛辞にぱっと赤く染まった。「ホームズさん、わたしは目下、決死の覚悟であいつを追跡しているのです。ゴルジアーノをひっとらえることができれば――」

「ゴルジアーノ！〝赤い輪〟なる組織の？」

「では、ヨーロッパにまで悪名を馳《は》せていたんですね。五十件もの殺人を陰で操った黒幕です。もちろんアメリカであの男がしでかしたことはすべて調べがついています。しかし、そこまでつかんでいながら、決定的な証拠がなかなか得られませんでした。わたしはニューヨークからやつを追ってきました。そしてこの一週間、ロンドンで至近距離から目を光らせ、とらえる機会をねらっていたのです。今日、グレグスン警部とわたしはとうとうこの大きな共同住宅に獲物を追いつめました。出入り口はここ以外にありませんから、やつにすれば八方ふさがりです。あの男が建物へ入っていったあと、出てきたのは三人だけで、いずれも当人ではありませんでした」

「ホームズさんによると、信号を送っていたそうだ」グレグスンが言った。「いつもながら、ホームズさんはわれわれの知らないことをいろいろとご存じらしい」

ホームズは私たちが見聞きしたことを手短に説明した。

それを聞いたアメリカの探偵は、悔しそうに両手をパンと叩《たた》いた。

「こっちに気づいたんだ！」

「なぜそうと？」

「ほかに考えようがありませんよ。やつはこの建物から仲間に信号を送っていた——ロンドンには同じ組織の者がすでに何人もいますから、充分考えられます。ところが、あなたのお話によれば、危険だと伝えている最中に突然それを打ち切った。理由は窓から通りにいるわれわれの姿が見えたからにちがいありません。もしくは、なんらかのきっかけでもはや待ったなしの状況だと察知し、すぐさま別の行動に切り替えたんでしょう。ホームズさん、どうすればいいか教えてください」

「すぐに上へ行って、実際に確かめてはいかがですか？」

「踏みこんでも、令状がなくては逮捕できません」

「空き部屋に無断で侵入したんですから、逮捕の根拠になるでしょう」横からグレグスン警部が言った。「とりあえず身柄を確保して、あとはニューヨークのほうで確実な証拠を用意してもらえばいい。ここでの逮捕についてはわたしが責任を持ちます」

スコットランド・ヤードの刑事たちは決して切れ者ではないが、度胸と決断力は見上げたものである。追いつめられた殺人者を逮捕するため階段を上っていくときも、グレグスンは普段どおり落ち着き払ったてきぱきした態度で、スコットランド・ヤードの階段を上るときと少しも変わらないであろう足取りだった。勇んで先頭に立とうとしたピンカートン探偵社の青年を肘《ひじ》で後ろへ押し戻したのは、ロンドンの危険はロンドンの警察に任せろという矜持《きょうじ》の表われだろう。

四階まで上がると、廊下の左手にあるドアが半開きになっていた。グレグスン警部がそれを押し開けた。室内は真っ暗で、しんとしていた。私はマッチを擦って警部のカンテラに近づけた。蠟燭《ろうそく》に燃え移った火がちらつく光から安定した炎に変わった瞬間、目の前に現われた光景に全員がはっと息をのんだ。絨毯《じゅうたん》を敷いていないむきだしの床に、まだ新しい血の跡が点々と残っていたのだ。真っ赤な血染めの足跡が、ドアの閉まった奥の部屋から出て、こちらへ向かっているのがわかった。グレグスン警部は奥の部屋のドアを勢いよく開け放つと、隅々まで照らそうとカンテラを掲げ持った。私たちはやる気持ちで、警部の肩越しに前方をのぞきこんだ。

なにもない空っぽの部屋の真ん中で、巨体の男が倒れている。ひげのない浅黒い顔は奇怪なほど大きくゆがみ、おびただしい鮮血にまみれた頭は白い木の床の上であたかも深紅の光輪をまとっているかのように見えた。両膝《りょうひざ》をきつく曲げ、仰向《あおむ》けで両手を投げだした姿が断末魔の苦しみを物語っていた。それもそのはず、褐色の太い喉《のど》にはナイフが刃の根元まで深々と刺さっている。突きでた白い柄がなんともまがまがしい。並外れた大男とはいえ、これほどすさまじい一撃に遭っては戦斧《せんぷ》で切り倒されたも同然だったろう。男の右手のそばには子山羊《こやぎ》革の黒い手袋が片方落ちている。

「あっ！」ピンカートン探偵社のレバートンが驚きの声をあげる。「こいつがブラック・ゴルジアーノですよ！　ということは、われわれより先に誰かがここへ」

「見てください、窓に蠟燭が置いてありますよ、ホームズさん」グレグスンが言った。「ちょっと、どうするおつもりですか？」

ホームズはグレグスンの横を通り過ぎて窓に近寄り、蠟燭に火をつけた。それを窓ガラスの前で左右に動かすと、外の暗闇に目を凝らしてから炎を吹き消し、最後に蠟燭を床に放り投げた。

「必要な仕込みをしたまでです」そう言って戻ってきたホームズは、グレグスンとレバートンが死体を調べている横で、立ったまま考えにふけった。しばらくして、ようやく口を開いた。「あなた方が玄関を見張っているあいだ、建物から出てきた者が三人いたと言いましたね。人相を念入りに確認しましたか？」

「ええ、それはもう」

「三人のなかに、歳は三十くらいで、黒い顎《あご》ひげを生やした中肉中背の男はいませんでしたか？」

「いました。最後に出てきた人物です」

「では、その男のしわざでしょう。外見の特徴は僕が把握しているし、現場には足跡もはっきり残っている。つかまえるのは容易なはずです」

「いや、それだけでは無理ですよ、ホームズさん。ロンドンには何百万もの人間がいるんですから」

「まあ、確かに。それを見越して、あなた方の助けになってくれるご婦人を呼んでおきました。こちらの方です」

ホームズの言葉で、私たちは一斉に戸口を振り返った。そこに立っていたのは背の高い美貌《びぼう》の女性だった——そう、謎多きブルームズベリーの下宿人だ。彼女は青ざめた顔を激しい不安にこわばらせ、恐る恐る部屋に入ってきた。大きく見開いたおびえた目は床に転がっている黒っぽい人影に釘《くぎ》づけだ。

「この男を殺してくださったのね」彼女は低い声でつぶやくように言った。そのあと鋭く息を吸いこみ、歓声とともに躍りあがった。「ああ、ディオ・ミーオ、なんてありがたいんでしょう！　この男を殺してくれた！」彼女は黒い瞳《ひとみ》を喜びに輝かせ、手を叩き、踊りながら部屋じゅうを飛びまわった。耳に心地よいイタリア語の感嘆詞が唇から泉のように湧きでてくる。むごたらしい殺人現場でこのような麗しい女性が歓喜に身を震わせている光景は、不釣り合いを通り越して不気味でさえあった。すると、彼女は急に静かになり、疑わしげに私たちを見つめた。

「でも、待って！　皆さんは警察の方ですよね？　ジュゼッペ・ゴルジアーノを殺したんですよね？　そうではないの？」

「おっしゃるとおり、われわれは警察の者ですよ、マダム」

彼女は部屋の隅の暗がりを見まわした。

「じゃあ、ジェンナロはどこ？　彼がいないわ」と不安げに尋ねる。「ジェンナロ・ルッカ、わたしの夫のことです。わたしはエミリア・ルッカ。夫と二人でニューヨークから来ました。ジェンナロがどこにいるか教えてください。ついさっきこの窓からわたしを呼んだばかりなのよ。それでこうして駆けつけたんです」

「呼んだのは僕です」ホームズが告げた。

「あなたが？　どうしてそんなことが？」

「お二人の暗号を解読するのはたいして難しくありませんでした。あなたにここへ来ていただきたかったので、〝Vieni〟とイタリア語のメッセージを信号で送ったところ、ねらいどおりの結果になったわけです」

イタリア人の美しい女性は畏怖《いふ》の念を浮かべてホームズを見た。

「なぜそこまでご存じなのか不思議でなりませんけれど、ジュゼッペ・ゴルジアーノのことは――いったいどうやって――？」エミリア・ルッカは口をつぐんだあと、誇らしげにぱっと顔を輝かせ、さも嬉《うれ》しそうに言った。「わかったわ！　ジェンナロなのね！　凛々《りり》しくて勇敢なジェンナロが、どんな危険からもわたしを守ってくれるジェンナロが、この怪物をしとめてくれたのね！　ああ、ジェンナロ！　なんて立派な人！　あなたにふさわしい女が本当にこの世にいるの？」

「ところで、ルッカ夫人」無骨なグレグスンは、イタリア人街のならず者でも扱うような繊細さのかけらもない態度で彼女の袖口《そでぐち》に手を置いた。「こちらはあなたが何者なのか、まだよく知らないんですがね。とにかく、うかがったお話から判断するに、署まで同行していただかんといけませんな」

「待ちたまえ、グレグスン君」ホームズが口をはさむ。「このご婦人のほうもわれわれに促されるまでもなく、早く詳しい事情を話したいと思っているはずだ。マダム、よく聞いてください。あなたの夫はそこで死体になっている男を殺したかどで逮捕され、裁判にかけられるでしょう。よって、あなたがなにかお話しになれば、いかなる言葉も証拠として使われる可能性があります。しかし、夫の行為は犯罪ではなく、然《しか》るべき理由があってのことで、本人もそれを理解してもらいたいはずだと信じておられるなら、われわれに包み隠さず打ち明けたほうがいい。それが彼のためになるのです」

「ゴルジアーノが死んだのですから、わたしたちにはもうなにも恐れるものはありません」ルッカ夫人は答えた。「あの男は悪魔です。化け物です。それを退治した夫に罰を与えようとする裁判官などいやしませんわ。なにもかもお話ししますとも」

「そうと決まれば」ホームズは一同に向かって言った。「さっそくドアに鍵《かぎ》をかけて現場を保存しておき、このご婦人の部屋へ移動するとしましょう。われわれの意見をまとめるのは、彼女から事情を聞いたあとでも遅くない」

三十分後、私たち四人はルッカ夫人が借りている小さな居間で腰を下ろし、彼女の語る異様な話に耳を傾けた。そして、私たちはたまたま結末を目の当たりにしたわけだが、そこへ至る経緯は背筋が凍るような出来事の連続だったと知らされたのである。ルッカ夫人はすらすらと淀《よど》みなく話したものの、かなり癖のある英語だったので、意味が明確に伝わるよう私が正しい文法に直したものを以下に記す。

「わたしはナポリに近いポジリポで生まれました。父のアウグスト・バレッリは首席判事で、地区の代議士を務めたこともあります。ジェンナロとは彼が父のもとで働いていたことが縁で知り合い、恋をしました。女性なら皆、彼を好きにならずにはいられないでしょう。美男子で、たくましくて、行動力にあふれた人ですから。でも、彼にはお金も地位もなかったので、父が結婚を許してくれませんでした。わたしたちは駆け落ちして、イタリア南部のバーリで夫婦になり、わたしの宝石を売ったお金でアメリカへ渡りました。それが四年前のことです。以後、ずっとニューヨークで暮らしていました。

初めのうちは運に恵まれていました。ジェンナロはあるイタリア人紳士の会社に就職することができました。バワリー街で悪い連中から助けだしてあげたのがきっかけで、その紳士の心強い友人になったのです。お名前はティト・カスタロッテといって、ニューヨークの果物輸入業界では最大手の、カスタロッテ・アンド・ザンバ社の社長さんでした。共同経営者のザンバさんがご病気だったため、わたしたち夫婦の新しい友人であるカスタロッテさんが、三百人以上の従業員がいる立派な会社を事実上お一人で経営なさっていました。それほどの大実業家がわたしの夫を雇い入れ、しかも部長の地位を用意してくださったのです。ジェンナロはほかにもいろいろな面で目をかけてもらいました。カスタロッテさんは独身でしたから、きっとジェンナロを息子のように思ってくださったのでしょう。夫とわたしもあの方を父親のように慕っていました。

ところが、わたしたち夫婦がブルックリンの小さな家に落ち着き、ようやく確かな将来が見えてきた矢先、不吉な暗雲に頭上を覆い尽くされたのです。

ある夜、仕事から帰ったジェンナロは同郷だという男を連れていました。その男こそがゴルジアーノ、確かに同じポジリポの出身でした。皆さんも死体をご覧になったのでおわかりでしょうけれど、山のように大きな男です。しかも身体だけでなく態度からなにからすべて大きくて、気味が悪いうえにとても恐ろしく感じられました。狭い我が家で、あの男の声は雷のようにとどろき、しゃべりながら荒々しく振りまわす太い腕はいまにも壁を突き破りそうでした。思考も気分も情熱も、なにもかもが極端で、常軌を逸していました。話すというより怒鳴っている感じですし、すさまじい勢いでまくしたてるので、聞いているほうは弾丸のように吐きだされる言葉をおびえながら黙って浴びせられるしかありません。しかも、あの目でぎろりとにらまれたら、どんな人も蛇に魅入られた蛙のごとくすくんでしまうでしょう。残忍な恐ろしい男でした。死んでくれて本当によかった！

あの男は一度きりではなく、何度もうちへやって来ました。ジェンナロがもう少しも嬉しそうでないのは見ればすぐにわかります。かわいそうに、青ざめてげっそりした顔でじっと座り、あの男が政治や社会問題について延々と異常なほどの熱弁をふるうのを聞かされていました。ジェンナロは口に出してはなにも言いませんでしたが、わたしは彼のことをよく知っています。顔つきから、彼がそれまで一度も見せたことのない感情が読み取れました。初めのうちは、嫌悪感だろうと思いました。でも日が経つにつれ、嫌悪感などよりもっと深刻なものだと気づきました。恐怖です――ジェンナロはひそかに激しくおびえていたのです。あの晩――夫の抱える恐怖に気づいた晩――わたしは彼にすがりついて懇願しました。わたしを愛しているなら、いまの大切な暮らしを守りたいなら、どうか隠さず話してほしいと。なぜあの大男に脅かされるままになっているのか、わけを知りたいのだと。

夫はようやく打ち明けてくれましたが、聞きながらわたしの心臓は凍りつきそうでした。かわいそうに、ジェンナロはなにをやってもうまく行かず、世の中から見捨てられたように感じていた時期、不公平な人生に心がすさんで悪党集団の仲間になってしまったのです。それが昔のカルボナリ党と同類のナポリの秘密結社、〝赤い輪〟でした。恐ろしい掟《おきて》と秘密に血塗られた底なし沼のような結社です。一度足を踏み入れたら、二度と出られません。でも駆け落ちのあと夫婦でアメリカへ逃げてきたので、ジェンナロは結社とのつながりも断ち切れたと思っていました。それだけに、ナポリ時代に自分を結社へ誘いこんだ張本人ゴルジアーノとニューヨークの街中でばったり会ったときは、心底震えあがったことでしょう。よりによって、相手はイタリア南部で〝死神〟と恐れられていた残忍きわまりない殺人鬼です！　イタリア警察の追及をかわしてニューヨークへ逃れ、あろうことか恐ろしい結社の新たな支部をすでに結成していました。ジェンナロはこうしたことをすべて話し終えたあと、今日受け取ったのだと言って、わたしに紙切れを見せました。それは支部の会合が開かれる日時と、必ず出席せよとの命令が書かれた、結社からの召喚状でした。一番上にあった赤い輪の印がいまも目に焼きついています。

　それだけでも不幸なのに、さらにひどいことが起こりました。しばらく前から気になっていたのですが、ゴルジアーノは毎晩のようにうちへ来ては、わたしにしつこく話しかけるようになりました。夫に向かって話しているときでさえ、野獣のような目つきでわたしをじっと見ているのです。そうしてある夜、とうとうあの男のねらいがさらけ出されました。当人いわく、わたしはあの男の心に〝愛〟とやらを呼び覚ましてしまったようなのです――もちろん、そんなものは野蛮な肉欲の衝動でしかありませんが。あの男はジェンナロがまだ帰宅していないときに押しかけてくると、大きな腕で熊のようにわたしを抱きすくめました。そして力ずくで無理やりキスしながら、おれのものになれとしつこく言い寄ってくるのです。わたしは悲鳴を上げ、必死にもがきました。そこへジェンナロが帰ってきて、わたしを助けようとゴルジアーノにつかみかかったのですが、逆に殴られて気を失ってしまいました。ゴルジアーノはその隙に逃げていき、それ以後うちへは二度と現われませんでした。その晩を境に、ゴルジアーノはさらに恐ろしい不《ふ》倶戴天《ぐたいてん》の敵となったのです。

それから数日後、例の支部の会合が開かれました。戻ってきたときのジェンナロの顔には、なにか恐ろしいことが起きたのだとわかる深刻な表情が浮かんでいました。実際には恐ろしいどころではない、想像を絶する最悪の事態だったのです。結社は裕福なイタリア人を標的に、恐喝や暴力による脅迫で資金を集めていました。わたしたち夫婦が日頃お世話になっている恩人のカスタロッテさんも目をつけられましたが、脅しに屈せず警察に通報なさいました。結社にすれば、ほかの獲物たちまで言うことを聞かなくなるかもしれないため、不都合な前例を作りたくありません。会合で、このまま見過ごすわけにはいかないとの結論が出て、カスタロッテさんを家ごとダイナマイトで吹き飛ばしてしまうことが決まったのです。

それを誰がやるか選ぶため、くじ引きがおこなわれました。くじの入った袋に手を突っこんだとき、ジェンナロはゴルジアーノのさも残酷そうな顔に薄笑いが浮かぶのを見たそうです。前もって細工をしてあったにちがいありません。その証拠に、殺人指令を意味する赤い輪が描かれた円形の丸いカードは、ジェンナロのてのひらに載っていたのですから。選択肢は二つきりです。父のように慕う大切な恩人を手にかけるか、夫婦とも裏切者として命を狙われるはめになるか。危惧《きぐ》の念や憎悪を抱かせる相手がいると、当人のみならず、その人物が大切にしている者まで処罰するというのが結社の非道な方針のひとつです。ジェンナロはそれをよく知っていますから、恐怖のあまり頭がおかしくなりそうだったでしょう。

その晩、わたしたちは一睡もせずに固く抱き合って、待ち受ける苦難をなんとか乗り越えようと励まし合いました。殺人指令の実行は次の晩と決められています。わたしたちは正午にはもうロンドンへ向かっていましたが、発《た》つ前にカスタロッテさん本人に危険を知らせ、彼の命を確実に守ってもらえるよう警察にも具体的な情報を渡しておきました。

それからあとのことは皆さんがご存じのとおりです。いずれ敵の影はわたしたちの背後に迫るだろうとわかっていました。ゴルジアーノは個人的な恨みから絶対に復讐《ふくしゅう》してやろうと考えているはずですし、もともと非情で抜け目がなくて執念深い男です。イタリアにいた頃もアメリカへ逃げてからも、あの男の残虐さを物語る話は数え切れないほどあります。わたしたちにも決して手加減しないでしょう。すぐにアメリカを発ったおかげで、二、三日分の時間は稼げましたから、そのあいだに夫のジェンナロはわたしの身が危険にさらされる心配のない隠れ家を用意してくれました。本人はアメリカとイタリア双方の警察にいつでも接触できる状態でいたいからと、別行動を取ることになりました。どこでどうしていたのか、わたしには想像もつきません。新聞の広告欄以外に夫と連絡を取る方法はありませんでしたので。あるとき、窓から外を見ていたら、二人のイタリア人がこの家を監視しているのがわかりました。とうとうゴルジアーノに見つかってしまったのです。そこへようやく夫から、窓越しに信号を送ると新聞を通じて連絡がありました。ところが、信号は危険の警告ばかり。しかも急に途切れてしまったではありませんか。その理由はいまならよくわかります。夫はゴルジアーノがじきに襲いかかってくると気づき、あそこで待ちかまえていたのです。さあ、今度はわたしから皆さんにうかがいます。わたしたち夫婦は法律で罰せられなければならない罪を本当に犯したのでしょうか？　夫のジェンナロがしたことをとがめることのできる裁判官がいったいどこにいるのでしょう？」

「グレグスン警部」アメリカの探偵がイギリスの警察官に話しかけた。「この国の考え方がどうなのかはわかりませんが、ニューヨークに行けばこのご婦人の夫君は皆から盛大に感謝されるはずですよ」

「ルッカ夫人にはスコットランド・ヤードまでご足労願って、うちの部署の責任者に会ってもらいましょう」グレグスンは答えた。「供述の裏付けが取れれば、彼女も夫君もおとがめなしで済むと思います。それにしても、ホームズさん、わたしにはさっぱりわかりませんよ。あなたはどういうきっかけでこの事件にかかわることになったんです？」

「勉強だよ、グレグスン君、勉強。昔から親しんでいる学び舎《や》で、いまも知識を深めているんだ。ねえ、ワトスン、きみにもいたましくて奇妙な物語の標本が新たにひとつ手に入ったじゃないか。ところで、まだ八時になっていないね。今夜はコベント・ガーデンでワーグナーのオペラがあるんだ！　急げば第二幕に間に合うだろう」

レディ・フランシス・カーファクスの失踪《しっそう》

「ねえ、きみ、どうしてトルコなんだい？」

シャーロック・ホームズは私の靴を見つめて尋ねた。

籐椅子《とういす》にゆったりと腰掛けていた私はそのとき初めて、前に投げだした自分の足が友人の鋭敏な視線を引き寄せていたことに気づいた。

「イギリス製だよ」私は意外に思いながら答えた。「オックスフォード街のラティマーの店で買った」

するとホームズはもどかしげな表情で笑った。

「風呂《ふろ》だよ、風呂！　ぱっと目が覚めるイギリス式の風呂ではなく、眠くなるうえ金額も高いトルコ式の蒸《む》し風呂へ行ったのはなぜなんだい？」

「ここ最近、リューマチにかかったのか急に歳を感じるようになってね。そういうときは蒸し風呂が効く。心身ともに大掃除をして、生まれ変わった気分になるんだ」

そう説明したあとに私は続けた。

「ところで、ホームズ、ぼくの靴とトルコ式の風呂とのつながりは、論理的思考の人間から見れば自明の理なんだろうね。だが、ぼくの場合は説明してもらわないといけないようだ」

「今回の推理の過程はたいして複雑ではないよ、ワトスン」ホームズは意味ありげに目を輝かせた。「たとえて言うなら、今朝きみは辻《つじ》馬車に誰かと同乗した、という結論に行き着くのと同じくらい初歩的な部類に入る」

「説明するというのは別の例を挙げることではないよ」私はついとげとげしい口調になった。

「うまいぞ、ワトスン！　いまの切り返しは非常に堂々としていて、論理にかなっている。おっと、話が横道《ひだりそで》にそれたね。まずは別の例、つまり馬車のほうから説明しよう。きみのコートの左袖と左肩には泥はねがついている。二人乗りの二輪馬車で真ん中に座ったのなら、普通は泥はねなどつかないだろうし、もしついてもだいたい左右均等になるはずだ。よって、きみが座っていたのは馬車の端だとわかり、さらにそこから連れがいたという結論が導きだされる」

「確かに理路整然としているね」

「滑稽《こっけい》なほど当たり前だろう？」

「靴と風呂のほうはどうなる？」

「同じく子供だましだよ。きみには靴を履くときの決まった習慣がある。いま靴はどうなっているかというと、紐《ひも》がきれいな二重蝶結《ちょうむす》びになっていて、きみの普段の結び方とちがう。よって、きみがどこかで靴を脱いだことがわかる。靴紐を結んだのは果たして誰なのか？　靴屋──もしくは、浴場の下足番だろう。靴はまだおろしたてだから、靴屋ではない。そうなると、残りは？　浴場だ。ほら、答えが出た。うんざりするくらい簡単だが、無駄ではなかったよ。トルコ式の風呂はきっかけ作りにうってつけだ」

「どういうことだい？」

「きみが風呂へ行ったのは気分転換のためだろう？　じゃあ、僕からもいい方法をひとつ提案しよう。ローザンヌへ出かけるのはどうかな、ワトスン？　一等車の切符を含め、費用はたっぷり持ってもらえるという条件つきで」

「そいつはいいね！　だが、どうしてまた？」

ホームズは肘《ひじ》掛け椅子にもたれ、ポケットから手帳を取りだした。

「世の中で最も危なっかしい身分をひとつ挙げるなら、有閑階級に属しながら根無し草のような生活を送っている、友達のいない女性だな。無害で誰の迷惑にもならず、たいていはとびきり有能な人物なんだが、そのつもりはなくても他人を犯罪に走らせてしまう傾向にある。よるべのない無力な渡り鳥とはいえ、金には不自由していないので、国から国へ、ホテルからホテルへ、転々としている。しかも、怪しげな下宿屋やいかがわしい貸間が集まる場末の迷路にしょっちゅう迷いこむ。親からはぐれた雛鳥《ひなどり》が狐の群れに取り囲まれるようなものだ。食われてしまっても、誰にも気づいてもらえないだろう。

まさにそういう不幸がレディ・フランシス・カーファクスの身に降りかかったのではないかと、心配でならないんだ」

　つかみどころのない話がようやく輪郭を浮かびあがらせたので、私はほっとした。ホームズは手帳を見ながら説明を続けた。

「レディ・フランシス・カーファクスは、故ラフトン伯爵の直系血族におけるただ一人の生き残りでね。たぶんきみも覚えていると思うが、地所を始めとする財産のほとんどは男系の親戚《しんせき》が相続した。よってレディ・フランシスに遺《のこ》された分は限られていたが、きわめて珍しいカットのダイヤモンドを組み合わせた古いスペインの装身具など、きわめて高価な物も含まれている。当人はその装身具が大のお気に入りで——度が過ぎるほどお気に入りで、大事に思うあまり銀行に預けるのをいやがり、どこへ行くにもつねに持ち歩いているそうだ。彼女の外見はというと、はかなげな感じの美人で、やっと中年にさしかかったばかりだが、運命とは不思議なもので、つい二十年前はちやほやしてくれていた者たちにいまではすっかり見捨てられてしまっている」

「その女性にいったいなにが起きたんだい？」

「問題はそこだよ。レディ・フランシスになにが起きたのか。生きているのか、死んでいるのか。彼女にはずっと続けてきた習慣があって、ミス・ドブニーにこの四年間一度も欠かさず二週間おきに手紙を出していた。ミス・ドブニーというのはレディ・フランシスの昔の家庭教師で、とうに引退してカンバーウェルに住んでいる。今回僕のもとへ相談に来たのが、このミス・ドブニーだ。レディ・フランシスから五週間近くなんの音《おと》沙汰《さた》もないらしい。最後の手紙はローザンヌのオテル・ナシオナルで出したものだったが、レディ・フランシスは次の行き先を告げないまますでにそこを発《た》っている。一族の人々も心配していて、皆そろって大富豪だから、彼女の消息を突き止めてくれるなら金はいくらでも出すつもりだそうだ」

「情報源になるのはミス・ドブニーだけかい？　レディ・フランシスにはほかにも手紙をやりとりしていた相手がいるはずだと思うが」

「一人、確かな相手がいるよ、ワトスン。それは銀行だ。独身のご婦人もそれなりに物入りだろうから、預金通帳は簡潔な日記のようなもの。きっと参考になる。レディ・フランシスはシルベスター銀行に口座を持っているとわかったので、そこへ行って記録を見せてもらった。最後から二番目に振りだされた小切手はローザンヌでの滞在費にあてるためと思われるが、大きな金額なので当人の手もとにかなりの現金が残っただろう。そのあとは一回しか小切手が振りだされていない」

「誰宛てに？　場所は？」

「ミス・マリー・ダヴィーン宛てだ。振りだされた場所は不明。現金化されたのはモンペリエの銀行、クレディ・リヨネで、三週間足らず前のことだ。金額は五十ポンド」

「ミス・マリー・ダヴィーンとは何者だろう？」

「それもわかっている。調べたところ、ミス・マリー・ダヴィーンはレディ・フランシス・カーファクスのメイドだった。彼女にまとまった金額が支払われた理由はまだつかめていない。まあ、しかし、きみの調査でじきに明らかになるだろう」

「ぼくの？」

「そうさ。保養のためローザンヌへ旅行してもらうんだからね。ほら、例のエイブラハム老人はいまも命を脅かされる危険にさらされているだろう？　そんなときに僕がロンドンを離れるわけにはいかない。そもそも、よほどの事情がないかぎり、僕は原則的にイギリスにいるべきなんだ。僕がいなかったらスコットランド・ヤードも心細いだろうし、犯罪者どもがこれ幸いと活発に動きだす恐れがある。そんなわけだから、ワトスン、行ってくれるね？　僕のつまらない助言が一語二ペンスという法外な料金に見合うと思ったならば、夜でも昼でも好きなときに電報をくれたまえ。ドーヴァー海峡横断電信ケーブルの向こう側ではいつでも僕が待っている」

二日後、私はローザンヌの投宿先、オテル・ナシオナルで、名の通った支配人であるムッシュー・モゼのはからいにより手厚いもてなしにあずかっていた。そのムッシュー・モゼから聞いたところによれば、レディ・フランシスは同ホテルに数週間滞在し、まわりの評判はすこぶるよかったとのこと。歳は四十に届くか届かないかで、まだまだ美しく、若い頃はさぞかし可憐《かれん》だったろうと思われる魅力的な容姿の持ち主だった。彼女が相続した高価な宝石について、ムッシュー・モゼはなにも知らないと答えたが、従業員たちの話では、寝室にあった重いトランクはつねに鍵《かぎ》をかけてあったそうだ。レディ・フランシスと同様、彼女のメイドのマリー・ダヴィーンも皆から好かれていた。このホテルで給仕長を務める男と婚約中だったので、幸いにして現住所はあっさり判明した。モンペリエのトラジャン街一一番地。私はこうした事柄を残らず書き留めながら、たとえホームズといえどもここまで手際よくはいかないだろうと一人悦に入った。

ただし、依然として闇に沈んでいる部分がひとつだけあった。私が持っている明かりでは照らしだすことのできない謎、それはレディ・フランシスが急に出立した理由だ。ローザンヌでの滞在を心から楽しんでいる様子だったので、湖を見渡せる豪華な部屋にしばらくは滞在するだろうと皆信じて疑わなかった。ところが、一週間分の部屋代が無駄になってしまうのもかまわず、明日《あした》発つと言って突然ホテルを引き払ったのである。彼女のメイドと婚約したジュール・ヴィバールが、参考になりそうな話をしてくれた。レディ・フランシスがホテルを出ていく一日か二日前に、長身で色の浅黒い、顎《あご》ひげをたくわえた男が訪ねてきて、どうもその人物が彼女の突然の行動にからんでいるように思えてならない、との意見だった。

「粗野な男でしたよ――凶暴な感じと言ってもいいくらいだ！」ジュール・ヴィバールは語気荒かった。男は町内のどこか別のところに泊まっていて、湖のほとりの遊歩道でレディ・フランシスにしつこく話しかけている姿を見た者もいた。そのあとホテルへ押しかけてきたわけだが、結局彼女には会ってもらえなかった。イギリス人であることは確かだが、名前はわかっていない。それから間もなく、レディ・フランシスは出発した。

興味深いことに、ジュール・ヴィバールの婚約者マリーもやはり男の存在が原因でレディ・フランシスは急に発ったのだと考えているそうだ。ただし、ジュールが触れようとしなかった話題がひとつだけある。マリーがレディ・フランシスのメイドを辞めた理由だ。ジュールは知らないから話せなかったのか、あえて話さなかったのか、どちらだろう。そのへんの事情を探るには、モンペリエまで出かけていって、マリーに尋ねるしかない。

私の調査の第一章はここまでだ。次の章はローザンヌを去ったあとのレディ・フランシスの足取り追跡が中心となる。不可解な点が多いことから、彼女が追っ手をまこうとしていたのは間違いないだろう。もしそうでないなら、なぜ荷物に〝バーデン行き〟と明記していなかったのだ？　結局、荷物と本人はややこしい経路で回り道したあとバーデンのライン川に近い温泉保養地に到着した。この情報はクック旅行社の地元の支店長から入手したものである。私もさっそくバーデンへ向かった。発つ前に調査の進捗《しんちょく》状況についてホームズに書き送ったところ、冗談めかしたほめ言葉の返信が電報で来たことを記しておこう。

バーデンでの調査はわりあい順調に進んだ。レディ・フランシスはエングリッシャー・ホーフに二週間宿泊した。滞在中、南アメリカから来た宣教師のシュレジンジャー博士夫妻と親しくなった。孤独な婦人のご多分に漏れず、レディ・フランシスも宗教に心の慰めと生きがいを見いだしたのだろう。シュレジンジャー博士の高潔な人柄や篤《あつ》い信仰心に加え、彼が布教活動に励むなかで病気にかかり、目下は療養に努めているという事情に、レディ・フランシスは深く感銘を受けたのだった。彼女はシュレジンジャー夫人を手伝って、病みあがりの宗教家をかいがいしく看護した。ホテルの支配人によれば、博士は二人の女性に両側から付き添われ、日がな一日ベランダの長椅子に寝そべっていたそうだ。なんでも聖書に出てくるミディアン人の王国を研究しており、それに焦点をあてた聖地パレスチナの地図を論文用に作成していたのだとか。やがて、快復した博士は妻とともにロンドンへ戻ることになり、レディ・フランシスも夫妻と一緒に同じ方面へ旅立った。それはわずか三週間前のことで、その後どうなったかは支配人の耳にも入っていなかった。レディ・フランシスのメイドだったマリーは女主人が発つ数日前、ほかのメイドたちにこの仕事を辞めることになったと告げ、泣きながら去っていったそうだ。ちなみに、シュレジンジャー博士はホテルを出る際、レディ・フランシスの分の宿代も支払っている。

「ところで」ホテルの支配人は話の最後に言った。「レディ・フランシス・カーファクスを捜しておいでのご友人はあなたのほかにもいらっしゃいましてね。つい一週間ほど前、同じ用向きで男性が一人訪ねてきたんです」

「その人は名を名乗りましたか？」私は訊《き》いた。

「いいえ。たぶんイギリスの方でしょう。イギリス人としては珍しいタイプですが」

「粗野なタイプ？」私は名探偵の友人をまねて、持ち札同士をつなげてみた。

「ええ、まさにその形容がぴったりの御仁でしたよ。大きないかつい体格で、顎ひげがあって、よく陽に焼けていました。流行のホテルより農家の宿に泊まるほうが似つかわしい感じですね。気難しげで荒っぽい気性に見えましたので、怒らせないほうがいいだろうと思いました」

霧が次第に晴れて人の姿がはっきりと見えてきたかのように、謎がひとりでに解け始めた。心優しく敬虔《けいけん》なレディ・フランシスを執念深く追いかけ、行く先々で出没する不気味な影。彼女はこの男を恐れていた。でなければ、ローザンヌを逃げるように出ていったりはしない。男はバーデンまで来ている。遅かれ早かれレディ・フランシスに追いつくだろう。ひょっとすると、すでに追いついているのかもしれない。そのせいで彼女は消息を絶ったのだろうか？　連れの善良な夫婦では暴力や脅しから彼女を守ってやれなかったのか？　謎の男の執拗《しつよう》な追跡にはいったいどんな恐ろしい目的が、どんな悪だくみが隠されているのだろう？　私はそれをなんとしても解き明かさなければならない。

ひとまずホームズ宛てに手紙をしたため、我ながら迅速かつ着実に探りあてた問題の根本について報告した。返ってきた電報には、シュレジンジャー博士の左耳はどのような形状かという質問が書かれていた。ホームズの冗談は奇抜でわかりにくく、たまに神経を逆なでされるので、そういう調子はずれな悪ふざけは無視することに決めた――もっとも、電報を受け取ったときにはすでにバーデンを離れ、元メイドのマリーに会うためモンペリエに着いていたのだが。

マリーはすぐに見つかり、知りたかったことを楽々と聞きだせた。献身的な彼女がレディ・フランシスのメイドを辞めたのは、女主人が親切な人たちと親しくなったので安心できたこと、そして、どのみち結婚すれば辞めなくてはならないからだった。さらに悲しそうな顔でこう打ち明けてくれた。バーデンに滞在中、女主人はいらいらしてマリーにつらくあたり、嘘をついているのではないかときつい口調で問いただす場面もあったという。そのせいで、女主人と別れるときに思っていたほどつらい気持ちを味わわずに済んだのがせめてもの救いだった。レディ・フランシスがマリーに渡した五十ポンドは結婚祝いだそうだ。私と同じくマリーも、女主人をローザンヌから追い立てた張本人である見知らぬ男に強い警戒心を抱いていた。というのも、人通りがあるにもかかわらず、湖畔の遊歩道でレディ・フランシスの手首を乱暴につかむのを目の当たりにしたからである。文字どおり凶暴な男だったわけだ。レディ・フランシスがシュレジンジャー夫妻に付き添ってロンドンへ行くことにしたのも、男を怖がっていたからにちがいないとマリーは思っていた。そのような言葉を本人からじかに聞いたことはなかったが、女主人が絶え間ない緊張と不安にさいなまれているのは身振りや表情の端々からはっきりと伝わってきたという。と、そこまで話したとき、突然マリーは椅子から飛びあがり、激しい動揺に顔をひきつらせた。

「あの男が！」彼女は叫んだ。「見てください！　いまお話しした恐ろしい男がまた現われました！」

居間の開いていた窓から見えたのは、真っ黒な強《こわ》い顎ひげを生やした浅黒い巨体の男だった。道の真ん中をのし歩きながら、建ち並ぶ家々の番地に鋭い視線を注いでいる。私と同様、マリーの居所を探しだそうとしているのは疑いようがない。私は反射的に外へ飛びだしていき、気がついたときには男を呼び止めていた。

「イギリス人でしょう?」

「だったらなんだ?」悪党を絵に描いたような顔つきで訊き返してきた。

「お名前をうかがえますか?」

「断る」男はけんもほろろにはねつけた。

険悪な空気が流れたが、正攻法こそが往々にして最善の方法というではないか。

「レディ・フランシス・カーファクスはどこです?」私は単刀直入に訊いた。

男はぎょっとして私を見つめた。

「彼女になにをしたんですか? なぜあとを追いかけたんです? 明確にお答えいただきたい!」私は強引に詰め寄った。

男はかっとなって一声うなると、虎のごとく襲いかかってきた。格闘ならそこそこ経験のある私といえども、怒りにまかせてつかみかかってくる猛獣が相手ではひとたまりもない。喉《のど》をぐいぐい絞めつけられ、次第に意識が遠のいていく。が、気絶する寸前、通りの向かいの酒場から無精ひげを伸ばした青い作業着姿のフランス人が飛びだしてきた。労働者風のその男はこちらに駆けつけるや、手に持っていた棍棒《こんぼう》を悪漢の前腕に勢いよく打ちつけた。おかげで私は怪力の手から逃れた。イギリス人の賊は憤怒もあらわに立ちつくし、再び攻撃しようかどうか迷っている様子だった。だが最後は捨て台詞《ぜりふ》代わりに低くうなって立ち去り、私が出てきたばかりの家へ入っていった。助けてもらった礼を言おうと、私はすぐ横に立っているフランス人を振り向いた。

「やれやれ、ワトスン」唐突に彼が言う。「とんだことをしてくれたね！　きみのおかげでだいなしだよ。今夜の急行列車で僕と一緒にロンドンへ戻ったほうがいいだろう」

一時間後、ホームズは普段の恰好《かっこう》に戻って、私が宿泊しているホテルの部屋で座っていた。前触れもなく絶妙のタイミングで現われた理由を本人から説明してもらったが、聞いてみればしごく単純なことだった。ほかの事件が一段落して都合がつくと、ホームズはすぐにロンドンを離れ、私の次の行先へ先回りした。そして労働者に変装して近くの酒場で私が現われるのを待っていたというわけだ。

「今回、きみの調べ方は珍しいくらい首尾一貫していたよ、ワトスン。現時点で疎漏はまったくない。ただし、結果はどうかというと、行く先々で警報を鳴らしてきたものの、収穫と呼べるものはなにひとつ得られなかった」

「きみが調べていても、たぶんこんなものだろう」私は悔しまぎれに言い返した。

「こういうことにかけて〝たぶん〟はありえないよ。僕だったら、絶対にもっとうまくやれた。いいことを教えよう。このホテルには閣下《オナラブル》の称号をお持ちのフィリップ・グリーンなる人物が宿泊している。彼を起点にすれば、もっと手ごたえのある捜査を展開できるはずだ」

　そこへ一枚の名刺が盆に載せて届けられ、続いて私を襲った顎《あご》ひげのならず者が部屋に通されてきた。彼は私を見るなり目を丸くした。

「これはどういうことですか、ホームズさん？　あなたの知らせを受けて訪ねてきたら、さっきの男が。いったいどういう関わりがあるんですか？」

「こちらはワトスン博士、僕にとって長年の友人であり相棒でもあります。今回の件では彼にも手助けをお願いしていましてね」

　男は詫《わ》びの言葉を口にしながら陽に焼けたごつい手を差しだした。

「お怪我をされていないといいのですが。わたしがあの人に危害を加えたかのように責められて、ついかっとなってしまいました。このところ気が立っていて、いつ自分を抑えられなくなるかわからないありさまなんです。こんなつらい状況にはもう耐えられません。それにしてもホームズさん、驚きました。わたしのことをいったいどこで耳にされたのですか？」

「レディ・フランシスの家庭教師だったミス・ドブニーと連絡を取っていましてね」

「モブキャップ（耳まで隠れる婦人用室内帽）をかぶった懐かしのスーザン・ドブニー！　よく覚えていますよ」

「彼女のほうも覚えているそうですよ。当時の――南アフリカへ行って一旗揚げようと決心なさる前のあなたを」

「ということは、わたしの身の上をなにもかもご存じなんですね。ならば、いまさら隠しても始まらない。本当のことをお話しします。ホームズさん、一人の女性をわたしほど真剣に愛した男はほかに一人もいないでしょう。わたしがフランシスに捧《ささ》げた思いはそれほど深くて一途《いちず》で、まさに命がけの恋だったんです。あの頃のわたしは無軌道な若者でした——わたしの階級にはそういうのがごろごろしていましたよ。でもフランシスは純白の雪のごとく清らかで、荒っぽいことや品のないことが大嫌いでした。わたしが悪さをしたと知ると、口をきこうともしなかったくらいです。それなのに彼女は、なんと不思議なことか、わたしを心から愛してくれました！　あれほどのすばらしい女性が、このわたしのためだけに誰とも結婚しなかったんです。

その後わたしは南アフリカへ渡り、何年もかかってバーバートンの金鉱で一財産築くと、フランシスに再会できたらきっと喜んでもらえるだろうと思いました。まだ独り身だということは風の便りに聞いていたんです。幸いローザンヌであの人を捜しあて、思いのたけをぶつけました。多少は心がぐらついたでしょうが、彼女の意志は固く、うんと言ってはもらえませんでした。次に訪ねたときには、もう町を離れてしまっていました。わたしはあとを追ってバーデンへ行き、少ししてからあの人のメイドだった女性がここにいると聞いたわけです。このとおり、荒仕事から足を洗ったばかりのがさつな人間なものですから、ワトスン博士のちょっとした言葉に我を失ってしまいました。どうか教えてください。レディ・フランシスはどうしてしまったんでしょう？」

「それをこれから一緒に突き止めるんですよ」ホームズは事の重大さが伝わってくる真剣そのものの口調で言った。「あなたのロンドンでの連絡先はどこですか、グリーンさん？」

「ランガム・ホテルを通せば連絡がつくはずです」

「では、ご協力をお願いするときのために、ロンドンへ戻って待機していただいたほうがいいでしょう。ぬか喜びさせたくはありませんが、レディ・フランシスの身の安全を第一に考えて、できることはすべてやるつもりですので、どうかおまかせください。現段階で申しあげられるのはこれだけです。あなたのほうからわれわれに連絡が取れるよう、名刺をお渡ししておきます。さて、ワトスン、きみが荷物をまとめているあいだに、僕はハドスン夫人に電報を打ちに行ってくるよ。お腹を空《す》かせた二人の旅人が明日《あした》の朝七時半に到着するから、腕によりをかけてごちそうしてくれと伝えよう」


ベイカー街の下宿に帰った私たちを、一通の電報が待っていた。さっそく目を通したホームズは、興味津々の顔つきで歓声をあげてから、それを私に放ってよこした。文面は、〝引きちぎられたようにぎざぎざ〟。たったそれだけだった。発信地はバーデンだ。

「なんだい、これは？」私は訊《き》いた。

「重要な情報だよ。僕は電報で、例の聖職者の左耳についてとっぴに思える質問をしただろう？　きみは答えてくれなかったけどね」

「あのときはもうバーデンを離れていたから、確認できなかったんだ」

「そうだろうと思って、エングリッシャー・ホーフの支配人にも同じ内容の電報を打ったんだ。で、その返事が来たというわけさ」

「そこからなにがわかるんだい？」

「それはね、ワトスン、僕らが敵に回そうとしているのはとんでもなく狡猾《こうかつ》で危険な男だということだ。シュレジンジャー博士は南アメリカから来た宣教師なんかじゃない。オーストラリア出身の、〝聖者〟ピーターズの異名をとる血も涙もない人でなしだ。オーストラリアという国は歴史が浅いにもかかわらず、骨の髄まで性根の腐った極悪人の吹きだまりだね。で、シュレジンジャーと名乗る男、相手の信心深さにつけこんで身寄りのないご婦人を手玉に取るのがお家芸だ。彼の妻のふりをしているイギリス人のフレイザーも共犯で、なかなかの食わせ者だよ。シュレジンジャーの正体は手口からおおよそ見当がついていたが、決め手はこの電報に書いてある身体的特徴だった。一八八九年にアデレードの酒場で喧嘩《けんか》になり、左耳を嚙《か》みちぎられているんだよ。というわけで、ワトスン、気の毒なレディ・フランシスはひとかけらの良心もない邪悪な男女の毒牙《どくが》にかかった。残念ながら、すでに亡くなっていると考えるのが妥当だろう。生きていたとしても、囚《とら》われの身になっていて、ミス・ドブニーやほかの友人に手紙を出したくても出せない状態にちがいない。三人はロンドンに向けて出発したそうだが、レディ・フランシスはロンドンに行き着いていないか、ロンドンからさらに別の場所へ移動させられたということも想定しうる。しかし、前者はありそうにない。渡航登録制度を考えると、外国人旅行者の一行が大陸の警察の目をすり抜けるのは至難の業だ。後者も同じくありそうにない。悪党どもにすれば、人を監禁するのにロンドンほど都合のいい場所はないからだ。僕の直感では、レディ・フランシスはロンドンにいる。だが、ロンドンのどこかを特定する手立てはまだないから、とりあえず常套手段《じょうとうしゅだん》を使おう。そのあとは夕食だ。〝忍耐によって、あなたがたは命をかち取りなさい〟（新約聖書『ルカによる福音書』二十一章十九節より）というからね。夜になったらスコットランド・ヤードまで歩いていって、われらが友人のレストレイド警部と話をしてくるよ」

けれども、ホームズの有能な少数精鋭の組織はおろか、警察さえも、謎を一掃することはできなかった。私たちが捜している三人はロンドンに密集する何百万もの人々にまぎれ、まるでもともとこの世に存在していなかったかのように痕跡《こんせき》ひとつ見つからなかったのだ。新聞広告で消息を尋ねたが、反応は得られなかった。どの手がかりをたどっても徒労に終わり、シュレジンジャーが足を踏み入れそうな犯罪者の根城を片っ端から捜索しても、空足を踏んだにすぎなかった。また、シュレジンジャーの昔の仲間を見張ったが、皆すでに縁が切れていることがわかった。

そんなこんなで一週間むなしい思いを味わわされたあと、突如として一条の光が見えた。ブリリアント・カットのダイヤモンドと銀を組み合わせた古いスペイン風デザインのペンダントが、ウェストミンスター・ロードのバヴィントン質店に持ちこまれたのだ。

質入れ主はひげのない大柄な男で、聖職者の風貌《ふうぼう》だったという。名前と住所はまったくのでたらめだった。耳の特徴については証言が得られなかったが、人相はシュレジンジャーのものと一致していた。

ランガム・ホテルに滞在している顎ひげの友人は、なにか新しい知らせはないかと三度も私たちを訪ねてきたが、その三度目は突然の進展から一時間も経たないときだった。骨格は相変わらずがっしりしていたが、着ている服は目に見えてゆるくなっていた。心労から痩《や》せてしまったのだろう。「なにかできることがあればいいんだが！」と口癖のように言っていた。その願いをホームズはようやくかなえてやることができたのだ。

「やつが動きだしましたよ。宝石を質に入れたのです。これでつかまえられる」

「レディ・フランシスの身に悪いことが起こったんじゃないでしょうか？」

ホームズは顔に憂慮の色を浮かべて答えた。

「彼女をこれまで無理やり閉じこめていたのならば、いまさら解放するとは思えません。やつらにとって身の破滅ですからね。最悪の事態を覚悟しなければ」

「わたしはどうすればいいんですか？」

「あなたの顔は向こうに知られていませんね？」

「はい」

「次からは店を変えて別の質屋へ宝石を持ちこむかもしれません。その場合、われわれの捜査はふりだしに戻ります。しかし、今回まずまずの値をつけてもらったうえ、なにも訊かれずに済んだわけですから、現金が必要になったときはまたバヴィントン質店へ行く確率が高いでしょう。店主宛てに手紙を書きますから、それを先方に届けてください。店内で客を見張らせてくれるはずです。目当ての人物が現われたら、帰るときにこっそりあとをつけて、どこに住んでいるか突き止めてください。いいですか、軽率な判断はご法度ですよ。暴力をふるうのはもってのほか。僕に無断でよけいな行動を起こしたりしないとここで約束し、名誉にかけてそれを守っていただきます」

フィリップ・グリーン閣下（この際つけ加えておくと、彼はクリミア戦争でアゾフ海艦隊を指揮した同名の海軍提督を父に持つ）からなんの連絡もないまま、二日が過ぎた。しかし三日目の夜になって、本人が筋骨たくましい身体を興奮のあまりぶるぶる震わせ、青ざめた顔で私たちの居間へ駆けこんできた。

「やつだ！　やつだ！」彼は大声でわめいた。

それから先は気持ちがたかぶっているせいで、支離滅裂なことをしゃべり続けた。そんな彼をホームズは二言三言声をかけてなだめ、半ば力ずくで肘掛《ひじか》け椅子に座らせた。

「さあ、いいですか、僕らにわかるよう順を追って話すんです」ホームズが言い聞かせる。

「店に女が現われました。つい一時間ほど前に。やつの女房に決まってます。持ちこんだのは前回のものと対になったペンダントです。背が高くて血色の悪い、イタチのような目の女でした」

「間違いなくあの女です」ホームズは言った。

「女が質屋を出てから、ぴったりあとをつけました。ケニントン・ロードを北に向かってしばらく歩いたあと、別の店へ入ったんですが、ホームズさん、それがなんと葬儀屋だったんです」

ホームズがぎょっとするのがわかった。「それで？」先を促す声は心なしか震え、冷淡でおごそかな表情の裏に燃えさかる気迫の炎が透けて見えるようだった。

「女は受付にいたおかみさんに話しかけました。わたしも店へ入っていくと、遅いわよ、とかなんとか言っているのが耳に入りました。おかみさんの返事はこうでした。〝お待たせして申し訳ありませんが、作業が長引いておりまして。なにしろご注文の内容が特殊なものですから〟。二人はそこで話をやめて、こっちを見ました。わたしはとっさにあたりさわりのない質問をしたあと、店を出てきました」

「実に臨機応変です。それから、どうしました？」ホームズは尋ねた。

「戸口の陰に隠れて見張っていました。しばらくするとあの女が出てきて、さっきのことを怪しいと感じたのか、警戒した顔つきであたりを見回していました。そのあと辻《つじ》馬車を呼んで走り去ったんですが、幸い、別の一台がすぐにつかまったので、わたしも馬車に乗りこんであとを追いました。女が降りた場所はブリクストンのポウルトニー・スクエア三六番地です。わたしはその前を通り過ぎたあと、次の角で馬車を停め、御者にそこで待っているよう告げてから三六番地の家へ引き返しました」

「なかの様子はどうでした？」

「家は真っ暗で、一階にひとつだけ明かりのついた窓がありましたが、ブラインドが下りていたため室内は見えませんでした。その場に立ったまま、どうしたものかと考えあぐねていると、幌《ほろ》つきの荷馬車がやって来て玄関先で停まりました。乗っていたのは男が二人です。彼らは荷物を馬車から下ろして、ドアの踏み段の上へ運んでいきました。ホームズさん、荷物は棺《ひつぎ》でした」

「えっ！」

「わたしは突進していこうとしましたが、荷物を通すため玄関のドアが開いているのに気づきました。戸口の内側に立っていたのはさっきの女です。彼女は立ちすくんでいたわたしをちらりと見ました。さっき葬儀屋にいた男だと気づいたにちがいありません。ぎくりとして、急いでドアを閉めてしまいました。あなたとの約束があるので、わたしはそれ以上なにもせず、すぐさまここへ」

「上出来です」ホームズはねぎらいの言葉をかけてから、紙切れに何事か短く走り書きした。「令状がないうちは法的措置をとれませんので、あなたにスコットランド・ヤードまでひとっ走りしていただきます。この手紙を届けて、令状をもらってきてください。細かいことはレストレイド警部がなんとかしてくれますよ」

「しかし、そんなことをしているあいだに彼女が殺されてしまうかもしれません。棺が運びこまれたんですよ。彼女以外のいったい誰のために用意されたというんです？」「できることはなんでもやって、手を尽くします、グリーンさん。もはや一刻の猶予も許されません。あとはわれわれにおまかせください」

依頼人が手紙を届けに急いで出ていったあと、ホームズはあらたまって言った。

「さて、ワトスン、彼は正規隊の出動要請に向かった。こちらはいつもどおり不正規隊として、独自の指針で行動する。これだけ差し迫った状況であれば、非常手段に訴えることも辞さない構えが必要だ。とにかく事は一刻を争う。ただちにポウルトニー・スクエアへ出発しよう」

「全体像を確認しておきたい」国会議事堂を過ぎ、ウェストミンスター・ブリッジを駆け抜ける馬車のなかで、ホームズは言った。「あの腹黒い連中はまず孤独なご婦人を誠実なメイドから引き離し、そのあとでうまいこと言いくるめてロンドンへ連れ去った。レディ・フランシスが知人に手紙を書いていたとしても、出す前にすべて処分されてしまったはずだ。悪党どもは仲間を介してロンドンで家具付きの家を借りておいた。そこへ入るや、レディ・フランシスを監禁し、初めから目をつけていた高価な宝石を残らず奪い取った。それらの一部はすでに質屋へ持ちこんで換金している。レディ・フランシスの行方を死に物狂いで捜す者などいないから、宝石を売り払っても我が身に危険が及ぶ心配はないと考えたんだろう。言うまでもなく、レディ・フランシスが自由になれば、やつらの悪だくみは露見する。ゆえに彼女を解放するわけにはいかないが、そうかといって永久に閉じこめておけるはずもない。となれば、消してしまうのが唯一の策だ」

「確かにそうだろうね」

「今度はもうひとつの線から推理を組み立ててみよう。二本の別々の鎖をたどっていって、それらの交わる点に出合ったら、そこがおおよその真相だよ、ワトスン。というわけで、レディ・フランシスではなく棺に主眼を置いて遡行《そこう》していく。棺の手配は、遺憾ながら、まぎれもなくレディ・フランシスはすでに亡くなっていることを意味する。医者の死亡診断書や役所の埋葬許可証も取得し、型どおりの葬式が執りおこなわれることも明らかだ。まわりに疑われるような殺され方をしたのなら、裏庭にでも穴を掘って埋めてしまうだろうが、連中は堂々とおおっぴらに通常の形で埋葬しようとしている。これはどういうことだ？　医者の目もあざむく巧妙な手口で殺害し、自然死に見せかけたにちがいない——おそらく毒を盛ったんだろう。しかし、わざわざ医者に死体を見せるというのは不自然だな。医者も共謀しているのでないかぎり、連中がそこまで危険な賭《か》けに出るとは思えない」

「医者を呼ばずに、自分たちで死亡診断書を偽造したんだろうか？」

「それはもっと危険だよ、ワトスン。まさに命取りだ。うむ、やっぱりその可能性はないな。ああ、御者くん、馬車を停めてくれ！　ここが問題の葬儀屋だろう。質屋を通り過ぎたばかりだからね。ちょっと行ってきてくれないか、ワトスン？　きみは見た目で信用してもらえる。葬儀屋の者にポウルトニー・スクエアの葬式は明日《あした》の何時に予定されているのか尋ねてほしいんだ」

受付にいたおかみさんは、なんの躊躇《ちゅうちょ》もなく明朝八時の予定だと答えた。馬車に戻ってそれを伝えると、ホームズは言った。「やっぱりそうだろう、ワトスン？　葬式は内緒でもなんでもない。すべて正々堂々とやるつもりだ！　なんらかの手口で合法的に事を運んできたから、なにも恐れることはないと考えているんだろう。となれば、こちらも正面から直接攻撃をしかけるしかない。きみ、武器は持っているかい？」

「ああ、ステッキをね！」

「よし、それなら心強い。〝正義のための戦いなら、力も三倍〟（シェイクスピア『ヘンリー六世』第二部第三幕第二場の台詞）だよ。警察をただ待っているだけじゃだめなんだ。法律を気にして行儀よくやろうなんて考えは捨てなければ。御者くん、ここでけっこう。行ってくれてかまわないよ。さあ、ワトスン、こうなったら出たとこ勝負だ。これまでも何度かそうだったが、今回もいちかばちかやってみよう」

ポウルトニー・スクエアの真ん中にある暗い大きな家の前まで来ると、ホームズは玄関の呼び鈴を騒々しく鳴らした。すぐにドアが開いて、薄明かりの玄関ホールを背景に長身の女性の黒い人影が現われた。

「なんのご用です？」女はつっけんどんに訊《き》いて、暗がりにいる私たちをのぞきこんだ。

「シュレジンジャー博士に話があります」ホームズは答えた。

「そんな人はいません」女はぴしゃりと言ってドアを閉めようとしたが、ホームズがすばやく隙間に足をこじ入れた。

「では、本人がどう名乗っているか知らないが、この家にいる男に会わせてもらいます」ホームズは断固とした口調で言い返した。

女は一瞬迷ってから、ドアを勢いよく開けた。「わかりましたわ、どうぞお入りください！　夫はどなたが相手でもひるむ人ではございませんので、お会いすると申すでしょう」ドアを閉めてから、私たちを玄関ホールの右手にある居間へ通した。室内のガスランプに火をともしたあと部屋を出ていく間際、こう言った。「ピーターズはすぐにまいります」

その言葉どおりだった。私たちが埃《ほこり》っぽい朽ちかけたような部屋をゆっくり見回す暇もなくドアが開き、ひげも頭髪もない大男がさっそうとした足取りで入ってきた。頰の垂れた大きな赤ら顔に見せかけの善人ぶった表情を貼りつけていても、さも残忍そうな口もとに、この男は悪人ですとはっきり書いてあった。

「失礼ですが、住所をお間違えではないでしょうか、紳士方」やけに愛想よく、猫なで声で言った。「きっとそうですよ。通りをもう少し先へ行った家――」

「とぼけるのはそこまでにしてもらおう。時間がない」ホームズがぶっきらぼうにさえぎる。「バーデンと南アメリカでは聖職者のシュレジンジャー博士というふれこみだったが、おまえの正体はアデレードのヘンリー・ピーターズだ。僕はそれを自分の名前がシャーロック・ホームズであるのと同じくらい確信している」

ピーターズは――私もここからはそう呼ぶことにする――凝然として、したたかな追跡者を見つめた。「ホームズさん、あなたの名前を聞いて、わたしが震えあがるとでも？」落ち着き払った口調だ。「こっちにはやましいところなどひとかけらもないんですから、そんな脅しは通用しませんよ。で、わたしの家でなにをしようというんです？」

「バーデンから連れ去ったレディ・フランシス・カーファクスをどうしたか、白状してもらおう」

「それを訊きたいのはこっちのほうですよ。あのご婦人がいまどこにいるのか、ぜひとも教えていただきたい」ピーターズはあくまで冷静だ。「なにしろ百ポンド近くもの金を貸したままなんですからね。あんながらくたのペンダントを一、二本受け取ったきりじゃ、割に合いませんよ。宝石商は鼻もひっかけない代物だ。確かにわたしはバーデンで別の名前を使っていましたが、近づいてきたのは彼女のほうですからね。われわれ夫婦にまとわりついて、とうとうロンドンまで一緒に来ることになった。彼女の宿泊代や切符代を出したのはこのわたしです。ところが、ロンドンに着くなり黙ってどこかへ行ってしまった。時代遅れの宝石を残していったのは、借金の返済のつもりでしょうかね。そういうわけですから、ホームズさん、彼女を見つけてくださったら感謝しますよ」

「ああ、見つけるとも。これからこの家をくまなく捜索する」ホームズがきっぱりと言う。

「ほほう、令状をお持ちで？」

ホームズはポケットのピストルを半分だけ抜いて見せた。「令状が届くまで、これに物を言わせるしかなさそうだ」

「押しこみ強盗というわけですか」

「どう呼んでくれてもかまわないよ」ホームズは快活に言った。「そうそう、隣にいる相棒も凶暴なごろつきだ。強盗とごろつきで、家のなかを徹底的に調べさせてもらう」

敵はドアを開け、廊下に向かって叫んだ。

「警官を呼んでこい、アニー！」ピーターズが命じるや、開いたドアの向こうで女のスカートがひるがえった。すぐに玄関のドアが開いて閉まる音が聞こえた。

「急ごう、ワトスン」ホームズは言った。「痛い目に遭いたくなければ、邪魔はしないことだ、ピーターズ。注文して届けさせた棺《ひつぎ》はどこにある？」

「どうしようというんだね？　いまは空ではないぞ。遺体を納めてある」

「その遺体を確認する」

「お断りだ」

「許可は求めていない」

ホームズは俊敏な動作でピーターズを押しのけ、廊下へ躍りでた。すぐ目の前のドアが半開きになっている。ホームズとともに室内へ入ると、そこはダイニング・ルームだった。天井のシャンデリアは明るさが抑えられ、その下のテーブルに棺が安置されていた。ホームズはガスランプの火を大きくしてから、棺の蓋《ふた》を開けた。内部はかなり深さがあり、底のほうに痩せ細った遺体が横たえられていた。上から降り注ぐぎらぎらした光に照らしだされたのは、老いたしわくちゃの顔だった。どれほど過酷な仕打ちを受けようと、激しい飢えや重い病にさいなまれようと、まだ美しかったレディ・フランシスがここまで変わり果てた姿になるはずはない。ホームズの顔に浮かんだ驚きの表情には安堵《あんど》もまじっていた。

「よかった！」ホームズが大きく息を吐いた。「別人だ」

「今度ばかりは大失敗を犯しましたな、シャーロック・ホームズさん」あとから部屋に入ってきたピーターズがあてこする。

「この遺体の女性は？」

「どうしてもとおっしゃるなら、お教えするにやぶさかではありませんよ。この人は妻の乳母をしていたローズ・スペンダーです。ブリクストン救貧院の診療所にいるのを見つけ、ここへ引き取ってホーソン先生に往診をお願いしました。先生の住所はファーバンク・ヴィラズ一三番地ですので、住所を控えておくといいでしょう、ホームズさん。ローズ・スペンダーは我が家でキリスト教徒として当然の手厚い看護を受け、三日目に天に召されました。死亡診断書によれば老衰だそうです——もっとも、一医師の見解にすぎませんがね。ホームズさんは慎重でいらっしゃるから、鵜呑《うの》みにするおつもりはないんでしょう。とにかく、ケニントン・ロードのスティムスンという葬儀屋にローズ・スペンダーの葬式の手配を依頼してあります。埋葬は明朝八時です。ホームズさん、どこか不審な点がありますか？　自分はみっともない不手際を演じたんだと、潔くお認めになったほうがよろしいのでは？　それにしても、さっきのあなたの顔、傑作でしたよ。写真に撮っておきたかったくらいだ。てっきりレディ・フランシス・カーファクスに会えると思って棺の蓋をはずしたら、九十歳のみすぼらしい老婆とご対面ですからな。あんなふうに呆《ほう》けた表情になるのも無理はない」

敵に容赦なくあざけられ、ホームズは表情こそ変えなかったが、両拳《りょうこぶし》をきつく握りしめてこみあげる憤りをこらえていた。

「家のなかをしらみつぶしに調べる」

「あなたも往生際が悪い！」ピーターズが言い返したとき、廊下に女の声と複数の重い足音が響いた。

「なんとかしていただきませんと。こちらです、おまわりさん。あの男たち、他人の家にいきなり押しかけてきたうえ、居座るつもりなんですよ。すぐに追いだしてくださいな」

呼ばれてきた巡査部長と巡査が部屋の戸口に現われた。ホームズは自分の名刺を差しだして言った。

「ここに僕の名前と住所が。一緒にいるのは友人のワトスン博士です」

「これはありがたき幸せ。貴殿のことはよく存じあげております」巡査部長はかしこまって答えた。「しかし、令状がなければここにとどまることはできませんので」

「そのとおりです。重々承知しています」

「早く逮捕しろ！」ピーターズが怒鳴る。

「こちらの紳士が逮捕すべき人物ならば、手順については警察が先刻承知ですので」巡査部長は威厳をこめて切り返した。それから私の友人に向かって言い添える。「ホームズさん、そろそろおいとましましょうか」

「そうですね。ワトスン、引き揚げよう」

一分後には再び外の通りにいた。ホームズはいつもどおり飄々《ひょうひょう》としていたが、私のほうは腹立たしいやら悔しいやらで気持ちがおさまらなかった。

「すみませんでした、ホームズさん。法律を無視するわけにはいきませんので」巡査部長も私たちのあとから出てきた。

「わかっています、巡査部長。あなたの立場ではああするしかないですよ」

「あそこへ行かれたのはそれ相応の理由があってのことでしょう。なにかわれわれ警察にできることがあれば――」

「理由は行方不明になっているご婦人の捜索です。あの家のどこかにいるはずなのです、巡査部長。もうじき令状が下りると思います」

「そういうことでしたら、自分があの連中を見張っていましょう、ホームズさん。なにかあったら必ずお伝えしますので」

時刻はまだ九時だった。ホームズと私の組はただちに裏付け調査に取りかかり、まずは馬車を飛ばしてブリクストン救貧院の診療所へ行った。そこの関係者から話を聞いたところ、確かに何日か前に慈悲深い夫婦が訪ねてきて、頭のぼんやりしている老女を昔の使用人だと申しでたそうだ。許可を得たうえで老女を引き取っていったのも事実に相違ないとのこと。老女はその後亡くなったと伝えたが、予想していたことなのだろう、関係者に驚きの色はなかった。

次の目的地は医者の家だった。ピーターズに呼ばれて往診した医者は、患者は老衰で死期が近い状態だったこと、息を引き取る瞬間に立ち会って、正式な死亡診断書に署名したことを明言した。「すべてが正常で、疑わしい点はどこにもありませんでした。不正行為の入りこむ余地は皆無ですよ」と医者は請け合った。家の様子にも特に怪しいところはなく、夫妻の身分からすると使用人を一人もおいていないのは珍しいなと感じた程度だそうだ。医者からそれ以上の話は出てこなかった。

最後に向かった先はスコットランド・ヤードだった。令状の請求手続きが滞っていて、だいぶ遅れそうだった。警視総監に署名してもらえるのは明朝の予定で、ホームズが九時に出直せば、レストレイド警部と一緒に令状の発付に立ち会えるだろうと告げられた。そんなわけで今日はこれで店じまいとなったが、真夜中近く、張り番を買って出てくれた巡査部長が報告のために訪ねてきた。例の大きな家はいくつもの窓で明かりが揺れていたが、人の出入りはまったくなかったという。私たちはただ祈りながら、明日《あした》が来るのを忍耐強く待つしかなかった。

ホームズはいらいらしていて口をきく気にはなれず、そわそわして眠ることもできないようだった。私はただ見守るしかなかったが、濃い眉《まゆ》をひそめて難しい顔で煙草をさかんにふかし続け、ほっそりとした長い指で椅子の肘掛《ひじか》けを神経質に叩《たた》いている彼は、謎を解こうと頭のなかであらゆる鍵《かぎ》を片っ端からひっくり返しているにちがいなかった。夜中も家のなかを行ったり来たりする彼の足音が何度か聞こえた。とうとう朝になると、私を呼ぶ声がして、ホームズが私の部屋へ駆けこんできた。ガウン姿だったが、目の落ちくぼんだ蒼白《そうはく》な顔に眠れない一夜を過ごした爪跡が残っていた。

「葬式は何時だった？　八時じゃないか？」急いた《せ》口調でホームズは言った。「よし、いま七時二十分だ。まいったな、ワトスン。神から与えられた僕の頭脳はいったいどうなってしまったんだ？　急いでくれ、さあ、早く！　生きるか死ぬかの瀬戸際――万死のうちに一生を得ることができるかどうかなんだ。もし手遅れになったら、僕は一生自分を許せない！」

それから五分も経たずに私たちは一頭立て二輪辻《つじ》馬車の客となり、ベイカー街を疾駆していた。それでもビッグ・ベンを通り過ぎた時点で、残された時間はわずか二十五分となった。ブリクストン・ロードを走っている途中でついに八時の鐘が鳴った。だが幸い、私たちと同じく向こうも遅れていた。八時を十分過ぎていたにもかかわらず、ピーターズの家の前にまだ霊柩車《れいきゅうしゃ》が待機していたのだ。私たちの馬車が停まり、口から泡を噴いている馬が足を休めたとき、ちょうど三人の男に担がれた棺が玄関から出てくるところだった。ホームズは飛んでいって、彼らの行く手に立ちはだかった。

「戻るんだ！」ホームズは先頭の男の胸を押して、大声で命じた。「ただちに棺《ひつぎ》を家のなかへ！」

「いったいなんのまねだ！　もう一度訊《き》く。捜査令状はどこにある？」棺の向こうから現われた大きな赤ら顔のピーターズが私たちをにらみつけ、憤然と怒鳴り散らした。

「いまこっちへ来る。令状が届くまで、棺は家から出させない」

ホームズの威厳に満ちた声に気圧《けお》されて、棺の運搬人たちはひるんだ。するとピーターズが突然家のなかへ消えたので、三人の男は新しい指揮官の指示に従った。

「急げ、ワトスン！　ねじ回しはここにある！」棺がダイニング・ルームのテーブルに戻されるや、ホームズが叫ぶ。「ほら、もう一本はきみだ。一分で蓋《ふた》をはずせたら、ソブリン金貨を一枚進呈しよう！　なにも訊くな。手を動かせ！　いいぞ、次だ！　あとひとつ！　よし、一斉に引っ張るぞ！　もう少しだ！　もう少しだ！　ああ、やっと開く！」

私たちは全員で力を合わせ、棺の蓋を引きはがした。とたんに内部から、頭がくらくらしそうなほど強烈なクロロホルムの匂いが押し寄せてきた。遺体の頭をくるんでいる脱脂綿にその麻酔薬が染みこませてあるせいだ。ホームズが脱脂綿をむしり取ると、現われたのは端整で気品の漂う彫像のような中年女性の顔だった。ホームズはすぐに背中に腕を回して彼女を抱き起こした。

「死んではいないだろうね、ワトスン？　命のともしびがわずかでも残っていないか？　間に合ってくれたんだろうな！」

それから三十分ほどは、間に合わなかったのかもしれないと覚悟した。有毒な気体を吸わされ、呼吸も完全に停止し、レディ・フランシスはもはや蘇生《そせい》できるかどうかの境目を越えてしまったかに思われたのだ。だが人工呼吸をおこなったあとに強心剤を注射し、あらゆる医療技術をほどこした結果、ついに息を吹き返した。弱々しいが脈を打ち、まぶたが小刻みに震え、鏡を口のそばへ持っていくとかすかに曇った。生命がゆっくりとよみがえりつつあるしるしだ。ちょうどそのとき、家の前に一台の馬車が到着した。ホームズはブラインドの隙間からのぞいた。

「レストレイドが令状とともにご到着だ。鳥はすでに飛び立ったあとで、巣は空っぽだがね」急いでやって来る重い足音が廊下に響くと、ホームズはつけ加えた。「ほかにもう一人。このご婦人を介抱するのは僕らよりも彼のほうがふさわしい。おはようございます、グリーンさん。すぐにレディ・フランシスを医者のところへ連れていきましょう。早ければ早いほどいい。さて、これで葬式は予定どおり営まれるが、棺の底で辛抱強く横たわっていらしたご老人には一人で墓に入っていただこう」

その夜、下宿に戻ってからホームズは言った。

「ワトスン、今度の出来事をきみの事件簿に加えたとしても、抜群の安定感を誇る頭脳でさえ、ときには輝きを失うという事実が露呈した一例にしかならないだろうね。人間である以上、そういうちょっとしたつまずきは誰にでも起こりうる。起こったときにそれを認識し、修正できる者が偉大なんだ。今回それができたという点では、僕は大いに評価されてしかるべきだと思うんだが。それにしても、昨夜は不安でしかたなかったよ。妙な表現というか、引っかかる言いまわしというか、とにかくどこかに手がかりがあったはずなのに、それを物の見事に取り逃してしまったんだ。悶々《もんもん》とするうちに夜が白み始めたとき、その記憶が突如よみがえった。フィリップ・グリーンの報告に出てきた、葬儀屋のおかみさんの言葉だったんだよ。〝お待たせして申し訳ありませんが、作業が長引いておりまして。なにしろご注文の内容が特殊なものですから〟。彼女は棺のことをそう言ったんだ。特殊なものだと。寸法が特殊なせいで手間がかかっているとしか考えられない。しかし、なぜだ？　どういうことだ？　それですぐに思いあたった。あの棺は底が深くて、痩《や》せさらばえた遺体がよけい小さく見えたことをね。もともと小柄な老婆の遺体に、なぜあれほど大きな棺を注文したんだ？　もう一人分の空きが必要だからさ。一枚の死亡診断書で二人まとめて埋葬されるところだったんだ。すべては透きとおるほど明瞭《めいりょう》だったのに、僕の目だけが曇っていた。葬式は八時だ。その時刻になれば、レディ・フランシスは土に埋められてしまう。棺があの家を出る前に止めるしかない。

まだ生きている見込みはかぎりなくゼロに近かったが、それでもまだ残っていた。結果がそれを証明してくれたわけだ。あの連中は僕の知りうる範囲ではまだ殺人を犯したことはなかったから、暴力で命を奪うことは避けたがるだろう。だから死因がはっきりわからない状態で埋葬してしまえば、たとえあとで掘りだされることになったとしても、しらを切りとおせばいい。やつらがそういう考え方に傾くことを願うしかなかった。レディ・フランシスが襲われた場面は容易に想像がつくはずだ。きみもあの家で見ただろう？　階上にあった、彼女が長いこと監禁されていた部屋のありさまを。悪党どもは彼女に飛びかかって力ずくでクロロホルムを嗅《か》がせ、下へ運んで棺に寝かせた。そのあと彼女が二度と目を覚ますことのないよう、棺のなかにたっぷりクロロホルムを入れてから、蓋をねじでしっかり留めた。たいした知恵だよ、ワトスン。犯罪史上、ほかに類を見ない手口だ。宣教師夫妻に化けたあの二人組がレストレイドの手をすり抜けて逃げのびたら、将来またどこかで独創的な事件を起こしてくれるかもしれないね」

瀕死《ひんし》の探偵

シャーロック・ホームズの家主であるハドスン夫人の辛抱強さは天下一品だ。二階の下宿人のもとには昼夜を問わず変わった客が引きも切らず大勢押しかけてきて、その大半はどちらかというと迷惑な者たちであるばかりか、下宿人自身が相当な変わり者なのだから。彼の不規則な暮らしは奇行と呼びたくなるほど常識はずれなため、ハドスン夫人はさぞかし閉口したことだろう。なにしろ、部屋は竜巻が通り過ぎたあとのような散らかりよう。おまけにホームズときたら、おかしな時間にヴァイオリンを弾き鳴らすわ、室内でリヴォルヴァーの射撃練習をするわ、悪臭を放つ得体の知れない化学実験にたびたび夢中になるわのとんでもない無軌道ぶり。破壊と危険の匂いをまとわりつかせた、ロンドンで最悪の下宿人ではなかろうか。それでも、部屋代にかけては気前がよかった。ホームズが支払った金額は、私と同居していた年月のあいだだけでも、あの家ごと買えたくらいだったにちがいない。

ハドスン夫人はホームズに深い尊敬の念を抱いていたので、彼の行為がどんなに常軌を逸しているように見えても、よけいな口出しはいっさいしなかった。また、ホームズの人柄を大いに気に入ってもいたが、それは彼が女性に対して親切で礼儀正しかったことを考えれば当然といえよう。ホームズは女性を好きではなかったし、信頼もしていなかったが、つねに騎士道にかなった態度で接していたのである。そんなわけで、私はハドスン夫人のホームズへの敬愛が嘘偽りのないものだと知っていた。だから、結婚して二年目の私のもとへ彼女が訪ねてきて、ホームズが体調を崩していると訴えたときには、心配でたまらず真剣に耳を傾けたのだった。

「もうだめかもしれません、ワトスン先生」ハドスン夫人は切々と言った。「この三日間、弱っていくばかりで、あと一日だって持つかどうか。それなのに、どうしてもお医者様を呼ばせようとしないんです。今朝も骨と皮ばかりに痩せこけた顔で、目だけらんらんとさせてこちらをご覧になるものですから、見ているのもつらいほどでした。それで、これ以上放っておくわけにはいかないと思い、〝ホームズさん、あなたがだめとおっしゃっても、すぐにお医者様を呼んでまいりますからね〟と申したんです。そうしたら、〝じゃあ、ワトスンにしてくれ〟とのご返事で。すみません、わたしはもう戻ります。ワトスン先生も早く駆けつけませんと、死に目に会えないかもしれませんよ」

ホームズが重病とは思いもよらぬ異常事態だ。私は激しい不安にぞっとした。急いでコートと帽子を取ったことは言うまでもない。ベイカー街へ向かう馬車のなかで、ハドスン夫人に詳しい事情を尋ねた。

「それが、わたしにもよくわからないんですよ。ロザーハイズ界隈《かいわい》の川に近い裏通りで事件を調べていらして、そこで病気がうつったんじゃないかと。戻られるなりベッドにお入りになったんです。水曜の午後から寝たきりの状態で、食べ物はおろか飲み物さえ三日間まったく口になさっていません」

「それはひどい！　すぐに医者を呼ぶべきだった」

「ご本人がどうしても首を縦に振らなくて。ホームズさんの強情ぶりは先生もよくご存じでしょう。ああいう高飛車な口調でやめろと言われたら、とても逆らえません。ここまでひどくなって、やっとお許しが出たんです。でも、もう長くはないと思います。先生もじかにご覧になれば、おわかりになるでしょう」

　実際に目にしたホームズは、なんとも痛々しいありさまだった。霧のたちこめた十一月の、昼間にもかかわらず薄暗い病人の部屋は、陰気としか形容のしようがない場面だったが、私の心臓を一瞬で凍りつかせたのは、ベッドからこちらを見つめる憔悴《しょうすい》した無表情な顔だった。消耗熱のせいだろう、目は妙に輝いて、両頰は紅潮し、唇には黒っぽいかさぶたがへばりついている。ベッドの上掛けに置かれた痩せ細った手はひっきりなしにぴくぴく動き、声はしゃがれているうえにかすれていた。私が部屋へ入っていくと、力なく横たわっていたホームズの目に変化が読み取れた。私の顔はわかったようだ。

「なあ、ワトスン、不運にぶつかってしまったようだよ」か細い声だったが、ホームズらしい鷹揚《おうよう》な響きがかすかにこもっていた。

「どうしてこんなことに！」私はベッドに近づこうとした。

「来るな！　下がれ！」危機一髪の場面でしか聞いたことのない差し迫った鋭い口調だった。「いいか、ワトスン、今度近寄ろうとしたら、この家から出ていってもらうぞ」

「なぜそんなことを言う？」

「近寄ってほしくないからさ。それで充分だろう？」

ハドスン夫人の言うとおりだ。以前にもまして高圧的で強情になっている。だが衰弱した彼を見るのは忍びなかった。

「きみを助けたいだけなんだ」私はそう訴えた。

「ほう！　だったら僕の言うとおりにしてくれ。それが一番助かる」

「わかったよ、ホームズ」

私の返事を聞いて、ホームズは態度を和らげた。

「怒ってはいないだろうね？」彼はあえぎながら尋ねた。

なにをばかなことを。息も絶え絶えに横たわっている親友を前に、どうすれば腹を立てられるというんだ？

「きみのためなんだ、ワトスン」かすれ声でホームズは言う。

「ぼくのため？」

「これがどういう病気なのかはわかっている。スマトラのクーリー病だよ――僕らよりもオランダ人のほうが詳しいが、彼らにもいまだほとんど解明できていない病気だ。ひとつだけ確かなことがある。致死率がきわめて高く、恐ろしいほど伝染力が強い」

話しているうちにホームズは熱に浮かされたようになり、小刻みに震えている細い指で私に向かってもっと後ろへ下がれと指図した。

「さわるとうつるぞ、ワトスン——だから絶対にさわるな。うんと離れていろ。そうすれば、うつる心配はない」

「冗談じゃないぞ、ホームズ！　ぼくがそんなことを気にして一瞬でもひるむと思ったら、大間違いだ。患者が初対面の人間だったとしても、それは変わらない。ましてやきみは長年の大切な親友じゃないか。医師としての務めを放りだす理由がいったいどこにあるんだ？」

私は再び前へ進んだ。それをホームズは憤怒の表情で拒絶した。

「きみがその場を動かずにいるうちは、話を続ける。だが一歩でもこっちへ来たら、即刻部屋から出ていってもらう」

ホームズのたぐいまれな才能に心から敬意を払っていたので、これまではつねに彼の意向に沿ってきた。たとえそれがまったく理解できないことであっても。だが、いまの私は医者魂ともいうべき職業上の本能に突き動かされていた。ほかの場合ならばいくらでもホームズの言うとおりにするが、病室では私が主人だ。

「ホームズ、いまのきみはいつもとはちがうんだ。病人は子供と同じ。だからぼくに任せてくれ。症状を調べて、必ず治してみせる」

するとホームズは嫌悪感に満ちた目で私をにらんだ。

「医者に診てもらわなくてはならないなら、信頼できる人間にお願いしたいね」

「ぼくを信頼できないということか？」

「きみの友情は信じている。だが、事実は事実だよ、ワトスン。つまるところ、きみは限られた範囲の経験と月並みな資格しかないただの一般開業医だ。本当はこんなことは言いたくないが、背に腹は代えられないんでね」

私はひどく傷ついた。

「きみらしくもない言い方をするね、ホームズ。それだけ神経がすさんでしまっているんだろう。だが、わかったよ。ぼくを信頼できないなら、無理強いはしない。代わりにサー・ジャスパー・ミークでもペンローズ・フィッシャーでも誰でもいいから、ロンドン最高峰と言われている名医を呼ばせてくれ。きみには誰かの診察が必要だ。譲歩できるのはここまで。これ以上は絶対に引き下がらないよ。自分で助けてやることもできなければ、助けになりそうな人を連れてくることもできず、ただここで突っ立ってきみが死ぬのを見ていられると思うか？　そんなことできるわけない。見損なってもらっちゃ困る」

「気持ちはありがたいよ、ワトスン」病人はすすり泣きにもうめきにも聞《き》こえる声で言った。「だけどね、きみは知らないからそんなことを言うんだ。じゃあ訊くが、タパヌリ熱を知っているかい？　黒台湾病は？」

「どちらも聞いたことがない」

「東洋には未知の恐ろしい病気がいくらでもあって、解明できない病理学上の難題が山積みなんだよ、ワトスン」ホームズの言葉は途切れがちで、あえぎながら弱っていく一方の力を懸命にふりしぼっている様子だ。「僕はね、このところ医学的側面から犯罪研究に打ちこんでいて、多くの新しい知識を得られたんだが、その過程で病気までもらってしまったというわけさ。きみにできることはなにもないよ」

「そうかもしれないが、頼みの綱がどこにあるかは知っている。熱帯病の世界的権威であるエインストリー博士が、いまロンドンにいるんだ。きみがどんなに反対しようと聞き入れるつもりはないよ、ホームズ。すぐに行って博士を連れてくる」私はきっぱりと言い、ドアへ向かって歩きだそうとした。

　その瞬間、度肝を抜くようなことが起こった。瀕死《ひんし》の男が虎のごとく突進してきて、私よりも先にドアに飛びついたのだ。カチリと鍵《かぎ》を回す音が聞こえた。その鍵を抜いてから、病人はすぐにふらつく足でベッドに戻り、精根尽き果てた様子で大きく肩で息をした。

「僕から力ずくで鍵を奪うようなまねはしないだろうね、ワトスン。きみは囚《とら》われの身だ。おとなしくここにいたまえ。僕が行ってもいいと言うまで、ここから出てはいけない。だいじょうぶだよ、退屈はさせないから」そう話すあいだ何度もあえいで、いまにも息を詰まらせそうだった。「きみは僕のためになんとかしたいと思っているだけだ。

よくわかっているとも。だから、きみの気が済むようにさせてあげよう。ただし、僕が体力を取り戻すまで待ってくれ。いまはまだ無理だ、ワトスン。いまはね。ちょうど四時か。じゃあ、六時になったら行っていい」

「正気の沙汰《さた》とは思えないね」

「たった二時間の辛抱じゃないか、ワトスン。六時には出ていけるんだ。それまで待ってくれるね？」

「しかたない。ほかに方法はないんだろうから」

「ないとも、ワトスン。いや、シーツなんか直さなくていい。頼むから近寄らないでくれ。それよりワトスン、もうひとつ条件があるんだ。呼んでくるのはきみがさっき名前を挙げた医者ではなく、僕が指定した人物にしてもらいたい」

「ああ、かまわないよ」

「そうこなくちゃ。きみはこの部屋に入ってから初めてまともな言葉を口にしたよ、ワトスン。待っているあいだ、あそこにある本でも読んでいてくれ。僕はもうくたくただよ。不導体に電気を流すとき、電池はどんな気分だろうね。じゃ、ワトスン、六時になったらまた話そう」

結果的には、六時よりも前に会話を再開することになった。しかも、さっき病人がいきなりドアへ飛んでいったときと同じくらいぎょっとさせられたあとに。こういうことだ。私はしばらく立ったまま、ベッドのなかでじっと動かない病人を眺めていた。ホームズは上掛けシーツに顔を半分うずめて、深く眠っているようだった。だがこっちは座って読書に勤《いそ》しむことなどできそうにないので、部屋のなかをゆっくりと歩き、壁をにぎやかに飾っている世に知られた犯罪者たちの肖像をとくと眺めた。そんなふうにあてもなく歩きまわって、ふと足を止めたのが暖炉の前だった。マントルピースにはパイプや刻み煙草の入った袋、注射器、ペンナイフ、リヴォルヴァーの実包など、小物類が雑然と置かれていたが、それらの真ん中に、スライド式の蓋《ふた》がついた白と黒の象牙《ぞうげ》の小箱を見つけた。細工が凝っているので、間近で見ようと手を伸ばしたときだった。外の通りにまで聞こえるのではなかろうかというほど、すさまじい叫び声があがったのだ。ぞっとするあまり、私の肌は粟立《あわだ》ち、髪の毛は逆立った。振り向くと、半狂乱になった悪鬼のごとき形相のホームズと目が合った。私は茫然《ぼうぜん》として、小箱を手にしたまま立ちすくんだ。

「それを下ろせ！　すぐに置くんだ、ワトスン。ぐずぐずするな、早く！」私が小箱をマントルピースの上に戻すと、ホームズは再び枕に頭を沈め、大きく息を吐きだした。

「僕のものには勝手にさわらないでくれ、ワトスン。言われなくてもそれくらいわかるだろう。まったく、いらいらさせられる。きみは医者だろう？　患者の頭がおかしくなるようなまねをして、よく平気でいられるな。おとなしく座っていたらどうだ？　いいかげん静かに休ませてくれ！」

後味の悪い出来事に、私は不愉快な気分をぬぐえなかった。ささいなことで逆上したうえ、感情的な言葉を容赦なく投げつける。普段の屈託のない態度とは打って変わって、痛烈きわまりない。彼の精神状態がこれほどまでに乱れ、ぐらついていたとは。高潔な精神が崩壊していくのを目の当たりにすることほど嘆かわしいものはない。私は意気消沈して、椅子でじっとしたまま時が過ぎるのを待った。ホームズも私と同じように時計をちらちら見ていたようだ。六時になったと同時に相変わらず熱に浮かされたような興奮した調子で話しかけてきた。

「ワトスン、きみ、ポケットに小銭はないか？」

「あるよ」

「銀貨は？」

「たっぷり」

「半クラウンはどれくらいある？」

「五枚だ」

「たったそれだけか！　雀の涙だな！　まいったな、がっかりしたよ、ワトスン！　しかたない、とにかくそれを懐中時計用のポケットに入れておきたまえ。ほかは全部、ズボンの左ポケットに。よし、それでいい。バランスがだいぶよくなった」

頭が錯乱しているのだろう、言っていることが支離滅裂だ。ホームズはそのあと身震いして、咳《せ》きこんでいるようにも、むせび泣いているようにも聞こえる声を放った。

「そろそろガスランプをつけてもらおうか、ワトスン。ただし明るさは半分までにしてくれ。少しでもそれを超えたらだめだ。慎重に頼むよ、ワトスン。ありがとう、申し分ない。いや、ブラインドは閉めなくていいよ。悪いが、手紙と書類をこのテーブルに置いてくれないか？　僕の手が届くところに。ありがとう。それから、マントルピースに散らかってるものもこっちへ。よし、それでいい！　次は、あそこに角砂糖用のトングがあるから、それではさんで象牙の小箱を持ってきてほしい。ここの書類のあいだに置いてくれ。上出来だ！　さあ、それじゃ、出発してもらおう。ロウワー・バーク街一三番地のカルヴァートン・スミス氏を呼んできてくれ」

正直言って、もうあまり医者を呼びに行きたいという気持ちにはならなかった。うわごとじみたことを口にしているホームズをいま一人きりにするのは危険な気がしたからだ。だが当の本人は、最初はあれだけ医者を拒絶していたのに、今度はそのときと同じくらい頑固な口調で、自分の指定した医者の往診を求めている。

「聞いたことがない名前だな」と私は言った。

「そうだろうね、ワトスン。きっときみも驚くと思うが、この病気を誰よりも熟知しているのは、医学界の人間ではなく農園主なんだ。そう、カルヴァートン・スミス氏は地元では名の知れたスマトラ在住の農園主でね、現在はロンドンに滞在している。以前、彼の農園でこの病気が発生し、猛威をふるったが、医療機関から遠く離れた僻地《へきち》ゆえに自身で研究に乗りだした。そして、目覚ましい成果を生みだしたんだ。かなり几帳面《きちょうめん》な人物だから、六時まできみを待たせなければならなかった。それより早く行っても、書斎にはいないだろうからね。きみからうまく頼んで、彼をここへ連れてきてほしい。この病気に関する研究を一番の道楽にもしている彼は、なにものにも代えがたい貴重な知識の持ち主だ。それを分けてもらうことができれば、きっと大いに助かるよ」

ひとつ断っておこう。実際のホームズは苦痛にうめいて両手を握りしめたり、ぜいぜいとあえいだりしたので、話は途切れ途切れだったが、ここではつなげて整理した形で記している。私が部屋にいたあいだにも、ホームズの容体は悪化するばかりだった。消耗熱による顔の紅潮はさらにひどくなり、いっそうくまの濃くなった落ちくぼんだ眼窩《がんか》から目がぎらぎらとのぞいていた。額にも冷たい汗が光っている。それでも彼は気力をふりしぼり、快活に勇ましく話そうとしていた。息を引き取る瞬間まで主役であり続けようとする意地が伝わってきた。

「カルヴァートン・スミス氏には、僕がどんな具合か、ありのままに話してくれ」ホームズは言った。「きみが感じていることを正直に伝えてもらってかまわないよ――瀕死の状態だとね。息も絶え絶えで、意識が混濁しているとつけ加えておくといい。それはそうと、いくら考えても不思議でならないんだ。海の底はなぜ牡蠣《かき》でぎっしり詰まっていないんだろう。あれだけ繁殖力の強い貝だというのに。おっと、またうわごとを！　頭脳はいったいどうやって頭脳を制御しているんだろう！　すっかり脇道にそれたね。僕はなにを話していたんだっけ、ワトスン？」

「カルヴァートン・スミス氏を呼びに行くというぼくの使命についてだ」

「ああ、そうだったね、思い出した。僕の命がかかってるんだ。なにがなんでも彼を説得してくれ、ワトスン。互いのあいだには過去に感情のすれちがいがあってね。彼の甥《おい》のことだ──まだ若かったのに悲惨な最期を遂げてね。犯罪の疑いがあったので、そう指摘してやったところ、スミス氏はそれを根に持って、僕を恨んでいるというわけさ。だからきみにとりなしてもらいたいんだ、ワトスン。懇願してでも、泣きついてでも、必ずここへ連れてきてくれ。彼なら僕を救える──彼だけなんだ！」

「ああ、絶対に連れてくるよ。場合によっては馬車に無理やり押しこんで」

「それはだめだ。説き伏せて、本人の意思でここへ来させないと。承諾してもらえたら、きみは一足先に戻ってくるんだ。彼と一緒ではいけない。なんでもいいから口実をもうけて、うまく乗り切ってほしい。頼んだよ、ワトスン。どうか僕を失望させないでくれ。きみはこれまで一度もしくじったことがないんだからね。言うまでもなく、生き物には天敵がいて、無限に増え続けることはありえない。ねえ、ワトスン、きみも僕もそれぞれ与えられた役割を果たしてきたね。ということは、この世は牡蠣であふれることになるんだろうか？　いや、まさか！　そんな恐ろしいことがあるはずない。さあ、自分の感じたままを伝えてくるんだ」

部屋をあとにするとき、私の脳裏を埋めつくしていたのは、当代きっての明晰《めいせき》な頭脳を持つ紳士が、わからずやの子供のように意味不明な言葉を吐き続ける姿だった。ホームズがドアの鍵《かぎ》を私に預けてくれたので、わずかだが気持ちが軽くなった。戻ってきてもなかへ入れてもらえないという懸念はこれでなくなったわけだ。かわいそうに、廊下で待っていたハドスン夫人は、震えながらしくしく泣いていた。遠ざかる私の背中を、部屋のなかにいるホームズのうわごととも歌ともつかぬ高くひきつった声が追いかけてきた。階段を下りて外へ出ると、口笛を吹いて辻《つじ》馬車を呼んだ。そこへ男が一人、霧のなかこちらへ歩み寄ってきた。

「ホームズさんの容体はいかがですか？」と尋ねる声。

近くで見ると、以前からの知り合いであるスコットランド・ヤードのモートン警部で、ツイードのスーツという私服姿だった。

「かなり深刻です」

私の返事を聞いて、モートン警部は妙な目つきでこちらを見た。まさかとは思うが、ドアの上にある明かり採りの窓の光に照らされた顔が、勝ち誇った表情を浮かべているような気がした。

「噂でそう聞いてはいましたが、やはり」モートン警部は言った。

馬車が来たので、私は警部を残してその場を去った。

ロウワー・バーク街はノッティング・ヒルとケンジントンの境目の中途半端な場所に位置し、瀟洒《しょうしゃ》な邸宅が建ち並んでいた。辻馬車が停まった目的の家は仰々しい雰囲気を漂わせており、古めかしい鉄柵《てっさく》や重厚な折り戸の門、磨きあげられた真鍮《しんちゅう》の金具など、いかにもお高く止まった感じだ。おあつらえむきに、電灯のピンクの光を背に戸口に現われた執事までもが、いかめしいもったいぶった顔つきをしていた。

「はい、カルヴァートン・スミス様はご在宅です。ワトスン博士とおっしゃるのですね。かしこまりました。ただいま名刺を取り次いでまいります」

私のつまらない名前と肩書では、カルヴァートン・スミス氏に相手にしてもらうのは難しいようだった。半開きになったドアから、よく通る甲走った不機嫌そうな声が聞こえてきた。

「誰だ、これは？　いったいなんの用だ？　いいか、ステイプルズ、何度も言ったはずだ。研究中は絶対に邪魔をするんじゃない」

続いて、執事の静かになだめるような声が聞こえた。

「いいや、会わんぞ、ステイプルズ。こんなふうに仕事を妨害されるのはまっぴらだ。わしはここにはいない。そう言っておけ。どうしてもと食い下がったら、午前中に来いと伝えるんだな」

再び執事のひそひそ声。

「ああ、そうだ、それでいい。朝になってから出直すか、二度と近寄らないか、どちらかだとな。仕事の邪魔は断じて許さん」

こうしている間にもホームズは、病床で苦しみもだえながら私の帰りを今や遅しと待っているにちがいない。助けになる人間を私が必ず連れてくると信じて。それを想像したら、礼儀がなんだというのだ、遠慮などしている場合かと思った。急がなくてはホームズの命が危ない。執事がすまなそうな顔で主人からの伝言を口にする前に、私は彼を押しのけて部屋へずかずかと入っていった。

とたんに憤然とした金切り声が響き、暖炉の脇のリクライニング・チェアから男が立ちあがった。目に飛びこんできたのは、ざらついた感じの黄色っぽくて脂ぎった大きな顔と、たるんだ二重顎《あご》、ふさふさした砂色の眉《まゆ》の下からこちらをにらみつけている、かっと見開いた灰色の眼だった。その上は高く張りだした桃色の禿《は》げ頭で、ベルベットの小さな喫煙帽を気取って斜めにかぶっている。頭蓋骨《ずがいこつ》は人一倍大きいのに、視線を下ろすと身体はびっくりするほど細く、いかにもひ弱そうで、子供の頃に骨軟化症を患ったのか肩から背中にかけて曲がっていた。

「なんだ、これは！」男は甲高い声で怒鳴った。「無断で入ってくるとはいったいどういう料簡《りょうけん》だ？　明日《あした》の朝にしてくれと伝えたはずだぞ」

「失礼は詫《わ》びます。しかし、事は急を要するのです。シャーロック・ホームズが――」

私が友人の名前を出すと、小男の態度はがらりと変わった。憤怒の表情はたちまち消え、緊張した警戒の顔つきになった。

「ホームズのところの人間か？」と私に尋ねた。

「さっきまで彼のそばにいました」

「で、ホームズがなんだって？　いまどうしている？」

「重病にかかっています。それでここへうかがったのです」

男は身振りで私を椅子へ促してから、自分も再びリクライニング・チェアに腰を下ろした。向きを変えた拍子に、マントルピースの上の鏡に彼の顔がちらりと映った。そこに敵意むきだしのよこしまな笑みが浮かんでいたのは、決して私の見間違いではない。だが、私が強引に入ってきたせいで、驚きのあまりひきつっているだけだろうと自分に言い聞かせた。こちらへ振り向いたときの顔にはまぎれもなく心配げな表情が浮かんでいたからだ。

「お気の毒に」彼は言った。「ホームズさんとは仕事上の取引で知り合ったんだが、輝かしい才能と立派なお人柄には心から敬服させられた。あの人が犯罪の素人《しろうと》研究家なら、わしは疾病の素人研究家。向こうは悪党が相手、こちらは病原菌が相手だ。うちにはあのとおり監獄もある」そう言って、サイドテーブルにずらりと並べられた瓶や壺《つぼ》を指した。「あのなかのゼラチン培養基では、凶悪きわまりない犯罪人どもが刑に服しているところでな」

「ホームズがあなたと会いたがっているのは、まさにその特殊な知識を拝借したいからなのです。あなたの実績を高く評価し、自分を救えるのはロンドンでもあなただけだと断言していました」

カルヴァートン・スミス氏はぎくりとして、斜めにかぶっていた粋《いき》な喫煙帽が床にすべり落ちた。

「ほう！　もう少し詳しくうかがいたい。なぜホームズさんはわしが彼の窮地を救えるとお考えなのかね？」

「東洋の病気に精通していらっしゃるからです」

「彼はなにを根拠に東洋の病気にかかったと考えているんだ？」

「仕事のための調査で、港湾の中国人水夫たちにまじって働いていたんです」

カルヴァートン・スミス氏は愛想よく笑って、床から帽子を拾いあげた。

「なるほど――そうか。まあ、あなたが心配しておられるほど危ない状態ではないだろう。いつから具合が悪いんだね？」

「三日ほど前からです」

「うわごとを言うことは？」

「ときどきあります」

「チッチッ！」軽く舌打ちする。「そうなると、けっこう深刻かもしれんな。彼の頼みとあっては無下に断るわけにもいかんだろう。ワトスン博士、仕事を中断させられるのははなはだ不愉快だが、今回は大目に見るとしよう。すぐに準備して、同行する」

私はホームズの指示を思い出した。

「あいにく、私にはもうひとつ用事がありまして」

「かまわんよ。あとからわし一人で行く。ホームズさんの住所は知っている。遅くとも三十分以内に駆けつけると約束しよう」

ホームズの寝室へ再び入るときは、不安で胸がつぶれそうだった。私のいないあいだに最悪のことが起こっていないともかぎらないのだから。が、幸いにしてそのような事態には陥らず、逆に快方に向かっているようだったので、大いに安堵《あんど》した。見た目はやつれて痛々しいままだったが、うわごとはなくなり、か細い声ながら話し方は普段よりもはきはきして威勢がいいくらいだった。

「どうだった、ワトスン？　彼に会えたかい？」

「ああ。来てくれることになった」

「それはでかした！　お手柄だよ、ワトスン！　きみは最高の腕利きメッセンジャーだね」

「本人はぼくと連れ立って行こうとした」

「そうならなくてよかったよ、ワトスン。それは絶対にまずいからね。僕がどういう病気なのか彼に訊《き》かれただろう？」

「イースト・エンドの中国人たちからうつったと匂わせておいた」

「あっぱれ！　冴《さ》えてるじゃないか、ワトスン。やはり持つべきものは友だな。さて、きみの出番はここまでだ。もう帰ってもらってかまわない」

「あの男が来るのを待つよ。どういう診断を下すか聞かずに帰るわけにはいかないんだ、ホームズ」

「気持ちはわかる。だけどね、彼に僕と二人きりだと思わせたほうが、率直な役立つ意見をもらえる。そう判断するだけのれっきとした根拠があるんだ。で、ワトスン、ベッドの頭の向こうに少しだけ隙間があるよ」

「本気で言っているのか、ホームズ！」

「ほかに手段はなさそうだからね、ワトスン。隠れ場所に向いているとは思えないが、その分、疑いを持たれにくいだろう。あそこでじっとしていれば、うまく行くと思うよ」突然ホームズは上体を起こし、憔悴《しょうすい》した顔を緊張でこわばらせた。「馬車の音だ。急げ、ワトスン。僕を大事に思ってくれるなら、早く隠れるんだ！　なにがあっても動いてはいけないよ――いいかい、なにがあってもだ。わかったね？　決して声を立てないこと。決して動かないこと。耳をそばだてて、ただ聞いていてくれ」そう言い終えたところで、唐突にみなぎった活力はいっきにしぼみ、今し方までの堂々とした断固たる口調はうわごとめいた低い不明瞭《ふめいりょう》なつぶやきに変わった。

　私が追い立てられるようにして隠れ場所に身を潜めると、間もなく階段を上がってくる足音が聞こえた。続いて寝室のドアが開き、閉まる音。だがそのあとには、不自然なほど長い沈黙が下りた。誰の声もしないまま、ときおり病人が苦しげにあえぐ息遣いだけが聞こえてくる。想像するに、客はベッドの脇に立って、病人を見下ろしているようだ。やがて、ようやく不穏な静けさが破られた。

「ホームズ！」男の大声が響く。「ホームズ！」眠っている者を起こそうとするようなしつこい呼び方だった。「聞こえんのか、ホームズ？」布のこすれる音がする。病人の肩を乱暴に揺すっているのだろう。

「スミスさん……ですか？」ホームズが蚊の鳴くような弱々しい声で言う。「まさか来てもらえるとは思わなかった」

相手の男は声を出して笑った。

「わしも来るつもりはなかった。だが、このとおりここにいる。なんのためかって？　炭火だよ。〝炭火を彼の頭に積む〟（旧約聖書『箴言』二十五章二十二節より）と聖書にあるだろう。たっぷり恩を売ってやるから、せいぜい恥じ入るがいい」

「ありがたいお申し出だ――なんという立派な心がけ。あなたの豊富な専門知識を分け与えていただけるとは、感謝に堪えません」

客は鼻で笑った。

「ふふん、それはどうも。ロンドンではあんたくらいだろうな、そう言ってくれるのは。で、自分がなんの病気にかかったか、わかっているのか？」

「例のあれですよ」ホームズが答える。

「ほほう！　同じ症状が出ているわけか」

「まぎれもなく」

「まあ、べつに驚かんがね、ホームズ。あんたが同じ病気にかかったとしても、なんら不思議はない。ただしその場合、見通しはきわめて暗い。かわいそうに、ヴィクターは四日目に死んだ――頑健な若者だったというのに。あんたがあのとき言ったように、ロンドンの真ん中で東洋の珍しい病気にかかるとは確かに不思議だ。よりによって、わしが特に力を入れて研究してきた病気にな。めったにない偶然だよ、ホームズ。それに気づいたのは利口だとほめてやるが、因果関係があるようなことを言われたのはきわめて心外だった」

「あれはあなたのしわざだ」

「おやおや、わしの？　ほう、そうかね。だがあんたは結局、立証できなかったじゃないか。証拠もないのに、あんなふうにわしの悪口をまき散らしていたやつが、よく助けてくれなどと言えるな。自分が病気になったとたんわしに取り入ろうなんて、少々虫がよすぎやしませんかね？」

病人が苦しそうに息をひきつらせる音が聞こえた。

「水をくれ！」ホームズはあえぎながら懇願した。

「いよいよ最期が近づいたようだな、ホームズ。だが、わしの話を聞き終わるまでは死んでもらっちゃ困るぞ。だからお望みどおり水を飲ませてやる。ああ、ほら、こぼすな！　ようし、もういいだろう。わしの言っていることはわかるか？」

ホームズがうめく。

「どうか助けてほしい。過去のことは水に流そうじゃありませんか」とホームズのかすれた声。「僕は忘れることにしますよ。誓ってもいい。病気を治してさえくれれば、そのことはきれいさっぱり忘れますから」

「なにを忘れると言うんだ？」

「ヴィクター・サヴェッジの死の真相ですよ。手を下したのは自分だと、あなたはついさっき認めた。自白したも同然ですよ。僕はそれを忘れましょうと言っているんです」

「忘れようが忘れまいが、好きにするがいい。どうせ証人席《ウイットネス・ボックス》に立つことはないんだからな。あんたはもうじき形も種類もちがう別の箱に入るんだよ、ホームズ。甥《おい》が死んだ真相をあんたに知られていようと、べつにかまわんよ。わしがいま話しているのは甥じゃなくて、あんたの病気のことだ」

「そうですね、ええ、そうです」

「わしを呼びに来た男──名前はなんといったか忘れたが、あの男が言っていたよ。イースト・エンドの水夫たちに病気をうつされたんだと」

「それ以外に考えられませんから」

「ホームズ、あんたの自慢の頭脳はどこへ行ったんだね？　賢いとうぬぼれてたんだろうに、哀れなこった。もっと賢い人間と遭遇したのが運の尽きだな。さあ、思い出すんだ、ホームズ。なぜ病気になったのか、ほかに思いあたるふしはないのか？」

「わからない。考える力がもうひとかけらも残っていない。お願いだ、助けてくれ！」

「いいとも、助けてやろう。どこで、なぜ、こういう状態になったのか、あんたがきっちり理解できるよう救いの手を差し伸べてやろうじゃないか。なにもかも知ったうえで死んでもらいたいからな」

「この痛みをどうにかしてくれ」

「そんなに痛むのか。当然だな。クーリー（昔の中国やインドの下層労働者）たちもいまわの際によく悲鳴をあげていたよ。ぎりぎりと締めつけられるように痛いんだろう？」

「ああ、そのとおりだ。締めつけられている感じだ」

「それでもこっちの言うことはちゃんと聞こえているらしい。肝心な話をするから、聞き漏らすんじゃないぞ！　症状が出る少し前に、いつもとはちがうことが起こらなかったか？」

「いいや、なにも」

「よく考えてみろ」

「痛みがひどくて無理だ」

「情けないやつめ。じゃあ、手伝ってやろう。郵便で届いたものがあったはずだ」

「郵便で？」

「たとえば、小さい箱」

「気が遠くなってきた――ああ、もう限界だ！」

「しっかり聞け、ホームズ！」危篤状態の病人を激しく揺さぶる音がしているのに、私は隠れ場所で動くことができず、じっと我慢しているしかないとは。「無理やりにでも聞かせてやるぞ。容赦はしない。小箱を覚えているか？　象牙《ぞうげ》の小箱だ。届いたのは水曜日。あんたはその蓋《ふた》を開けた。まだ思い出さないか？」

「ああ、そうだった。確かに開けた。箱の内側に先の鋭いばねが仕掛けてあったよ。きっと誰かのいたずら――」

「いたずらなどではないよ。その証拠がいまのあんただ。愚か者め。よけいなまねをするから、しっぺ返しを食らったのだ。誰がわしの計画を妨害してくれと頼んだ？　放っておけばよいものを、でしゃばりおって。だからこっちも攻撃を仕掛けたんだよ」

「思い出した」ホームズが虫の息で言う。「ばね！　刺さって血が出た。これだ――このテーブルにある箱だ」

「そうとも、大当たりだ！　わしが持ち帰ったほうがいいだろうから、ポケットにしまっておくよ。これでよし。あんたの件についても証拠は一片も残らない。それにしても、やっと真相にたどり着いてくれたな、ホームズ。よかったじゃないか、わしに殺されたとわかって死ねるんだから。ヴィクター・サヴェッジの運命を知りすぎた男には、同じ運命をたどってもらうことにした。あんたはじきにこの世とおさらばだ、ホームズ。わしはここに座って、あんたが息を引き取るところを見物するとしよう」

　ホームズの口から、ほとんど声にならないかすかなささやきが漏れた。

「なんと言った？」スミスが訊《き》き返す。「ランプの明かりを大きくしろ？　そうか、いよいよ目の前が暗くなってきたんだな。いいとも、お安いご用だ。明るいほうが、あんたの死に顔がよく見えるからな」

　スミスは部屋を横切ってランプに触れ、室内がぱっと明るくなった。「ほかにしてやれることがあれば、なんなりと言ってくれ、ホームズ」

「マッチと煙草を」

私はびっくり仰天して、思わず歓声を上げそうになった。ホームズがホームズらしいしゃべり方に戻っている——普段とくらべれば少し弱々しいが、私がよく知っている元気なときの声だ。しばらくしんとなった。カルヴァートン・スミスは驚愕《きょうがく》のあまり声も出ず、棒立ちになったままホームズを見下ろしているにちがいない。

「いったいどういうことだ?」耳障りなしゃがれ声で、スミスがようやく口をきいた。

「役柄をうまく演じるには、その役柄になりきるのが一番なんだ」ホームズが答える。「そんなわけで、この三日間は飲まず食わずだったから、さっきグラス一杯の水を飲ませてもらったときは本当にありがたかったよ。だが一番つらかったのは、煙草を我慢しなければならなかったことだな。ああ、ここに煙草があった」マッチを擦る音が聞こえた。「ふう! これで気分がぐんとよくなった。おやっ、あれは! どうやら友人が来たようだ」

部屋の外に足音が響いたかと思うと、ドアが開いてモートン警部が現われた。

「首尾よく運んだよ。この男を引き渡そう」ホームズは言った。

警部は形式にのっとってカルヴァートン・スミスに被疑者の権利を伝え、こうしめくくった。

「ヴィクター・サヴェッジ殺害の容疑で逮捕する」

「シャーロック・ホームズ殺害未遂のほうもつけ加えてはどうかな」ホームズが軽く笑

って言う。「カルヴァートン・スミスさんは病気で動けない僕に代わって、ランプの火を大きくしてくれたんだ。それがあらかじめ決めてあったきみへの合図とはゆめにも知らずにね。ところで、彼のコートの右ポケットに小さな箱が入っているから、押収したほうがいい。ありがとう。取り扱いにはくれぐれも注意を。そのままここに置いてもらえますか？　裁判になったら、きっとこれが役立ってくれる」

スミスがいきなり飛びかかろうとしたらしく、取っ組み合いが始まったが、すぐに荒々しい金属音と苦痛の悲鳴が聞こえた。

「暴れるとよけい痛い思いをするぞ」モートン警部の声。「さあ、じっとしてもらおうか」手錠のはまる音が小気味よく響いた。

「一杯食わされた！」スミスは甲高い声でわめいた。「被告席に立たされるのは、ホームズ、あんたのほうだ！　病気の治療をしてくれと頼まれたから、わしはここへ来たんだ。気の毒に思ってな。それなのに、この男はわしの言葉尻《ことばじり》をとらえて自分の都合のいいようにねじ曲げ、妄想でしかない疑念の裏付けにしようという魂胆だ。ふん、そんなに嘘をつきたければ、勝手にしろ、ホームズ。わしも黙っちゃいない。徹底的に反論してやるからな」

「しまった！」唐突にホームズが叫ぶ。「うっかりして、彼のことを忘れていたよ。ワトスン、なんと謝ったらいいか。いまになるまで気づかなかったとは、本当に申し訳ない！　カルヴァートン・スミス氏とは夕方会っているから、紹介の必要はなかったね。

警部、下に馬車を待たせてあるのかい？　じゃ、お気をつけて。僕はあとで、着替えを済ませてから行くよ。署で多少なりともお役に立てるだろうから」

「待ちに待った食事だよ」ホームズは身ごしらえの合間にクラレット一杯とビスケット数枚をたいらげた。「といっても、僕はもともと不規則な生活を送っていたから、一般の人たちとはちがって、この程度の断食ならどうってことない。だからこそ、まずはハドスン夫人に僕が死にかけていると本気で思いこませることが不可欠だった。僕の容体をハドスン夫人からきみに伝えてもらい、さらにきみからあの男に伝えてもらう算段だったからね。怒らないでくれよ、ワトスン。打ち明けるわけにはいかなかったんだ。自覚していると思うが、きみは多方面に秀でていながら、芝居を打つのはへたっぴだろう？　きみが事前に計画を知っていたら、スミスにこれは正真正銘のただならぬ事態だと信じこませ、僕のところへ駆けつけるよう仕向けるのは無理だったろう。あそこがまさに成否の分かれ目だった。あの男が執念深いのはわかっていたから、僕が本当に病気だと確信すれば、必ず首尾を見届けに来るはずだと読んでいた」

「きみの姿は病人そのものだったよ、ホームズ。顔がひどくやつれて、死相が漂っているようにさえ見えた」

「三日間飲まず食わずでいれば、誰でもげっそりするさ。仕上げに少々手を加えたが、スポンジでぬぐえばたちまち治る。ワセリンを使って額に脂汗がにじんでいるように見せ、目にはベラドンナ・エキスをさしてぎらぎらさせる。頬が赤くまだらになっていたのは頬紅だ。唇には蜜蠟《みつろう》を塗って乾かし、ひび割れた感じを出す。おかげで効果抜群だったよ。詐病はかねがね論文にまとめたいと思っている研究テーマのひとつなんだ。半クラウン銀貨がどうの、牡蠣《かき》がどうのと、脈絡のない話をたまにちょっと混ぜるだけで立派なうわごとに聞こえるんだから、不思議だよ」

「本当は病気ではなかったのに、うつるからと言ってぼくを近寄らせなかった理由を知りたいね」

「訊くまでもないだろう、ワトスン。僕はきみの医者としての能力をそこまであなどってはいないよ。体力は落ちていても脈や体温は正常な者が、きみのような腕のいい医者の診察を受けて、瀕死《ひんし》の患者で通るなどと楽観していられるかい？　四ヤード離れていたおかげで、きみの目をごまかせたんじゃないか。もしそれができなかったら、いったい誰にスミスをおびき寄せてもらえばいいんだ？　スミスが送りつけてきた箱だけどね、ワトスン、僕はあれに指一本触れていない。横から見れば、蓋を開けたとたん先の鋭いばねが毒蛇の牙《きば》よろしく飛びだしてくるのは一目瞭然《いちもくりょうぜん》だったからね。哀れなサヴェッジも似たような仕掛けで始末されたんだろう。復帰財産をわがものにしようとたくらんだ卑劣なけだものにね。知ってのとおり、僕のもとには多種多様な郵便物が届くから、小包には特に用心している。だがスミスには目論見《もくろみ》どおりにいったと思わせておけば、うまく自白を引き出せるにちがいない、そう確信し、本物の俳優になったつもりで役柄を徹底的に演じきったわけだ。さてと、ワトスン、コートを着るのを手伝ってくれないか？　ありがとう。警察での用が済んだあとは、シンプスンズで栄養たっぷりの食事というのも悪くないな」

最後の挨拶《あいさつ》

――シャーロック・ホームズのエピローグ――

それは八月二日の午後九時のことだった。人類史上、最も恐ろしい八月となった年の、とつけ加えておこう（一九一四年八月、ドイツ、フランス、イギリスが次々に参戦し、第一次世界大戦が勃発した）。蒸し暑い淀《よど》んだ空気には厳粛な静けさと不穏な予感が漂っており、堕落したこの世に怒れる神が天罰を下そうとしているのをすでに察知していた者もいたにちがいない。とうに陽は沈んでいたが、遠い西の空に開いた傷口を思わせる血の色の光を詰めこんだ裂け目が低く這《は》っていた。頭上を仰げば無数の星が明るく輝き、眼下に望む湾では船舶の灯がちらちらきらめいていた。

破風のある切妻屋根を載せた横に長い重厚なたたずまいの家を背に、庭園の遊歩道で石の手すりのそばに立つ、二人の有名なドイツ人の姿があった。彼らはともに白亜の断《だん》崖《がい》の裾に伸びる広い浜を見下ろしていた。四年前、フォン・ボルクはまさにその著大な断崖の上に空をさすらう鷲《わし》のごとく舞い降りたのだった。二人の男は互いに頭を寄せ、ひそひそ声で、なにやら他聞をはばかる話をしている。下から見上げる者がいたならば、彼らの葉巻の二つ並んだ真っ赤な火は、怒りのくすぶる目で暗闇をかっとにらみ据える残忍な悪鬼を思わせただろう。

二人のうちの一人、フォン・ボルクは、非凡な男だった――ドイツ皇帝の忠実なスパイのなかでもひときわ優秀で、彼の右に出る者はいない。その卓越した実力を買われて、最も重要なイギリスでの諜報《ちょうほう》活動に真っ先に抜擢《ばってき》されたわけだが、任務を負って以来、真実を知るこの世で六人きりの者たちがそろって目をみはるほど、彼の才能はますます顕著に発揮されてきたのだった。その六人に含まれる一人が、いまフォン・ボルクと言葉を交わしている公使館の書記官長、フォン・ヘルリング男爵である。門の外では百馬力を誇る大型ベンツが狭い田舎道にでんと停まり、書記官長を乗せてロンドンへ戻ろうと待ちかまえている。

「現在の時局から判断して、きみは今週中にベルリンへ戻ることになりそうだ」と書記官長は言った。「現地に着いたら、びっくりするほど大歓迎されるぞ、フォン・ボルク君。上層部がこの国でのきみの仕事ぶりをどう評価しているか、たまたま耳に入ったものでね」上背があって押し出しのよい書記官長は、政界の出世階段を上るうえで大きな強みとなった悠揚迫らぬ威厳に満ちた口調で話している。

フォン・ボルクは高らかに笑った。

「イギリス人をだますのにたいして苦労はいりませんよ」スパイは言う。「あれほど温厚で御しやすい国民も珍しいでしょう」

「とてもそうは思えんがな」もう一人の男は考えこむ。「連中には不思議と相手を寄せつけないところがある。注意深く観察しないと真意はわからんぞ。あのうわべの温厚さに惑わされて、罠《わな》に陥る外国人は多い。確かに第一印象はおっとりとして親しげに見えるだろう。しかし、のちにがらりと変わって、こっちは分厚い壁にさえぎられた思いを味わわされる。そうなったらもうお手上げだ。閉鎖的な島国に特有の習性をお持ちだから、慎重に接しなければならん」

「〝礼儀作法〟やらなんやら、そういったものでしょう?」それらを実際にいやというほど目にしてきたフォン・ボルクはため息まじりに言った。

「奇妙なところに顕在するイギリス人流の偏見のことだ。いい例だから、わたしの痛恨の大失策について話してやろう——わたしがこれまで挙げてきた手柄を熟知しているきみになら、失敗談を披露するのもやぶさかではないからな。あれはこの国へ来て間もない頃のことだった。週末に閣僚のカントリー・ハウスで催されるパーティーに招かれた。驚いたことに、客たちのあいだではひどく不用心な会話が交わされていたよ」

フォン・ボルクはうなずいた。「ぼくも出席していました」

「そうだったな。で、当然ながら、わたしはあそこで入手した情報を報告書にまとめてベルリンへ送ったわけだ。ところが、あいにく我が国の立派な首相はこういう問題では思慮に欠けると言わざるを得ない。公式の場で、そのパーティーで出た話を聞き知っていると露呈するような見解を述べてしまったのだ。言うまでもなく、経路をさかのぼれば情報源はこのわたしだとすぐにわかる。おかげでさんざんな目に遭ったよ。どれほど苦しかったかはきみには想像もつくまい。ああいうときのイギリス人には温厚さなどこれっぽっちもないぞ。それだけは言っておく。立ち直るまで二年もかかったよ。まあ、きみの場合は本物のスポーツマンらしく見える――」

「偽物ではなく本物だからですよ。そういうふりをしているわけじゃありません。それがありのままの自分なんです。根っからのスポーツマンでしてね。楽しませてもらっています」

「だったら、効果は倍増だな。やつらとヨットで競走し、狩猟仲間に加わり、ポロでお手合わせする。ゲームならなんでもござれで、イギリス人どもと対等に戦えるわけだ。きみの手並みなら、オリンピアの四頭立て馬車競技で賞を獲《と》れるぞ。聞いた話じゃ、若手の士官を相手にボクシングまでやっているそうだな。戦歴はどんな具合かね？　きみを警戒する者は誰もいないだろう。〝気さくな快男児〟だの、〝ドイツ人にしてはまっとうな好漢〟だのと見られているはずだ。酒が強くて夜遊び好きの、陽気で屈託がない町の人気者といったところか。だが現実には、この静かなカントリー・ハウスこそが、イギリスにもたらされる災いのほぼすべての発生源であり、主人の気さくなスポーツマンはヨーロッパ随一の凄腕《すごうで》スパイときている。さすがはフォン・ボルク君だ。まさしく天才だよ！」

「おだてないでください、男爵。ですが、この地に来てからの四年間は確かにそれなりの収穫を生んでくれました。まだご覧に入れたことはありませんが、ささやかな戦利品があるんですよ。よろしければ、ちょっとなかへお入りになりませんか？」

書斎にはテラスから出入りできるフランス窓があった。フォン・ボルクはそれを引き開けて先に入り、室内の電灯をつけた。あとから巨体の男が入ってくると、フォン・ボルクはフランス窓を閉めて、格子窓を覆っている分厚いカーテンに隙間がないか念入りに確かめた。こうして十二分に用心してからようやく、陽に焼けた鷲鼻《わしばな》の顔を客人に向けた。

「書類の一部はもうここにありません。重要度のさほど高くないものは、妻と雇い人たちが昨日フラッシングへ発《た》つ際に持って行かせました。しかし、それ以外の書類は公使館に保護をお願いすることになります」

「きみの名前は個人的な随員の一人として正式に登録してある。きみ自身もきみの荷物も問題なく通るはずだ。もっとも、われわれには出発せずに済む可能性もまだ残っているが。イギリスは知らんぷりして、フランスを運命の手にゆだねるかもしれん。二国間に拘束力のある条約は存在しないからな」

「ベルギーは？」フォン・ボルクは尋ねた。

「ベルギーに対しても同じだ」

フォン・ボルクはかぶりを振った。「真意を量りかねますね。ベルギーとのあいだにはれっきとした条約があるんですから、イギリスにすれば不面目な行為ですよ。二度と名誉を回復できないでしょう」

「それでも当面は平和を保てる」

「しかし、国家の体面は？」

「いいかね、きみ、われわれが生きているのは功利主義の時代だ。名誉だの体面だの、そんな中世じみた概念はお呼びじゃない。根拠はほかにもある。イギリスはまだ参戦の準備ができていないのだ。信じがたい不手際といえるが、我が国が五千万マルクの戦時補償特別税を導入し、タイムズ紙の第一面を飾るに等しいほど大々的に意図を表明したにもかかわらず、この国の者たちはいっこうに目が醒《さ》めなかった。疑問の声はあちこちから聞こえてくる。それに答えるのはわたしの仕事だ。不満の声もあちこちから上がっている。それをなだめるのもやはりわたしの仕事だ。しかしな、本格的な準備となると、つまり軍需品の備蓄や対潜水艦作戦の立案、高性能爆薬の製造設備といったものはまだ手つかずの状態だと断言できる。そんな国が首を突っこんでこられるわけがない。ただでさえ、アイルランド内戦や女性参政権運動にからむ破壊行為など、われわれが焚《た》きつけた国内のさまざまな問題に振りまわされているというのに」

「それでも、イギリスは将来を考えねばなりません」

「まあな。しかし、それはまた別の話だ。イギリスの将来に関しては我が国に明確な計画があり、それを実行するうえで、きみが集めた情報は計り知れない価値を持つと信じている。ともかく、ジョン・ブル（典型的イギリス人または擬人化されたイギリスの国家像。一般的にはでっぷり太った夜会服姿の男性として描かれる）は今日か明日《あした》のどちらかを選ばねばならん。今日であれば、我が国の態勢は充分整っている。明日であれば、我が国の準備はまさに万全だろう。戦うなら同盟国がいるほうが有利だということくらいイギリスも心得ているはずだが、しょせんよその国の問題だよ。いずれにせよ、連中の運命は今週決まる。それより、きみの書類の話を聞かせてもらおうか」

そうしめくくった書記官長のフォン・ヘルリング男爵は、肘《ひじ》掛け椅子のなかで禿頭《とくとう》を照明に輝かせ、悠然と葉巻をふかしている。

壁にオーク材の羽目板を張りめぐらせた、本棚が整然と並ぶ書斎には、向こうの片隅にカーテンが下がっていた。そのカーテンを引くと、真鍮《しんちゅう》の枠で縁取りをした大型金庫が現われた。フォン・ボルクは懐中時計の鎖から小さな鍵《かぎ》をはずし、錠に差しこんだ。いくつもの複雑な操作をしたあとに、重たい扉が開け放たれた。

「これです！」フォン・ボルクは金庫の脇にのいて、内部を身振りで示した。

電灯にあかあかと照らされた庫内を、公使館の書記官長は好奇心もあらわにのぞきこんだ。小仕切りの分類棚がぎっしり詰まっていて、棚のひとつひとつにラベルがついている。書記官長の視線はずらりと連なるラベルの文字を順に追っていった。〝浅瀬〟、〝港湾防備〟、〝航空機〟、〝アイルランド〟、〝エジプト〟、〝ポーツマス要塞《ようさい》〟、〝英仏海峡〟、

〝ロサイス海軍造船所〟などをはじめ、項目は多岐にわたる。それぞれの棚は書類や設計図でいっぱいだ。

「大漁じゃないか！」書記官長は感嘆の声をあげ、葉巻を置いて肉厚の手で拍手してみせた。

「四年間でこれだけ集めたんですよ、男爵。酒飲みで乗馬好きな田舎の地主にしてはまずまずの働きかと思います。とはいえ、もうじき届くものこそが、ぼくのコレクションのなかでも飛びぬけて貴重な極上品になるでしょう。それを迎え入れる手はずはぬかりなく整えてあります」フォン・ボルクはそう言って、〝海軍暗号〟と見出しがついている棚を指した。

「すでにかなりの量の書類がそろっているぞ」

「ここにあるのは時代遅れで、反古《ほご》紙も同然です。海軍がどうしたわけか危険を嗅《か》ぎつけて、暗号を全部変えてしまいました。手痛い打撃でしたよ、男爵。この活動を開始してから最悪の挫折《ざせつ》です。しかし、ぼくの小切手帳と腕の確かなアルタモントのおかげで、今夜願ってもない獲物を得られることになっています」

フォン・ヘルリング男爵は自分の時計を見て、無念そうに鋭く喉《のど》を鳴らした。

「一緒に待つことはできそうにないな。想像がつくだろうが、目下ロンドンのドイツ公使館では動きが慌ただしくなっていて、全員がそれぞれ持ち場についていなくてはならん。きみの大手柄の朗報をカールトン・ハウス・テラスへ持ち帰りたかったよ。アルタモントは何時に訪ねてくるかわからんのかね?」

フォン・ボルクは電報を男爵に見せた。


今夜必ず、新しい点火プラグを届けに行く。

アルタモント

「点火プラグ?」

「彼は自動車技師と偽り、ぼくは大きな車庫を持った自動車愛好家を演じているんです。互いにやりとりする際の暗号では、出番のありそうな単語に自動車部品の名称をあてがっています。たとえば、ラジエーターは戦艦、オイル・ポンプは巡洋艦、といった具合に。この電報にある点火プラグは海軍暗号を指します」

「正午にポーツマスで打電されている」男爵は電報に記されている発信元を確認した。「ところで、きみはその人物にどれくらい報酬を払うんだね?」

「今回の仕事では五百ポンドです。もちろん、普段払っている給料とは別に」

「欲の皮の突っ張ったごろつきめ。役には立つが、けちな国賊だ。祖国を裏切るやつに大金を分け与えてやるとは業腹な」

「それが、アルタモントが相手だと少しも腹が立たないんですよ。目覚ましい仕事ぶりですからね。報酬をたっぷりはずんでやれば、本人の表現を借りて言うと〝上物《じょうもの》〟をいろいろ仕入れてくれます。そもそも、彼は国賊ではありません。アイルランド系アメリカ人が抱いている反英感情は、我が国の極端な汎《はん》ゲルマン主義愛国貴族でさえひよっこに思えるくらい激しいのです」

「おや、彼はアイルランド系アメリカ人なのか？」

「あの話し方からすると間違いないでしょう。なにしろ、彼の言葉が聞き取れないときもあるほどでして。イギリス国王のみならず、イギリス英語にまで宣戦布告しているとしか思えませんよ。男爵、どうしてもお帰りになるのですか？　彼はじきに現われるはずですが」

「残念ながら、もう行かなければ。長居しすぎた。明日の早朝に会えるかね？　くだんの暗号表を持って、ヨーク公記念塔の階段側にある小さなドアから入ってきた瞬間、きみはイギリスでの立派な功績をまたひとつ重ね、有終の美を飾れるわけだ。おお！　トカイ・ワインじゃないか！」

書記官長が指差したのは、盆に載せた二つの細長いグラスと一緒に用意されている、厳重に密封され、埃《ほこり》に覆われたボトルだった。

「お帰りの前に一杯いかがですか？」

「いや、せっかくだが。それにしても、ぜいたくな酒宴じゃないか」

「アルタモントはかなりのワイン通で、うちのトカイ・ワインが口に合うんだそうです。ああいう怒りっぽい男をうまく扱うには、細やかに機嫌を取ってやらないといけません。

まあ、彼の顔色をうかがうのも任務のうちですから」

二人は書斎を出て、ゆったりした足取りでテラスを歩いていった。端まで行くと、男爵のお抱え運転手がエンジンをかけ、大きな車が低くうなりながら小刻みに震動し始めた。

「港町のハリッジの灯が見えるな」男爵は自動車の旅にそなえてダスターコートをはおった。「実に静かで平和な情景だ。一週間後にはあそこに別の明かりが加わって、イギリス沿岸部はこんなにのどかではいられなくなるだろうよ！　我が国のツェッペリン型飛行船が本領を発揮できれば、海だけでなく空も安らかな顔などしていられんさ。ところで、あそこにいるのは誰だ？」

二人の後方に、ひとつだけ明かりのともった窓が見える。ランプのかたわらで田舎風の帽子をかぶってテーブルの前に座っているのは、赤ら顔の年老いた女性だ。背中を丸《な》めて編み物をしているが、ときおり手を休めては脇のスツールにいる大きな黒猫を撫でてやっている。

「マーサですよ。一人だけ残しておいた使用人の」

書記官長のフォン・ヘルリング男爵は嘲笑《ちょうしょう》めいた声を漏らした。

「大英帝国を地で行く感じだな。自分のことに夢中で、眠気をもよおすほど退屈で心地よい空気をまとっている。では、またな。オ・ルヴォワール、フォン・ボルク！」

最後に手を振って、男爵はすばやく車に乗りこんだ。その直後、車のヘッドライトが点灯され、金色の光が前方の闇を円錐形《えんすい》に切り裂いた。豪華なリムジンのふかふかのシートにもたれた男爵は、差し迫ったヨーロッパの悲劇について思いめぐらすのに忙しく、村の通りを曲がったときにすれちがった反対方向へ走る小型のフォードは目に入らなかった。

リムジンのライトが闇に吸いこまれるのを見届けてから、フォン・ボルクはゆっくりと書斎へ引き返した。途中でさっきの窓に目をやると、老家政婦はすでにランプを消して休んでいた。家族と使用人たちがいるあいだは大所帯だったので、横に大きく広がる家が森閑として暗闇に包まれるのは初めてだった。とはいえ、皆がすでに安全な場所に移り、さっきまで台所に居残っていた老女を除けば、邸内には自分一人しかいないのだと思うと、安堵《あんど》をおぼえた。書斎には片付けがまだだいぶ残っていたため、フォン・ボルクはその作業に取りかかった。廃棄すべき書類を暖炉で燃やすうちに、炎の熱できりりと締まった端整な顔が赤くほてった。次は金庫のなかの重要な書類を、テーブルの横に置いてある革の旅行鞄《りょこうかばん》にていねいに手際よくしまっていった。だが少しして、耳のいい彼は遠くの車の音に気づいた。とたんに満足げな声を発すると、旅行鞄の革帯を締め、金庫の扉に施錠し、急いでテラスへ駆けだした。ちょうど小型車のライトが門の前で停まったところだった。威勢よく降りてきた人物が早足でフォン・ボルクのほうへ向かう。運転手は口ひげに白いものがまじった、年配のがっしりした体格の男で、長く待たされるのをいまから覚悟している顔つきだ。

尋ねた。

「どうだった？」フォン・ボルクは訪問者を小走りに出迎えながら、張り切った口調で

相手は小さな茶色い紙包みを頭上で誇らしげに振って見せた。

「今夜は大盤振る舞いでお願いしますよ、旦那《だんな》」男は大声で言った。「やっとこさご所望のものを持ち帰ったんですから」

「暗号だね？」

「電報でお知らせしたまんまです。手旗信号、灯火信号、無線電信、これらすべての最新版ですぜ。言っときますが、写しですよ。原本じゃ、危なっかしくてしょうがない。とにかく上物ですから、そこは信用してもらってかまいません」そう言って、男はなれなれしい態度でドイツ人の肩を荒っぽく叩《たた》いた。ぶしつけに感じたのか、フォン・ボルクのほうは一瞬たじろいだ。

「なかへ入ってくれ」フォン・ボルクは言った。「家にはぼく一人しかいない。ずっとこれを待っていたんだよ。もちろん、原本より写しのほうが助かるよ。原本がなくなっているとわかったら、やつらは全部変えてしまう。写しのほうは気づかれないだろうね？」

アイルランド系アメリカ人は書斎へ入り、肘《ひじ》掛け椅子に座って長い両脚を投げだした。歳の頃は六十くらい、長身痩軀《そうく》で、顔の造作は彫刻のようにくっきりとして、小さな山羊《や》《ぎ》ひげを生やしている。アンクル・サム（典型的アメリカ人または擬人化されたアメリカの国家像。一般的にはシルクハットに蝶ネクタイを着けた白い山羊ひげの

男性として描かれる）そっくりだ。吸いかけのふやけた葉巻を口の端にだらんとくわえ、椅子に腰掛ける際にマッチで火をつけ直していた。

「引っ越しの荷造りですか？」男は室内を見まわしながら訊《き》いた。「ちょっと、旦那」仕切りカーテンが開いてあらわになっている金庫に目を留める。「まさかとは思いますが、あそこに機密書類を保管したりはしてないでしょうね？」

「なぜそんなことを？」

「なぜって、あんなの子供だましのおもちゃじゃないですか！　それに、旦那がスパイだってことは向こうもうすうす気づいてますよ。ヤンキーの盗賊にかかりゃ、缶切り一個で簡単に開けちまう代物だ。わたしの書いた手紙があんなところにしまわれるとわかってたら、旦那に送るような間抜けなまねは絶対にしませんでしたよ」

「名うての泥棒だろうと、あの金庫には歯が立たないさ」フォン・ボルクは言った。「どんな道具を使っても切れない金属でできている」

「錠前をねらわれますぜ」

「心配ない。二重のコンビネーション錠だからな。どういうものか知っているかな？」

「さあね」とアメリカ人。

「錠を開けるには、数字の組み合わせだけでなく、特定の単語も必要なんだ」フォン・ボルクは立ちあがって金庫の前へ行き、鍵穴《かぎあな》を二重に取り囲む円盤状のダイヤルを示した。「外側のダイヤルは文字用、内側のは数字用だ」

「へえ、なるほど。よくできてますね」

「要するに、きみが言ったような簡単に開けられる代物とは似ても似つかない。これを作らせたのは四年前なんだが、そのときにぼくがどういう単語と数字を設定したか当ててごらん」

「想像もつきませんや」

「実はだね、単語は〝August（八月）〟、数字は〝1914〟なんだ。現在とぴったり一致しているだろう？」

アメリカ人の顔に恐れ入ったという表情が浮かぶ。

「こりゃまいった！　さすがは切れ者、やることがちがう」

「まあね。当時、今年になると予測できた者は仲間内でも数えるほどしかいなかったろう。というわけで、明日《あした》の朝、ここを引き払うつもりだ」

「わたしのこともちゃんと手配してくれてますよね？　こんな憎ったらしい国に一人だけ置いてきぼりにされるのはまっぴらだ。いまの情勢からすると、ジョン・ブルは一週間も経たないうちに起きて暴れだします。そのときは海のあっち側から見物したいですからね」

「きみはアメリカ市民なんだろう？」

「それを言うなら、ジャック・ジェイムズだってアメリカ市民なのにポートランドで服役中だ。イギリスのおまわりにアメリカ市民だと訴えても、どうせ聞く耳を持ちませんよ。〝イギリスにはイギリスの法と秩序がある〟と言うに決まってます。そうそう、ジャック・ジェイムズといえば、旦那はご自分の手下を守ってやろうって気があまりないんですね」

「なにが言いたい？」

「えっと、旦那は雇い主でしょう？　だったら手下がまずいことにならないよう目を配るのが務めってもんですよ。なのに、つかまっても知らんぷりで、救いの手を差し伸べようとしたためしは一度もありませんよね？　ジェイムズも――」

「あれは自業自得だ。それはきみもよくわかっているだろう。彼が勝手なことをしたから、ああいう結果になったんだ」

「ジェイムズが勝手にドジを踏んだってわけですか――じゃあ、そういうことにしときましょう。でも、ホリスは？」

「あの男はいかれていた」

「まあ、最後のほうは少し頭がぼんやりしてましたね。無理もありませんや。あいつをおまわりに売ろうと手ぐすねを引いて待ってる連中がうじゃうじゃいたんですぜ。そんなところで身分をごまかし続けて、朝から晩まで任務を続けてりゃあ、おつむのひとつも壊れますよ。だけど、スタイナーは――」

フォン・ボルクがあからさまにぎょっとして、赤ら顔がかすかに青ざめた。

「スタイナーがどうかしたのか？」

「どうって、つかまっちまったんです。昨晩、あいつの店にガサ入れがありましてね。あいつも書類も残らずポーツマス刑務所行きです。まったく気の毒なこった。旦那はうまいこと逃げおおせるのに、あいつはこれからこっぴどい目に遭わされる。死なずに済んだら御の字でしょうね。だからわたしも旦那と同じように海のあっち側へとんずらしたいんですよ」

フォン・ボルクは肝の据わったしたたかな男だったが、いま初めて聞かされた予期せぬ窮地にひどく動揺した。

「解せないな。どうやってスタイナーをあぶりだしたんだろう？」フォン・ボルクはつぶやいた。「とにかく最悪の事態だ」

「それが、旦那、もっとまずいことになるところだったんですよ。わたしも尻尾《しっぽ》をつかまれかけてましてね」

「ばかな！」

「本当です。フラットン通りにあるわたしの下宿のおかみが取り調べを受けたんですから。それを聞いて、さっさと逃げないとこのわたしも一巻の終わりだと思いましたよ。だけど、旦那、どうしてこう次々と警察に嗅《か》ぎつけられるんです？　わたしが旦那のもとで働くようになってから、お縄にかかったのはスタイナーで五人目ですぜ。わたしの行動があと少し遅かったら、六人目の名前も決まるところだった。いったいどういうことですか？　こうやって手下が何人もつかまっていくのに、よく平気な顔をしていられますね」

フォン・ボルクの顔が怒りで真っ赤に染まる。

「なんだ、その生意気な口のきき方は！」

「これくらい図太くなかったら、旦那の仕事なんか引き受けてませんよ。この際、思ってることをはっきり言います。聞いた話じゃ、ドイツの政治家たちってのはスパイを使い捨てにするそうじゃないですか。任務を終えて用済みになったら、あとはどうなろうと知らんぷりらしい」

フォン・ボルクは勢いよく立ちあがった。

「ぼくが自分のスパイを見殺しにしたと言うのか！」

「そこまでは言ってませんが、旦那、どこかに警察のイヌがいるんですよ。そいつが落とし穴を掘ってるにちがいない。それがどこなのか突き止めるのは旦那の責任だと思いますがね。どっちにしろ、わたしはもう危ない橋を渡るのはごめんだ。オランダへ脱出します。それもなるたけ早く」

フォン・ボルクは爆発しそうな怒りをなんとか押しとどめた。

「お互い長いつきあいなんだから、よりによって勝利が決まったばかりのときに仲たがいすることはないだろう？」ドイツ人は相手をなだめにかかった。「きみの仕事ぶりは申し分なかったし、数々の危険を冒してくれたこともわかっている。この恩は忘れないよ。いいとも、オランダへ行かせてやろう。向こうへ渡れば、ロッテルダムからニューヨーク行きの船がある。これから一週間はそれ以外に安全な航路はない。さあ、暗号表を渡してもらおう。残りのものと一緒に荷造りしなければ」

だが、アメリカ人は持ってきた小さな包みをまだ手放そうとしない。

「現ナマはどうなったんです？」アルタモントは訊いた。

「なに？」

「このブツのお代、わたしの報酬ですよ。五百ポンドいただきます。砲兵隊の将校め、土壇場になってごねやがった。百ポンド上乗せしてどうにか話がついたが、下手をするとなにもかもおじゃんになるところだった。〝いやなこった！〟の一点張りで、頑として譲らない。追加の百ポンドでやっと折り合いましたがね。そんなわけで、結局のところ二百ポンドかかってますんで、現金をきちんとちょうだいするまでこいつはお渡しできません」

フォン・ボルクは苦笑した。「ぼくはあまり信用されていないようだな。先に金を払えというわけか」

「旦那《だんな》、これは取引なんですから」

「わかったよ。好きにしたまえ」フォン・ボルクはテーブルの前に座り、小切手帳に金額を記入してから破り取った。それを相手に差しだす前に言った。「ミスター・アルタモント、結局われわれの結束はこの程度だったわけだから、こっちもきみを安易に信用するわけにはいかない。当然の理屈だろう？」アメリカ人を振り返って続けた。「このとおり、小切手はテーブルの上だ。きみがこれを手にする前に、こっちには品物をあらためる権利がある」

アメリカ人が黙って包みを渡すと、フォン・ボルクはさっそく紐《ひも》をほどき、二枚重ねの包装紙をはがし取った。中身があらわになった瞬間、フォン・ボルクは愕然《がくぜん》として言葉を失った。彼の凍りついた視線の先にあるのは小ぶりの青い本だった。表紙にタイトルが金文字で印刷されている。『実用養蜂《ようほう》便覧』と。現状からあまりにかけ離れたその文字を、腕利きのスパイは一瞬食い入るように見つめた。と、次の瞬間、首の後ろを万力のような力でつかまれ、苦痛にゆがんだ顔にクロロホルムを染みこませたスポンジをきつく押しあてられたのだった。

「もう一杯やりたまえ、ワトスン！」シャーロック・ホームズはインペリアル・トカイのボトルを掲げて言った。

テーブルの脇に腰掛けている年配のがっしりした体格の運転手が、嬉《うれ》しそうにグラスを差しだす。

「すばらしいワインだね、ホームズ」

「ああ、まさに絶品だよ、ワトスン。そこのソファで寝ている友人が自慢するだけのことはあるね。オーストリア皇帝フランツ・ヨーゼフ一世がシェーンブルン宮殿に造らせた特別な地下貯蔵室のものだそうだ。すまないが、窓を開けてもらえないか？　クロロホルムの匂いを追いださないと、ワインの風味がだいなしになる」

金庫の扉は大きく開け放たれ、その前に立っているホームズが書類を取りだしてはすばやく目を通し、フォン・ボルクの旅行鞄《りょこうかばん》に次々と器用に詰めていった。フォン・ボルクはというと、両腕と両足をそれぞれ一本ずつの紐で縛られたまま、ソファの上でいびきをかいて眠っている。

「べつに急ぐ必要はないね、ワトスン。邪魔はいっさい入らないから。呼び鈴を鳴らしてくれないか？　この家にいるのは役柄をみごとに演じてくれたマーサだけだ。今回の件を引き受けることになってすぐ、彼女をここへ送りこんだ。ああ、マーサ、いい知らせがある。おかげで万事うまく行ったよ」

戸口に現われた感じのよい老婦人は、ホームズに笑顔で小さくお辞儀をしたあと、ソファに横たわっている人物を気づかわしげにちらりと見た。

「心配ないよ、マーサ。彼はかすり傷ひとつ負っていない」

「それはようございました、ホームズさん。その方なりに親切なご主人様でしたから。昨日も奥様と一緒にドイツへ行ったらどうかと勧めてくださったんですよ。ホームズさんの計画が狂ってしまいますので、はいと答えるわけにはいきませんでしたけれども」

「きみにいてもらえて助かったよ、マーサ。おかげで大船に乗った気分だった。今夜はきみの合図を首を長くして待ち受けていたんだ」

「書記官長さんがずいぶんと長っ尻《ちり》で」

「ああ、そうだったね。来る途中、彼が乗った車とすれちがったよ」

「お帰りになるつもりがないのかと、ひやひやしました。あの方がここに居座っていたら、やっぱりホームズさんの計画は狂ってしまうとわかっていましたから」

「そのとおりだ。もっとも、たいして長くは待たなかったがね。きみの部屋のランプが消えて、〝邪魔はなくなった〟の合図が出るまで、せいぜい三十分くらいだった。詳しい話は明日《あした》、ロンドンのクラリッジ・ホテルで聞かせてもらうよ、マーサ」

「ええ、喜んで、ホームズさん」

「出発の用意は整っているね？」

「はい。ご主人様は今日、手紙を七通お出しになりました。いつものように宛先《あてさき》は控えてあります」

「恩に着るよ、マーサ。明日調べることにしよう。それじゃ、おやすみ」

老婦人が行ってしまうと、ホームズは再び口を開いた。

「この書類一式はあまり重要ではないね。むろん、内容はとっくの昔にドイツ政府へ知らされているはずだが、これは全部原本だから、国外へ持ちだすのは危険だと考えて保管したままだったんだろう」

「つまり、無用の長物というわけか」

「いや、そうでもないんだ、ワトスン。ドイツがどれを知っていて、どれを知らないか、我が国が判断するうえで役立ってくれる。もっとも、ここにある書類のほとんどは僕が持ちこんだものだから、言うまでもなく中身は嘘っぱちだ。ドイツの巡洋艦が僕のこしらえた機雷敷設計画を鵜呑《うの》みにしてソレント海峡を航行する光景などは、ぜひとも見てみたいね。実現すれば、僕には明るい晩年が約束されることになる。それにしても、ワトスン」

ホームズは作業を中断して、旧友の肩に両手を添えた。「まだ明るいところできみの顔をじっくり見ていなかったよ。どれどれ、時の流れはきみをどんなふうに変えたのかな？　おや、あの頃の陽気な相棒そのままだね」

「二十歳くらい若返った気分なんだ、ホームズ。ハリッジへ車で迎えにきてくれというきみの電報を受け取ったときは、嬉しくて天にも昇る心地だったよ。しかし、ホームズ、きみこそちっとも変わらないじゃないか——妙ちきりんな山羊《やぎ》ひげ以外はね」

「これは祖国のために払った犠牲の証《あかし》だよ、ワトスン」ホームズは貧弱な長いひげを引っ張って見せた。「明日になったら、単なる過去のみっともない思い出にすぎないさ。散髪したあと、ほかのちょっとしたところをいくつか直せば、もとどおりの姿でクラリッジ・ホテルへ参上できるだろう。アメリカ人に変身する芸当《スタント》——おっと失礼、僕の英語の泉はアメリカの水で濁ってしまったようだ——アメリカ人に化ける仕事を請け負う前の自分に戻れるよ」

「仕事といえば、きみはもう隠退したと思っていたよ、ホームズ。サウス・ダウンズの小さな農場で、蜜蜂《みつばち》と書物を相手に世捨て人のごとく暮らしていると風の便りに聞いたんだが」

「そのとおりだ、ワトスン。で、気ままな隠遁《いんとん》生活の賜物である、僕の晩年の最高傑作がこれなのさ！」ホームズはテーブルにあった例の本を手に取り、タイトルを読みあげた。『実用養蜂便覧　付：女王蜂の分封に関する諸観察』。独力で書きあげたんだ。夜ごと研究に勤《いそ》しみ、昼はかつてロンドンの犯罪界へ向けていたのと同じ注意深い目で愛《いと》しい働き蜂たちを観察しながら、汗水たらして働く。そうした日々の結晶をとくとご覧あれ」

「しかし、なんでまた昔の仕事を？」

「ああ、僕にとっても青天の霹靂《へきれき》だった。外務大臣だけだったら断りようもあっただろうが、首相までもがじきじきに陋屋《ろうおく》へお越しくださったんだからね！　いいかい、ワトスン、そこのソファでお休みの紳士は我が国にとってかなり手ごわい相手だったんだ。超一流のスパイだよ。これまでずっと物事が悪いほうにばかり転がって、その原因が誰一人わからない状況だった。スパイと疑わしき人物を洗いだして、何人かつかまえてもみたが、裏には有能な秘密の中枢が見え隠れしている。それをなんとしても暴かなければならない。そんなわけで、僕に白羽の矢が立ったんだ。結局、この件の調査には二年を費やしたが、なかなか刺激的な経験だったよ。

　僕の長い行脚はアメリカのシカゴから始まった。次にニューヨーク州バッファローのアイルランド系秘密結社で経験を積み、アイルランド南部のスキバリーンで警察をさんざん手こずらせた。それでようやく下っ端スパイの目に留まり、そいつが親分のフォン・ボルクに見込みのある男だとして僕を推薦した。なかなか手が込んでいるだろう？それ以来、僕はフォン・ボルクの覚えめでたく、おかげで彼の計画を裏で片っ端から頓《とん》挫《ざ》させ、彼が頼りにしている腕利きスパイを五人ほど牢獄《ろうごく》へ送りこんでやった。連中をつねに監視し、機が熟すのを待って刈り取ったんだよ、ワトスン。ま、そういうことなので、あしからず！」

最後の言葉はフォン・ボルクに向けられたものだった。彼はしばらく前に意識が戻り、苦しげにあえいだり目をしきりにしばたたいたりしたあと、寝転がったまま黙ってホームズの話を聞いていたが、突然ドイツ語で激しくののしり始めた。顔を怒りにぶるぶる震わせている。だがホームズは、虜囚となった男が罵《ば》詈《り》雑《ぞう》言《ごん》を吐き散らそうが意に介さない様子で、文書を手際よく調べていった。

「ドイツ語というのは音楽的ではないが、飛びぬけて表現力豊かだね」フォン・ボルクが疲れて黙りこむと、ホームズは感想をはさんだ。そのあとで手にしていた複写図の隅に目を凝らした。「おやおや！」それを荷物に加えながら言い添える。「これでもう一羽、鳥籠《とりかご》に閉じこめられることになったぞ。ずいぶん前から目をつけてはいたが、まさかあの主計官がここまで悪党だったとはね。フォン・ボルクさん、あなたに答えてもらわなければならない質問が山ほどありますよ」

ソファの上の虜囚は身をよじってなんとか起きあがると、驚きと憎しみの入りまじった奇妙な表情で捕獲者を見つめた。

「あとで吠《ほ》え面かくなよ、アルタモント」恨みがましい口調で一語一語吐きだす。「たとえ命と引き換えにしようも、必ず仕返ししてやる!」

「懐かしの甘美な調べ、といったところだな」とホームズ。「昔はしょっちゅう耳にしたものだ。いまは亡きモリアーティ教授のお気に入りだったからね。セバスチャン・モラン大佐もよくその歌をさえずっていたそうだ。にもかかわらず、僕はこのとおりいまも達者に暮らして、サウス・ダウンズで養蜂《ようほう》をたしなんでいるよ」

「くたばるがいい、二重スパイめ!」ドイツ人は縛られた身体でもがきながら、憤怒の形相で目を殺意にきらめかせた。

「まあまあ、そんなにむきにならなくても」ホームズは笑顔で言った。「僕の話を聞いて、もうおわかりでしょうが、シカゴのアルタモントなどという男は実在しない。僕がなりすましていた架空の人物で、もうこの世から消滅していますよ」

「じゃあ、おまえは誰なんだ?」

「誰だろうとどうでもいいことだが、興味があるようだから教えて差しあげよう。実はね、フォン・ボルクさん、僕があなたの一族と知り合うのは今回が初めてではないんですよ。ドイツがらみの仕事は過去にずいぶん手がけましたから、僕の名前はたぶんお聞き及びだろうと思いますが」

「だったら、ぜひとも知りたいものだな」プロシア人は不機嫌に言い返した。

「あなたの従兄弟《いとこ》のハインリッヒがドイツ帝国の特命全権公使だった時代、アイリーン・アドラーと故ボヘミア王を別れさせたのは、この僕です。あなたの母上の兄、フォン・ウント・ツー・グラーフェンシュタイン伯爵を、暗殺をたくらんでいた虚無主義者のクロップマンから救ったのも、この僕です。ほかには――」

フォン・ボルクははっとして背筋を伸ばした。

「それに当てはまる男は一人しかいない！」

「いかにも」とホームズ。

フォン・ボルクはうめき声をあげてソファにぐったりともたれた。「この国で集めた情報はほとんどがおまえを通して入手したものだった。ということは、価値などあろうはずがない」悲痛な声で叫ぶ。「自分はいったいこれまでなにをやってきたんだ？　どれもこれもすべて無駄だったとは。もうおしまいだ。身の破滅だ！」

「まあ、あまり信用できない情報であることは確かですね」ホームズは言った。「よって、そちらとしては確認作業をする必要があるわけですが、あいにく時間切れになるのは目に見えています。おたくの国の海軍大将はおそらく、我が国の最新の艦砲が思っていた以上に大型だと知って驚くことになるでしょう。巡洋艦の速度もきっと予想より少しばかり速いと思いますよ」

フォン・ボルクは失望のあまり自分の喉《のど》をぎゅっとつかんだ。

「時期が来れば、ほかにもいろいろと細かい事柄が明らかになりますよ。ですが、フォン・ボルクさん、あなたはドイツ人らしからぬ珍しい長所をひとつだけお持ちのはずだ。スポーツマンであるということです。これまで多くの人間をだしぬいてきたあなたですから、とうとうご自分がだしぬかれる番になったからといって、僕に悪感情を抱くようなことはなさるべきではありません。あなたは祖国のために最善を尽くし、僕も自分の祖国のために最善を尽くした。それでこういう結果になったのですから、当然のこととして受け止めるべきではありませんか？」

そのあとホームズはソファにぐったりと沈みこんでいる男の肩に手を置き、哀れみをにじませてつけ加えた。「それに、敗れた相手がもっと卑劣な敵でなかったのをありがたく思わなければ。さて、書類の荷造りは終わった。ワトスン、この囚人をロンドンへ護送したいんだが、きみに協力してもらえるなら、早く出発できるだろう」

フォン・ボルクは腕力があるうえ死に物狂いで暴れるので、扱うのは骨が折れた。二人がかりで両側から腕をつかみ、ようやく歩かせることができたものの、つい二、三時間前に公使館の高名な書記官長に賛辞を贈られながら意気揚々と歩いた庭園の遊歩道を、いまのフォン・ボルクはのろのろとしか進んでくれなかった。ようやく車の前まで来ると、往生際悪く再びもがきだしたが、手足を縛られたままあえなく抱えあげられ、小型車の予備のシートに乗せられた。その横に彼のものだった貴重な旅行鞄《りょこうかばん》が押しこまれた。「できるかぎり快適に過ごしていただくつもりですよ」出発の準備が整うと、ホームズは言った。「葉巻に火をつけて口にくわえさせてあげるのは、差し出がましい行為にあたるでしょうか？」

だが、どんな心遣いも立腹したドイツ人には届かなかった。

「覚悟はできているんだろうな、シャーロック・ホームズ。このような侮辱がイギリス政府の差し金ならば、戦争は避けられないぞ」

「じゃあ、これはどうなんです？　ドイツ政府の差し金ではないんですか？」ホームズは旅行鞄を叩《たた》いて切り返す。

「おまえはただの民間人だ。逮捕状も持っていない。おまえのやっていることは完全に違法で、非道このうえない」

「ごもっとも」

「ドイツ帝国臣民の誘拐にあたる」

「その人の私文書まで盗みました」

「自分がどういう立場なのかはよくわかっているようだな。おまえも、そこにいるおまえの共犯者も。いいか、村を通るときに、こっちが大声で助けを求めれば――」

「よろしいですか、もしもそんな愚かなまねをしたら、この村の宿屋の二つしかない屋号がひとつ増えて、〝ぶらぶら吊《つ》るされるプロシア人〟という看板が誕生することになりますよ。元来イギリス人は辛抱強い性分ですが、最近は怒りっぽいので神経を逆なでしないほうが身のためです。さあ、フォン・ボルクさん、わかったら良識あるふるまいを心がけて、おとなしくスコットランド・ヤードへ同行してください。向こうに着いたら、僚友のフォン・ヘルリング男爵を呼んでもらえますので、こうなってもまだ公使の随員一行にご自分の席が残っているどうか確かめてみるんですね。

ところで、ワトスン、昔のように仕事を手伝ってくれる気があるようだから、一緒にロンドンまでご足労願うよ。出発前にテラスで少しのあいだ二人きりになろう。静かに話ができる最後の機会かもしれない」

短い時間だったが、親友同士の彼らはなごやかに言葉を交わし、昔の思い出を胸によみがえらせた。そのあいだも囚《とら》われた男はいましめを解こうとむなしくもがき続けていた。話を終えて車へ戻りかけたとき、ホームズは後方に広がる月明かりに照らされた海を指差し、感慨深げにかぶりを振った。

「東の風が吹いてきたね、ワトスン」

「そうかい、ホームズ？　こんなに暖かいのに」

「ワトスン、きみは相変わらずだな！　時代は移り変わっても、きみだけはどっしりかまえて揺るぎない。だけどね、それでも東の風は吹いてくる。これまでイギリスに吹いたことのない風だ。冷たく厳しい風になるよ、ワトスン。我が国の多くの人々が突風のなかで枯れ果てていくことだろう。だがそれは神がもたらす風でもあるんだ。嵐が過ぎ去ったあとは、輝く陽光のなかに、生まれ変わった純粋で豊かな強い国が現われるだろう。さあ、車のエンジンをかけてくれ、ワトスン。出発の時だ。五百ポンドの小切手は早いうちに現金に換えたほうがいいね。小切手の振出人が、もしそんなことが可能ならば、支払いを停止するかもしれないから」

訳者あとがき

サー・アーサー・コナン・ドイル（一八五九〜一九三〇）が著わした名探偵シャーロック・ホームズのシリーズから、第四短編集『シャーロック・ホームズ最後の挨拶《あいさつ》』His Last Bow（以下、『最後の挨拶』）の全訳をお届けします。

『最後の挨拶』では一九〇八年から一九一七年にかけて〈コリアーズ〉誌や〈ストランド〉誌で初お目見えした全八編を紹介しています。著者の意向により第二短編集から削除され、のちにこの短編集に収められた「ボール箱」は、既刊の角川文庫『シャーロック・ホームズの回想』（以下、『回想』）でお楽しみいただければ幸いです。

本書の全体的な特徴といえば、暴力や姦計《かんけい》によって生命が奪われる、または危機にさらされる深刻なストーリーをまず挙げるべきでしょう。過去の因縁と外国からの襲撃者、東洋の奇病やアフリカの毒物など、現実的な恐ろしい題材も目を引きます。また、ストーリーを運ぶ動輪部分には、「ブルース・パーティントン設計書」や「レディ・フランシス・カーファクスの失踪《しっそう》」で披露されるいまだ色あせない有名なトリックがいくつか盛りこまれ、ホームズの知恵と行動力、そして謎解きの妙に酔わされること必至です。

ワトスンの活躍も見逃せません。特に「瀕死《ひんし》の探偵」では、焦燥感に駆られるなか鏡越しの一瞬の表情に目ざとく気づき、わたしたち読者に重要な示唆を与えてくれます。ちなみに、秘密を映す装置としての鏡は、「赤い輪」でも用いられています。

本書の掉尾《ちょうび》を飾るのは、隠退後のホームズを描いた「最後の挨拶」。終生の友である二人がテラスにたたずむ詩情豊かな場面で、ホームズはあの名言とともに国の将来について語ります。「海軍条約文書」(『回想』所収)でも、後世に思いを馳《は》せて車窓の公立小学校を〝未来を照らす信号灯〟と呼びました。戦争前夜、希望をひそかに未来へ託す晩年のホームズは現役時代の快男児ぶりとはまたちがった魅力を宿し、哀愁と高潔さを漂わせています。サセックス州の片田舎で養蜂を営む彼の姿に興味を引かれた方は、映画化もされたミッチ・カリンの『ミスター・ホームズ　名探偵最後の事件』(角川書店、二〇一五年)をお手に取ってみてはいかがでしょう。

最後に、株式会社KADOKAWAの富岡薫《とみおかかおる》氏と校閲の方々には助言と指摘を多々頂戴《ちょうだい》しました。記して感謝いたします。

二〇一八年三月

駒《こま》月《つき》雅《まさ》子《こ》

本文中には、差別的な表現が若干ありますが、原作が人権意識の低い時代に発表された作品であること、物語の舞台となっている時代的・精神的背景などを考慮し、原作の表現に従った翻訳を行っています。差別の助長を意図しているものでないことをご理解ください。

編集部

シャーロック・ホームズ最後《さいご》の挨拶《あいさつ》

コナン・ドイル　駒月《こまつき》雅子《まさこ》＝訳

平成30年 5月25日　初版発行
令和7年 6月25日　13版発行

発行者●山下直久

発行●株式会社KADOKAWA
〒102-8177　東京都千代田区富士見2-13-3
電話　0570-002-301（ナビダイヤル）

角川文庫 20952

印刷所●株式会社KADOKAWA
製本所●株式会社KADOKAWA

表紙画●和田三造

ISBN978-4-04-106914-1　C0197

◆◇◇

角川文庫発刊に際して

角川源義

第二次世界大戦の敗北は、軍事力の敗北であった以上に、私たちの若い文化力の敗退であった。私たちの文化が戦争に対して如何に無力であり、単なるあだ花に過ぎなかったかを、私たちは身を以て体験し痛感した。西洋近代文化の摂取にとって、明治以後八十年の歳月は決して短かすぎたとは言えない。にもかかわらず、近代文化の伝統を確立し、自由な批判と柔軟な良識に富む文化層として自らを形成することに私たちは失敗して来た。そしてこれは、各層への文化の普及滲透を任務とする出版人の責任でもあった。

一九四五年以来、私たちは再び振出しに戻り、第一歩から踏み出すことを余儀なくされた。これは大きな不幸ではあるが、反面、これまでの混沌・未熟・歪曲の中にあった我が国の文化に秩序と確たる基礎を齎らすためには絶好の機会でもある。角川書店は、このような祖国の文化的危機にあたり、微力をも顧みず再建の礎石たるべき抱負と決意とをもって出発したが、ここに創立以来の念願を果すべく角川文庫を発刊する。これまで刊行されたあらゆる全集叢書文庫類の長所と短所とを検討し、古今東西の不朽の典籍を、良心的編集のもとに、廉価に、そして書架にふさわしい美本として、多くのひとびとに提供しようとする。しかし私たちは徒らに百科全書的な知識のジレッタントを作ることを目的とせず、あくまで祖国の文化に秩序と再建への道を示し、この文庫を角川書店の栄ある事業として、今後永久に継続発展せしめ、学芸と教養との殿堂として大成せんことを期したい。多くの読書子の愛情ある忠言と支持とによって、この希望と抱負とを完遂せしめられんことを願う。

一九四九年五月三日

角川文庫海外作品

シャーロック・ホームズの冒険
コナン・ドイル
石田文子＝訳

世界中で愛される名探偵ホームズと、相棒ワトスン医師の名コンビの活躍が、最も読みやすい最新訳で蘇る！　女性翻訳家ならではの細やかな感情表現が光る「ボヘミア王のスキャンダル」を含む短編集全12編。

シャーロック・ホームズの回想
コナン・ドイル
駒月雅子＝訳

ホームズとモリアーティ教授との死闘を描いた問題作「最後の事件」を含む第2短編集。ホームズの若き日の冒険など、第1作を超える衝撃作が目白押し。発表当時に削除された「ボール箱」も収録。

緋色の研究
コナン・ドイル
駒月雅子＝訳

ロンドンで起こった殺人事件。それは時と場所を超えた悲劇の幕引きだった。クールでニヒルな若き日のホームズとワトスンの出会い、そしてコンビ誕生の秘話を描く記念碑的作品、決定版新訳！

四つの署名
コナン・ドイル
駒月雅子＝訳

シャーロック・ホームズのもとに現れた、美しい依頼人。彼女の悩みは、数年前から毎年同じ日に大粒の真珠が贈られ始め、なんと今年、その真珠の贈り主に呼び出されたという奇妙なもので……。

バスカヴィル家の犬
コナン・ドイル
駒月雅子＝訳

魔犬伝説により一族は不可解な死を遂げる――恐怖の呪いが伝わるバスカヴィル家。その当主がまたしても不審な最期を迎えた。遺体発見現場には猟犬の足跡が……謎に包まれた一族の呪いにホームズが挑む！

角川文庫海外作品

ギリシャ棺の秘密

エラリー・クイーン
越前敏弥・北田絵里子＝訳

急逝した盲目の老富豪の遺言状が消えた。捜索するも一向に見つからず、大学を卒業したてのエラリーは墓から棺を掘り返すことを主張する。だが出てきたのは第2の死体で……二転三転する事件の真相とは⁉

エジプト十字架の秘密

エラリー・クイーン
越前敏弥・佐藤　桂＝訳

ウェスト・ヴァージニアの田舎町でT字路にあるT字形の標識に磔にされた首なし死体が発見される。全てが〝T〟ずくめの奇怪な連続殺人事件の真相とは⁉ スリリングな展開に一気読み必至。不朽の名作！

アメリカ銃の秘密

エラリー・クイーン
越前敏弥・国弘喜美代＝訳

ニューヨークで2万人の大観衆を集めたロデオ・ショー。その最中にカウボーイの一人が殺された。衆人環視の中、凶行はどのようにして行われたのか⁉ そして再び同じ状況で殺人が起こり……。

シャム双子の秘密

エラリー・クイーン
越前敏弥・北田絵里子＝訳

休暇からの帰途、クイーン父子はティピー山地で山火事に遭う。身動きが取れないふたりは、不気味な屋敷を見付け避難することに。翌朝、手にスペードの6のカードを持った屋敷の主人の死体が発見される。

チャイナ蜜柑の秘密

エラリー・クイーン
越前敏弥・青木　創＝訳

出版社の経営者であり、切手収集家としても有名なカーク。彼が外からエラリーと連れ立って帰ると、1人の男が全て逆向きになった密室状態の待合室で死んでいた。謎だらけの事件をエラリーが鮮やかに解決する。